白鷹伝

戦国秘録

山本兼一

祥伝社文庫

目次

装幀／芦澤泰偉
題字／北村宗介
装画／北村さゆり
挿画／田籠善次郎

ZEN

からくつわ

一

「今日は死に日和《びより》になりそうだ」

夜明け前の暗い天を仰いで、小林家次《こばやしいえつぐ》がつぶやいた。闇空に星がまたたいている。

「死に日和などと、さような天気がござろうか？」

弟子の佐原清六《さはらせいろく》が、首をかしげた。

「おう。どうせなら晴れ晴れした日に死にたいもの。わしが死ぬと決めたからには、まさに今日がその日和であるはず」

清六が笑いをこらえている。師匠は、世に知られた偏屈者で、時折みょうなことを口走る。

「笑っている暇があれば、鷹に餌《えさ》をやってこい」

もうすぐ死ぬのだ――腹にそう思いさだめてからというもの、小林家次には、天地の万物が七彩の光をおびて美しく輝いて見えた。

これまでの人生を、鷹とともに生きてきた。北近江《おうみ》を領する浅井久政《あざいひさまさ》、長政《ながまさ》二代に仕え、小谷《おだに》の城で、たくさんの鷹を飼った。

鷹は、小林家次に、生きることを教えてくれた。自分が自分でありつづけること。矜恃《きょうじ》と覇気。そして、ときには蛮勇を。

まだ藍《あい》色の闇に沈む小谷城は、無気味なほどの静寂につつまれている。虫も鳴かぬ。人も動かぬ。風もそよがぬ。山上から見おろす闇の底には、燃え残りの篝火《かがりび》が散在している。城は、五万の織田兵に囲まれている。援軍は、どこからも来ない。

浅井には一万五千の兵があった。寝返り。討ち死に。逃散《ちょうさん》。残る城兵わずか千余人。寡兵の城方が、どのように兵を動かしても、もはや落城はまぬがれぬ。生き残るなどということは、ありえない。

悔いは、なにもない。

生きて、死ぬ――。

それは、すべての生き物のさだめだ。そのさだめが、十年後か、あるいは、今日か、というだけの違いだ。

小林家次は、東の空を睨《にら》んだ。縹《はなだ》色に明け染めた空に明星がひときわ大きく輝いている。雲はない。長い一日が、これから始まる。それは、最期の一日かもしれない。

背後で具足《ぐそく》の擦《す》れる音がした。弟子の清六が餌の雀を、鷹部屋に入れ終えたのだ。淡い光のなかで振り向くと、亀甲金《きっこうがね》を綴《つづ》った鉄鎖具足を身につけ、髪をざんばらに解いた清六が、やつれた顔に、眼だけをぎらぎら光らせている。

清六は槍《やり》の遣《つか》い手で、籠城《ろうじょう》してから、敵先鋒の足軽をもう何十人も突き伏せた。武者は、敵を一人突き刺すごとに、肝《きも》が尖《とが》り、眼の光が強く鋭くなる。鷹と同じだった。

——俺の眼も、清六のようにぎらぎら光っているのか。

おのれの眼の光など知るすべもないが、籠城後、家次もすでに二十人以上の足軽を斬《き》り捨てた。人を斬ろうとすれば、その気迫だけで心が尖る。尖らなければ、生身の人間を両断する性根などすわるはずもない。籠城してからというもの、みょうに頭脳が冴《さ》え冴《ざ》えと明晰《めいせき》になり、なにごとにも動じない心胆が練《ね》れてきたように感じるのは、あながち自惚《うぬぼ》れでもなかろう。みごとに死ぬ覚悟ができていた。敵の死とおのれの死は、紙一枚へだてた隣にある。

「鷹に餌を喰《く》らわせましたが、このまま部屋に留め置くのでござるか。敵にくれてやるのは、いささか業腹でございますな」

落城前に、鷹を逃がすことを考えなかったわけではない。しかし、鷹部屋の扉を開いて外に出したところで、鷹たちは、この小谷山を離れないだろう。あとで織田の鷹匠《たかじょう》が気づき、餌を振って呼び寄せることになるだろう。どのみちそうなるのなら、潔く手渡したほうがよい。

「信長という男は、たいそう鷹を好むそうだ」

「さように聞いておりまする」

「ならば、浅井の鷹といえども、わけへだてなく大事に飼うであろう。われらが育てた鷹に、信長めが賛嘆すれば、それだけで意趣返しになるわ」

どこに出しても恥ずかしくない自慢の鷹を育ててきた。鷹に一家言を持つ信長なら、家次の鷹の調教のよさに眼をむいて驚くだろう。鷹とともに生きてきた自分の一生の掉尾《ちようび》は、それで飾れる。

「しかし、なんとも口惜《くちお》しゅうはございませぬか。手塩にかけた鷹を、むざむざ信長の手に渡すなど」

「負け戦《いくさ》だ。われらが死んでも鷹は生き残る。それでよい」

家次は、おのれに言い聞かせるようにつぶやいた。忸怩《じくじ》たる思いは、むろん、家次の胸中を幾夜となくゆさぶり、眠りの訪れぬ褥《しとね》のなかで、どれほど身悶えしたか。そんな夜をかさねたはてに、ようやく冴えた諦観にたどりついたのだ。

「されば、雲井丸《くもいまる》だけは、逃がしてよろしゅうござるか」

家次の顔に、微笑が浮かんだ。

「そうしろ」

七据《もと》いる浅井家の鷹のなかで、雲井丸だけは、どうしようもなく癖の悪い鷹だった。調教を諦《あきら》めて逃がしてしまおうと何度も考えた。黄色い虹彩《こうさい》の真ん中にある黒目が大きく、そこに藤波のような点が散っている。それは鶴取《つるとり》に育つ眼相だった。仕込みの甲斐《かい》はなく、飛ばせば、天空高く舞いあがって、鷹匠のことなど気にもとめずに勝手に獲物を追う。雲井丸をのこしておいても、笑いものになるだけだ。

清六は駆けだして鷹部屋の戸を開いた。雲井丸を左拳《こぶし》に据《す》えてきた。さっきの雀が喰いかけだったのだろう、雲井丸は怒って羽ばたき、甲高く啼《な》きつづけた。右手に持った新しい雀を一羽喰わせ、落ち着いたのを見はからって、清六は雲井丸の足革《あしかわ》をはずした。

「今生《こんじょう》の別れぞ。去《い》ねッ」

左拳に据えたまま、少しだけ後ろに返《かえ》して、飛び立つ反動をつけてやった。足革がないので、大きな返しはできないが、獲物を狙わせるわけではない。雲井丸に初速をあたえる必要はなかった。

雲井丸は、両翼に風をつかんで、曲輪《くるわ》のはずれの一本杉に向かって飛んだ。そこで羽を休めるつもりだったのだろうが、途中で左に旋回すると、山頂から麓《ふもと》に向かって降下し、すぐ山の陰に隠れて見えなくなった。

「獲物でも見つけよりましたかな」

人とともに生きることを覚えた鷹は、人のそばを離れたがらないものだが、癖の強い雲井丸などはどこに飛んでいくかしれたものではなかった。それが雲井丸の生き方だ。気がかりな鷹を天に放ち、清六は汗をぬぐった。蜩《ひぐらし》がうるさく鳴きはじめた。

「今日はまたよく晴れそうでございますな」

「暑くなるだろう」

鷹部屋は、小谷山上では、いちばん南の曲輪金吾丸《くるわきんごまる》にある。

ここから、空を見つめるのが、家次はなにより好きだった。ここからの空ならいくら眺めていても飽きない。北近江の沃野《よくや》と鳰の海《におのうみ》（琵琶湖《びわこ》）を覆《おお》う空には遮《さえぎ》るものがなにもなく、無辺のひろがりがあった。東に伊吹山《いぶきやま》、西の湖のはるか向こうに比良《ひら》の峰があるばかりで、空はどこまでも丸く大きくひろがっている。

白々と明けはじめた東の空高くに、小さな点を見つけた——。

鳥だ。

こちらに飛んでくる。

いま逃がした雲井丸ではない。

伊吹山を越えて、美濃《みの》からやってきたのだろう。まだ遠く、かすかな点にしか見えないが、はるかな上空から、風にのって滑空してくる。その敏速で鋭角的な飛翔は、烏《からす》や鳶《とび》ではなく、鷹の仲間だろう。

小林家次は、ただの点にすぎないその鳥を見つけた瞬間、全身の肌に粟《あわ》がふくのを感じた。

家次は、眼を凝《こ》らした。

——まさか、あの鷹ではあるまい。渡りの鷹だろう。

毎年秋のはじめには、美濃から伊吹山や関ヶ原《せきはら》を越え、鷹の仲間が近江に渡ってくる。チゴハヤブサ（サシバ）という中型の鷹が、日によっては五千羽、一万羽と飛んでくることがある。ハチクマ、ノスリなど、鷹狩りにはつかわぬ猛禽《もうきん》が多いが、ときには、大鷹が飛んでくることもあった。夏から秋の変わり目に、獲物の小鳥が、近江を通過し南に移動する。それを追って南下するのだ。もうそんな季節になっていたのを、織田の軍勢に攻め立てられて籠城していたとはいえ、気づかなかったのは迂闊《うかつ》だった。

鳥がしだいに小谷城に近づいてきた。

身じろぎもせず天空の一点を見つめる家次につられて、弟子の清六も東の空を見つめている。

「大鷹ではございませんか」

清六は、家次に劣らず眼がよい。はるか天空を舞う鳥を一瞥《いちべつ》しただけでその種別を言いあてる能力は、けっして家次にひけをとらない。

家次は、骨の髄《ずい》が凍《い》てついた。動けなかった。

——あの白鷹《しろたか》か……。

「ここをめざしているのではありませんか」

小谷山は、江北《ごうほく》平野の北のはずれに岬のように突き出した山だ。伊吹山を越えてやってきた渡りの鷹が、羽休めに立ち寄ることがないわけではない。

鷹は、はるか天空からめざましい速さで斜めに降下し、金吾丸のすぐ南を通過した。高速で飛翔するために、翼をやや後ろに窄《すぼ》めてひろげた姿が、はっきり見えた。翼の先に突き出した風切羽《かざきりばね》さえ一本ずつ識別がついた。鋭く風を切る音まで聞こえた。

「白でござる。白鷹にござる」

清六が興奮していた。家次は内心、もっと心を昂《たかぶ》らせていた。

白鷹はもともと日本の地には産しない。しかし、ときに北の空から飛んでくることがある。

——来た。あの鷹だ。

そのまま飛びすぎるかと思ったが、山陰に隠れそうになったあたりで大きく右に旋回し、湖畔の風をうまくつかんで上昇した。右旋回をつづけ、三度、上空をまわった。

師と弟子は、息を呑《の》んで鷹の飛翔を見つめた。

白鷹は、小谷城の西の上空を旋回しおえると、空を切り裂いて斜めに滑空した。両翼を立てて風を受け、脚を突き出して速度を落とすと、金吾丸の端に立つ一本杉の梢に舞い降りた。最初からそこが目的地だったように、泰然と枝にとまった。

居ずまいのよい純白の姿と、ふつうの鷹の倍ほどもある大きさに、家次はたしかに見覚えがあった。

白鷹は、全身の羽を膨《ふく》らませてくつろいでいる。尾羽《おばね》をひょいと上げて、糞《うち》を勢いよく後ろに飛ばした。

「あれはまた、みごとな白鷹でござるな。なみの大きさではござらぬ」

家次は答えず、瞳が乾くほど鷹を見つめていた。

――あの鷹だ。

「いかがなさいました」

「からくつわだ」

「なんと仰せか」

「あれは、からくつわという瑞鳥《ずいちょう》だ」

「からくつわ……」

「字にすれば、唐《から》の轡《くつわ》だ。あんな鷹がほかにいるものではない」

樹上の白鷹は、胸の厚さや肩の張り出し具合など、眼に焼きついているからくつわと生き写しだ。頭の先から腿羽《もものはね》まですっかり純白だが、胸に淡《うす》い茶色の斑《ふ》が、雨だれのようにながれている。今年生まれた若鷹のしるしだ。かつて甲斐《かい》で出逢ったからくつわの孫でもあろうか。

初夏に山で生まれた雛《ひな》は、夏のあいだ巣の近くを離れない。秋になってようやく生まれた巣山《すやま》を離れ、自分の天地を探す旅に出る。初々《ういうい》しさが匂《にお》い立つ若鷹である。頸《くび》をかしげる仕草ひとつにも、幼さが感じられる。

「奇妙なこと。合戦見物にでもきたのでしょうか」

鷹は神経質な猛禽だ。人の匂いや騒ぎを好まない。それが、大軍の頭上を飛翔して、戦場の真ん中のこの小谷城にやってきたのだから、鷹なりに、なにか特別な思惑があるのではないかと思いたくなる。

あるいは、家次がここにいることを知っていて、やってきたのか。

――まさか。

しかし、そうかもしれない。家次の脳裏には、甲斐での記憶がはっきり蘇《よみがえ》っていた。

あの秋の日――。

まだ元服したばかりの家次は、甲斐の山中で、その白鷹が梢にとまっているのを初めて見た。初めて見たとき、やはり、全身の皮膚に粟がたった。それを見すかしたように、隣にいた師の禰津松鷗軒信直《ねづしょうおうけんのぶなお》が言った。

――あれが鷹だと思うか？

――いえ……。

では、なんであるか、と、松鷗軒は言わなかった。

代わりに白鷹からくつわの伝説を話してくれた。

――欽明帝《きんめいてい》の御代《みよ》と申すゆえ、いまから千年も昔であろう。宇治《うじ》の宝蔵にて唐渡りの轡《くつわ》を曝涼《ばくりょう》（虫干し）していたところ、大きな白鷹が飛来し、その轡を摑《つか》んで飛び去った。その後、轡は富士山麓の鷹の巣にて見つかった。重い鉄の轡だ。あれほどの鷹でなければ宇治から甲斐まで飛んでは来れまい。それ以来、白鷹は時折、欽明帝の前に姿をあらわした。欽明帝は白鷹に導かれ、反乱鎮撫をなしとげた。あの白鷹はその末裔《まつえい》である。

若い小林家次は、返事をするのも忘れて白鷹を見つめていた。

――信玄公の初陣を勝利に導いたのもあの鷹だ。信濃《しなの》の海之口《うんのくち》城を武田が包囲したとき、容易には落ちぬので年の瀬になって全軍甲斐に退却した。白鷹が信濃の空に向かって飛ぶのを見た信玄公は、わずか三百の手勢だけでとって返し、たちまちのうちに海之口城を攻め落とされたのよ。

やはり、鷹には思えなかった。

白鷹が梢から飛び立つ瞬間、家次は、思わず心中で願を掛けた。

――おまえを拳に据《す》えて狩りがしたい。

せつない恋にも似ていた。一目惚れ。驚愕。畏怖《いふ》。白鷹を拳に据えた自分を想像すると、気持ちが無闇と昂《たかぶ》った。即座に願を掛けて、一生涯女色《にょしょく》を断つと誓った。まだ元服をすませたばかりで、女人の肌にはただの一度も触れたことはなかった。あの白鷹より美しい女がいるとは思えなかった。

——天下一の鷹匠として生き、天下一の鷹匠として死にたい。

それが、かねて家次の願いだった。功名《こうみよう》も知行《ちぎよう》も望みはなかった。ただ鷹とともに生き、鷹とともに死にたい。それほど鷹が好きだった。鷹に狂っていた。「あいつは鷹狂いだ」と、鷹匠仲間からさえ言われた。鷹のことでは、誰にも負けたくなかった。天下一の鷹匠になりたかった。そのために、生まれ故郷の近江を出奔《しゆつぽん》して、甲斐に行った。天下一と名高い禰津《ねづ》松鷗軒に弟子入りした。

白鷹を見て、天下一などどうでもよくなった。それは小さな願いにすぎない。

——南無《なむ》普賢菩薩《ふげんぼさつ》、南無観世音《かんぜおん》菩薩、南無不動明王《ふどうみようおう》、南無毘沙門天《びしやもんてん》。

弟《だい》鷹（雌の鷹）は、普賢と観音。

兄鷹《しよう》（雄の鷹）は不動明王と毘沙門天。

鷹は四仏の化身《けしん》だと師に教えられていた。四仏に願を掛けた。あの白鷹は弟鷹《だい》だろう。普賢、観音。いや、奇鷹《きよう》ゆえ、四仏すべての化身にちがいあるまい。四仏に強く念じた。

富士山麓の本巣海《もとすのうみ》（本栖湖）あたりの原野に狩りに出ると、ほんの時折、からくつわが姿を見せた。白い姿を見るだけで、家次は胸が高鳴った。

何度も罠《わな》を仕掛け、からくつわの捕獲を試みた。ついに果たせなかった。師の禰津松鷗軒は、それまでに何十回となく罠を仕掛けて失敗し、もう諦めていた。

——あいつは無理だ。

笑っていたが、家次を止めはしなかった。家次のつくる罠に、あれこれ工夫を述べた。からくつわのこととなると、老練な師でさえ、血が昂るのを抑えられない。あんな白鷹はほかにいない。鷹匠なら、からくつわに恋慕しないはずがなかった。

甲斐での修業を終え、生まれ故郷の近江に戻ってから、もう二十年がたつ。そのあいだ、からくつわを忘れたことはなかった。白鷹は欽明帝の時代に宇治に姿を見せたとの古記がある。ならば、甲斐との往来に近江を通過したはずだ。伊吹山を睨《にら》んでいれば、いつか飛んでくると信じていた。飛んでくる姿を、しばしば夢に見た。女も稚児《ちご》もいとおしいと思ったことはなかったが、からくつわだけはいとおしかった。

家次は、甲斐で、一度だけ、からくつわに触れたことがあった。

ある日、時折とまっている樅《もみ》の梢で見かけた。遠目ながら、心なしか、精気が乏しいように感じた。まっすぐな眼で、じっとこちらを見ていた。家次になにか伝えたい眼だった。

試しに腰の鳩袋《はとぶくろ》に入れていた鳩に忍縄《おきなわ》をつけて振ってみた。なぜそんなことをしたのか、自分でもよくわからない。野性の鷹をそんな餌で呼んだところで、やってくるはずがなかった。

ところが、からくつわは飛んできた。飛んできて鳩を摑んだ。怪我《けが》をしているらしい。ぎこちなく右足だけで摑んでそのまま飛び去ろうとしたが、丈夫な絹で撚《よ》った忍縄《おきなわ》が付いているので三十間（約五四メートル）しか飛べなかった。その距離で墜落するように草原に伏せた。両翼を広げ、獲物を隠した。しばらくそうしていて、誰も獲物を横取りするものがいないとわかると、翼をたたんだ。すぐには喰わない。落ち着いた良い鷹だ。鳩をついばんだ。鳩の羽根があたりに散った。胸を喰い足を喰い、腑《はらわた》まで残さず喰いつくしても、まだついばみつづけていた。よほど腹が減っているらしかった。

鳩をついばんでいるあいだ、飼い馴《な》らした鷹にするように、呼子《よびこ》を吹きながら白鷹のまわりを輪を描いて歩き、ゆっくりと距離を縮《ちぢ》めた。鷲《わし》ほども大きい白鷹だった。ゆっくり近寄った。呼子は鷹に条件反射をつけるための道具で、野性の鷹に吹いても意味はない。それでも吹いたほうがよい気がした。白鷹は毅然と胸を反らせた。眼が合った。赤い虹彩。黒い瞳。黒い瞳に十文字の赤い光があった。あのときの眼は、忘れられない。尊大な矜恃《きょうじ》をたもちながら、救いを求める色があった。勇者が戸惑っている風情《ふぜい》だ。白鷹は、怪我で狩りができないらしかった。

一間（約一・八メートル）の距離をとってしゃがんだ。白鷹と同じ高さの目線になった。全身をくまなく見つめた。全身の白い羽根は陽光に煌《きら》めいて美しかった。

左脚《あし》の腿羽《もものはね》が、不自然に盛り上がっていた。そこを怪我しているらしい。古い血で白

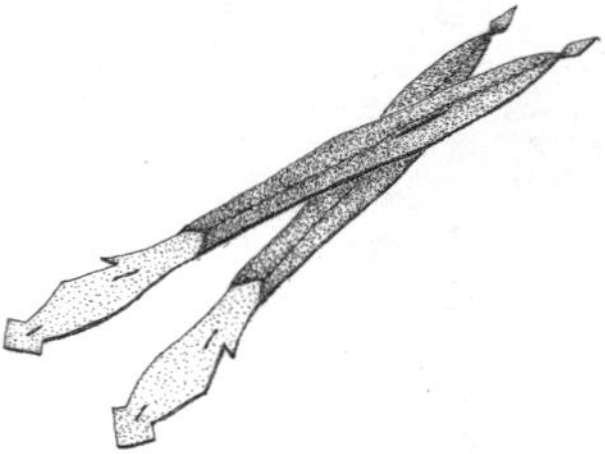

足革《あしかわ》
鷹の両足に巻いて扱いやすくする。
鹿革製。

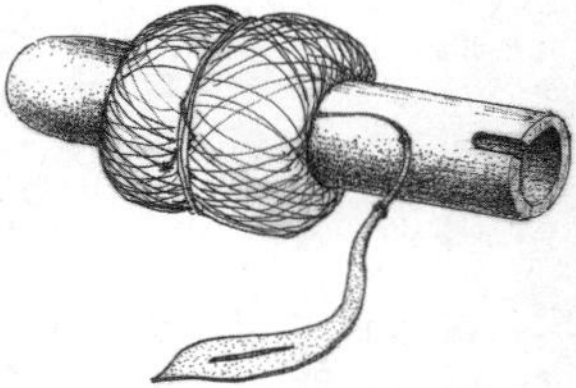

忍縄《おきなわ》
三百本の絹糸を撚った細縄。
調教や鴨場で使う。

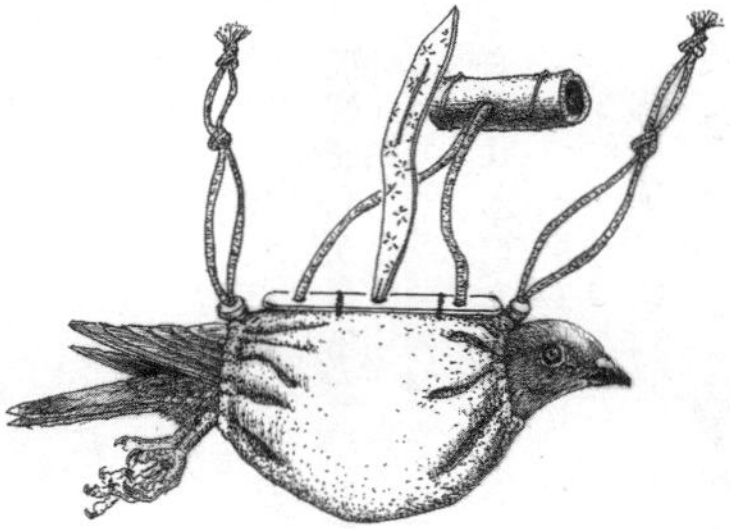

鳩袋《はとぶくろ》
生きた鳩を携帯する袋。

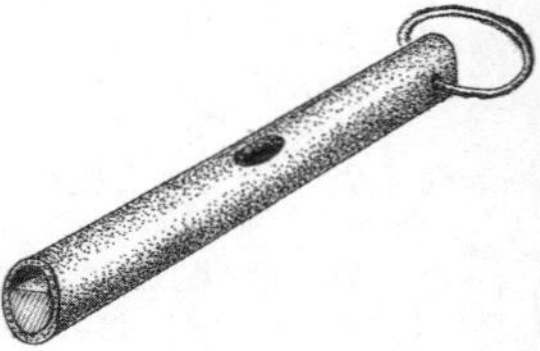

呼子《よびこ》
獲物が出たときなど、
勢子が鷹を呼ぶのに使用。

い羽毛が茶色く汚れていた。

——治してやる。いいか、おとなしくしていろ。

ささやくように、語りかけ、草にはいつくばってすり寄った。手を伸ばした。白鷹は、動かなかった。脚に触れると、膿《う》んで熱をもっていた。これでは、狩りができなかったはずだ。手遅れではない。切開して膿《うみ》を出せば、壊疽《えそ》はまぬがれる。ほっておけば、左脚は使い物にならなくなる。狩りをして生きる猛禽にとって、それは死を意味している。

——膿を出す。すこし痛むが、また、狩りができるようになる。いまのままでは、獲物を摑めなくなるぞ。

白鷹の赤い眼をじっと見つめて、家次は話した。鷹に人間の言葉がわかるはずはない。ただ、敵意のないこと、その傷を治そうとしていることはわかるはずだと期待した。

——そのままでいろ。

家次は草に寝そべったまま、腰の山袋から爪嘴《つめはし》用の小刀を取りだした。左手を静かに伸ばして、白鷹の黄色い跗蹠《はぎ》をつかんだ。背筋がぞっとするくらいに太かった。

羽毛をかき分け、腫《は》れて盛り上がった患部に小刀を立てた。白鷹は体を硬くしたが、啼《な》かなかった。刃先を突き刺して切り開くと、膿で左手が濡れた。腐った匂いが鼻を打ち、白い羽毛が血の赤と膿の黄に汚れた。膿をよく絞り出した。いつも山袋に入れてある弟切《おとぎり》草《そう》の汁を練った傷薬を塗った。終わったとき、家次の全身はびっしょり脂汗《あぶらあせ》で濡れていた。

　――もう、大丈夫だ。

　地面から見上げると、白鷹が甘えたように啼いた。白い胸の羽毛が大きく膨らんだ。

　啼き声で、家次はわれに返った。

　――捕まえろッ！

　なぜ、捕らえることを考えなかったのか。夢中で白鷹の怪我を治したが、そんなことより、とにかく捕まえればよかったのだ。

　脚をつかもうと、静かに右手を伸ばした。その途端、白鷹は嘴《くちばし》で家次の手の甲を突き、両翼を広げて飛びすさった。痛みに手を引きもどした。皮が破れていた。白鷹は近くの梢にとまり、翼をたたんで、じっと家次を見つめていた。眼が、感謝を語っていた。すくなくとも家次にはそう思えた。そして、飛び去った。

　思えばあのとき、俺は白鷹の罠にかかっていたのだろう。俺が白鷹の傷を治してやったのではなく、白鷹が俺に治させたのだ。でなければ、野性の鷹が人に体を触れさせるなどということはありえない――家次はそう思った。

　それからというもの、白鷹からくつわのことを忘れたことはなかった。いつも夢に見ていた。願掛けは守った。妻《めと》を娶らず、女性の肌に触れることなくこの歳まできた。養子をもらい、水仕女《みずしめ》がいれば、家のことはなんの不自由もなかった。「変わり者の鷹狂い」と呼ばれたが、そんなことはまるで気にならなかった。

そして、いま、こうしてここで白鷹と対峙《たいじ》している――。

「飛びますな」

清六がつぶやいた。

樹上の白鷹が、小首を切った。首をくり返し突き出している。獲物を見つけたのだ。

「見込む」と呼ぶ状態で、全身を前にかたむけ、翼をわずかに広げ、すぐにでも飛び立ちそうな体勢だ。

白鷹が翼を広げて杉の枝から羽ばたいた。風をつかんで、山麓に向かった。すぐに見えなくなった。

小林家次は、駆けだした。

白鷹の飛んだ方向めざして走った。清六がついてきた。山を駆けくだり山麓を大きくまわった。夢中だった。目覚めたばかりの鷹匠たちが驚いてついてきた。清六がなにかを喚《わめ》いて手で追いはらった。いつの間にか、小谷山の東の麓《ふもと》にいた。敵も味方も、ここには少ない。柵《さく》と逆茂木《さかもぎ》を乗り越えて草原に立った。

白鷹を探した。山麓の杉の梢にとまっている。見つめているのは戦場だ。屍《しかばね》がいくつも転がっている。

「朝飯に死人《しびと》でも喰らうつもりでしょうか」

清六が首をかしげた。白鷹は、まだほんの幼鳥だ。狩りが巧《うま》いとは思えない。血の匂いに惹《ひ》かれてここまでやってきたのか。ありえないことではない。家次は、藪《やぶ》の陰に身を隠して、なりゆきを見守った。

数羽の烏が、屍に群がっている。大きな野犬が数頭、死肉をむさぼっている。ありきたりの戦場風景だ。白鷹は、静かにあたりを睥睨《へいげい》している。鷹は、狩りの前に姿を見せるのを嫌う。姿を見せれば、獲物は逃げてしまう。

黒い野犬が死肉から顔を上げ、遠くに向かって吠えた。それを合図に、野犬たちがいっせいに吠え立てた。向こうから、なにかがやってくる。

やってきたのは、仲間ではなかった。眼が切れ上がり、牙《きば》が鋭い。尻尾《しっぽ》がふさふさと揺れている。狼だった。

狼が小走りに近づくと、野犬たちは尻尾を下げて逃げた。死体なら、どこにでも転がっている。狼に立ち向かうことはない。

狼は、足軽の死体を見つけ、うまそうな太股《ふともも》に喰らいついた。白鷹が、飛び立った。いったん高く上がって翼を後ろに反《そ》らせ、急降下した。一本の矢。隼《はやぶさ》より鋭い急降下。

白鷹は、両脚の八本の爪で、狼の鼻と顎《あご》をがっしり摑んだ。狼は鳴き声さえあげられない。

狩りに馴《な》れた利口な鷹は、獣の鼻っ柱と下顎を摑む。こうすれば口が開かず、牙で嚙《か》まれない。鷹の握力はすさまじい。相撲の力士でさえ、摑まれればはずせない。はずそうともがけば、鋭利な爪が肉に食い込む。

狼は跳《は》ね飛んだ。突然の災厄を振りはらおうと必死だった。口を開くと、爪が鼻に深く食い込み、粘膜を破った。狼はもがいて地面に転がった。

転がる瞬間、白鷹は宙に舞った。翼を傷めない智恵だ。わずか上空で羽ばたき、隙《すき》をうかがっている。狼が立ち上がると、首筋を摑んだ。

「手馴れております」

清六が驚嘆した。白鷹は若いくせにすばらしい狩人だ。頸椎《けいつい》を摑み、爪で神経を切断しようとしている。ふつうの鷹も、兎が相手ならこの手をつかう。頸椎で神経を切断されれば、脊椎《せきつい》動物は下半身不随になる。白鷹の大きな爪なら、狼が相手でも神経が切断できる。白鷹は幼いが、自分の狩猟能力を熟知している。

狼が、がくりと腰を落とした。勝敗が決した。腰が地面についた。横に倒れた。白鷹はふたたび口をがっしり摑み、あたりを眺めわたした。堂々。泰然。ゆるぎない勝利だ。波打つ腹に嘴《くちばし》を立てた。腹を破り、臓物をついばむ。首を上げると、腸が長く延びた。獣の臓物が好物なのかもしれない。

「甲斐でも、こんな狩りをしましたか」

「仔馬を倒した」

「まさか」

「信じずともよい」

師と弟子に、それ以上の言葉はなかった。あんな鷹がいるものではない。あれは鷹などではない。鷹の姿はしていても、鷹ではない。

「あれは鷹でしょうか」

家次は首を振った。

「では……」

もう一度首を振った。そんなことが、愚かな人間にわかるはずがない。

魂を抜かれた顔で、二人は白鷹の食事を見つめていた。近くで鉄砲が鳴った。もう陽がすっかり昇っていた。合戦が始まる。

白鷹は顔を上げてあたりを見まわした。ふたたび悠然と狼の臓物を喰い、いちばん美味《うま》い心臓まで喰ってから、羽をつくろった。

鉄砲の音がつづけざまに響いた。家次と清六は、あわてて小谷山を駆け上った。白鷹より合戦が大事だった。今日は、死ぬ日だ。

二

小谷城本丸大広間に、浅井《あざい》家重鎮一同が粛然《しゅくぜん》と居ならんでいた。髻《もとどり》をほどいているが、まもなく死人となる男たちの髪には櫛《くし》がとおっている。卑怯者は一人も残っていない。誰の鎧《よろい》も血と泥で汚れていた。香を燻《くん》じ、緑の蔀《しとみ》を開け放っていても、汗と血の饐《す》えた匂いが充満していた。

浅井長政は、長年仕えた家臣たちに感状をあたえ、別離を告げた。

「四ヶ年以来、粉骨抽《ぬきん》ぜらるるの段、忠節比類なく候《そうろう》。殊に今度《このたび》籠城相詰めらるるの儀、神妙に候」

織田軍団の智恵者羽柴秀吉が、小谷城から一里南の横山《よこやま》城に着陣してから四年がたっていた。秀吉は、性急に合戦を仕掛けず、時間をかけて浅井方の将を調略で寝返らせた。出《で》城《じろ》をひとつずつ落とし、ついに小谷城の喉元《のどもと》わずか五町（約五四五メートル）に迫る虎御《とらご》前山《ぜやま》に城を築いた。大軍を率いた信長が、時折あらわれ、攻撃を仕掛けてきた。

浅井家とて、ただ傍観して籠城していたわけではない。隙を衝《つ》いての反撃を果敢にくり返した。攻められれば、向こうが籠城した。秀吉はもともと持久戦のつもりだ。

同盟者である越前《えちぜん》の朝倉義景《あさくらよしかげ》が信長軍に殲滅《せんめつ》され、趨勢《すうせい》が決した。小谷城は、孤立無援となった。

長政は、おのれの命運を悟り、城下の寺に石塔を造らせ、戒名を刻ませた。二十九歳。肥満体質だが、勇猛果敢。将としての資質と人望がある。惜しむらくは、この時代のほとんどすべての武将同様、先見性がなかった。たった一人、時代を見通し、力でそれをねじ伏せているのが美濃の信長だ。時代を読めない武将は、戒名を墓石に刻ませるしかない。

小林家次は、ざんばらの頭を床《ゆか》につけ、感状を受け取った。顔を上げたとき、主君が怪《け》訝《げん》な顔をした。憂愁を嚙《か》みしめる武将たちのなかで、家次だけが違う表情をしていた。

「なにかよいことでもあったか」

「そんな顔をしておりますか」

「ちかごろ見ない涼しげな顔だ。いや、偏屈なおぬしが、そんな晴れ晴れしているのを見たのは、初めてではないか」

「偏屈者が、この世のみやげに女でも抱いたのではござらぬか」

「さよう、これほどよきものか、と、感極まっての顔であろう」

手を打って囃《はや》す者がいた。武将たちのざれごとも、そよ風に似ている。家次は、朝の出来事を語った。狼を倒した白鷹からくつわの勇壮ぶりを。今日まで生きてきたおかげで、末期にすばらしい光景を見られたと。願掛けのことは話さない。誰にも話すつもりはなかった。

「それは果報であったな」

「もはや、なんの存念もござらぬ。晴れ晴れとして死にましょうぞ」

すすり泣く者がいた。死ぬ前によい話を聞いたと語り合った。

「わしは人遣いが荒《あろ》うてな。その前に、もう一苦労してもらいたい」

「いかようにでもお遣いあれ。なにを承《う》けたもうか」

「お市《いち》のこと。茶々《ちゃちゃ》らとともに、織田の陣に送り届けてくれ」

家次は言葉を呑んだ。お市。主君長政の美貌の妻は、信長の妹だ。十歳になる嫡男《ちゃくなん》万福丸《まんぷくまる》をかしらに二人の男児と、茶々、初《はつ》、江《ごう》、三人の娘がいる。茶々は七歳。江《ごう》は今年生まれた乳飲み子だ。

茶々は幼いころから鷹が好きで、母とともに、しばしば鷹部屋に遊びに来た。遊びに来れば、小さな雀鷹《すずめだか》（チョウゲンボウ）を飛ばして見せてやった。

雀鷹を飛ばすばかりでなく、家次は野山での遊びや、食べられる野の実を教えてやった。秋のあけび、山葡萄《ぶどう》、冬の蔓苺《つるいちご》、春の茱萸《ぐみ》、夏の木苺。茶々は、夢中になって山の幸を採って食べた。こんなおもしろい遊びを、乳母は教えてくれない。茶々は、退屈な乳母と遊ぶより、家次と遊びたがった。

茶々が喜ぶと、母の市も笑顔を見せた。

女人に惚れたことはなかったが、ただ一人、お市は例外だった。お市には気品がある。

おだやかで高貴な色香が、家次の心をとらえていた。主君の正室でなければ、願掛けなど捨て、肩に担《かつ》いでどこぞに連れ去りたかった。いや、主君の妻女といえども……。そんな悪事を夢想した夜がないわけではない。

「承知してくれるな」

家次は即答しかねた。長政に即答しなかったのは、初めてのことだ。

晴れ晴れしていたのは、死がすぐそこにあったからだ。その覚悟をくじかれた。死が、一日遠くへ逃げた。

「そのほうを先導役にというのは、お市と茶々のたっての願いでな。聞き届けてやってくれ」

お市の方と娘たちを逃がすとなれば、たしかに家次が適役だった。

浅井家鷹匠頭《がしら》小林家次は、天下泰平の徳川幕府に仕えた脆弱《ぜいじゃく》な鷹匠ではない。戦乱の世には、槍を持って戦場を駆け、かたわら鷹を飼う武将がいた。鷹を飼う武将は、物見や敵地斥候《せっこう》の術に長《た》けている。浅井家鷹匠組は、斥候組でもあった。戦場を突破するお市の一行を差配するとなれば、家次をおいて適任者はいない。

鷹を飛ばすときは、細心に周囲を観察する。

地形、気象、どんな木が生えているか、どんな風が吹いているか、獲物のいそうな場所、獲物が逃げる方向、山、川、谷、池、森、地勢的要素をすべて頭に入れ、勢子《せこ》を動かし、鷹を飛ばす。五感を総動員して、獲物と鷹の動きを見きわめる。さもなければ、狩りはできない。それは、そのまま、軍事的な斥候の要諦でもある。

家次は、下腹に力をこめ、奥歯を噛みしめた。

「かしこまって候。お市の方様と姫御子《ひめみこ》様お三人、無事に織田の陣までお連れいたします。ご安心めされよ」

娘たちはともかく、信長は嫡男《ちゃくなん》を生かしておかないだろう。

「して、万福丸様らは？」

「万はべつに逃がす。家次はお市と娘たちを守ってくれればありがたい。わしも憂いなく斬り死にできる」

「それがしも、ほどなくあとに続かせていただきましょう」

「それもよかろうが、そのほうには、いまひとつ気がかりがあろう」

「倅《せがれ》とあの韃靼人《だったん》でござるか」

韃靼人の話題になって、重鎮たちが、口々に好きなことを言いだした。

「あの二人、うまく京にたどり着けばよいが」

「元長《もとなが》ならば、落ち度はあるまい」

「しかし、なにせ敵の大軍……」

「いや、あの韃靼人ならやすやすと突っ切るであろう」

ませた。

小林家次の養子元長は、まだ幼い面差《おもざ》しののこる年齢だが、昨日あわただしく元服をすませた。

そのうえで、小谷城に寄寓していた韃靼国国使を、京の帝《みかど》のもとに送り届けるという大役をあたえられた。夜の闇にまぎれて出立《しゅったつ》した。

韃靼国使は、名をエルヒー・メルゲンといった。半年前から、この城に逗留していた。偉丈夫の傑物であった。韃靼は、明《みん》の北の草原にひろがる国。かつての大元国《だいげんこく》だという。

「それにつけても、あの韃靼人、なかなかの人物でござったな」

大広間に居ならんだ重臣のなかで、赤尾清綱《あかおきよつな》が口を開いた。萌黄縅《もえぎおどし》の鎧が、鮮血に染まっている。赤尾も歴戦の猛者である。

「馬の術、弓の術、相撲、槍に剣、なにをさせてもあんなに長じた武者は、ざらにおるものではない。鷹をつかわせても天下にならびなき腕でござった」

「いかにもいかにも」

長政が、大きな体と黒革縅の鎧を揺すって笑った。あの韃靼人を思いおこせば、なぜか笑いがこみあげてくる。天性、愉快な漢《おとこ》であった。いつも血が滾《たぎ》っている男。

「あの韃靼人の鷹のわざ、それがしも感服つかまつった。玄妙にして剛胆。われらのわざとは、まるでべつのもの」

エルヒー・メルゲンは、大和《やまと》六十余州の人間とはまるで違っていた。

六尺（約一八二センチ）の長身。胸板が厚く盛り上がり、鋼《はがね》の筋肉が躍《おど》っている。眼光は鷹より鋭く、隙がない。

それでいて、明朗闊達《かったつ》で人好き。いまでは片言の大和言葉をあやつり、洒落《しゃれ》や冗談を理解する。

韃靼国王の使者として多数の随身をひきつれ、沿海《えんかい》州から日本に渡ろうとしたが、途中で船が難破。越前にただ一人漂着した。

浜で漁民に保護されたが、言葉がつうじぬ。着衣がうろんなため、不審者として一乗《いちじょう》谷《だに》朝倉館《やかた》の石牢《いしろう》に投じられた。そのまま数ヵ月放置された。

半年前、小林家次は一乗谷朝倉館に長政の書状を持参した。

義景への拝謁をすませ朝倉家の鷹匠とともに鷹の仕込みをした。鷹を拳《こぶし》に据えて館の裏山の石牢前を通りかかった。

石牢に幽閉されていた男は、そのとき奇怪な声を発して、身振り手振りで、自分も鷹をつかうことを示そうとした。家次にはそう見えた。眼があまりに熱心にすがりつくので、家次は朝倉の重臣を説いた。男に鷹をつかわせてみた。鷹をつかわせるのに、言葉はいらない。

異国の男は、もののみごとに鷹を飛ばし、呼び寄せた。

朝倉館では、この異国人をもてあましていた。家次に押しつけて、小谷城に同道させた。

それが、エルヒー・メルゲンだった。

小谷城に着いたメルゲンは、城主長政に目通りして、鷹匠組の客分となった。

筆を持たせたら、メルゲンは漢文の読み書きができた。筆談で意をかよわせた。字は家次よりよほどたくさん知っていた。能筆《のうひつ》であった。気合いのこもった凜《りん》とした字を書いた。すこしずつ大和の言葉を教えた。

韃靼国王が、なぜ日本に使者を派遣したのか。浅井の家中にも疑う者がいた。ただの騙《かた》りの浮浪人ではないのか、と。

その話になると、メルゲンは、真顔になった。

「用向きは、この国の可汗《ハーン》（国王）に話す」

そうくり返した。ただ、修好や友誼《ゆうぎ》を求めてやってきたのではないらしい。なにかの密命があるらしい。

家次は信じた。疑えばきりがない。目の前にいるメルゲンには、武人としての鷹揚《おうよう》さがあった。ただの漂流民や騙りの輩《やから》ではない。万軍の将でさえ、みごとに務《つと》めるであろう。そんなことは、人物を見ればわかる。

メルゲンは、馬の腹を蹴って戦場を駆けた。馬上、あざやかに弓を射た。矢はあやまたず、敵兵の喉笛に突き立った。韃靼は、草原の国だという。左手だけで手綱《たづな》を操り、疾駆する姿は、広大な草原を彷彿《ほうふつ》とさせた。前立《まえだて》の大きな一ノ谷の兜《かぶと》がよく似合った。槍を振りまわし、織田の兵をさんざんに蹴散らした。

そんなメルゲンを案じることはあるまい。飛び抜けた大兵《だいひょう》だが、顔つきはこの国の人間と変わらない。言葉も話せる。訛《なまり》は強いが、陸奥《むつ》から来たといえば、それで通じるだろう。自分のことはなんとかする男だ。なんとかできなければ、それが天命だ。

養子の元長は、十五歳だ。赤子のときから跡継ぎとして引き取り、一通りの生き方は教えた。鷹についても知っている。斥候働きもできる。京には、行ったこともないが、才覚ははたらく。もう家次の手から離れた。これ以上してやれることはなかった。韃靼人を連れて、都の内裏《だいり》にたどり着けるものかどうか。すでに捕らわれ、殺されたかもしれない。案ずればきりがなかった。忘れることにしていた。彼らの運命は、彼らがひらく。

三

「家次、いくさはどうなる？　お城の者は皆死ぬのか？」

茶々が、小林家次にたずねた。利発な娘である。黒目が大きく愛らしい。白い脚絆《きゃはん》で支度を調《ととの》えている。

「死ぬ者と生き残る者がおりましょう」

「生き残るのは、卑怯者なのか？」

「さようではありません」

「強い者だけが生きるのか？」

「それもございましょうが、そればかりでもありますまい」

「生きる者と死ぬ者では、なにが違うのか？」

「さて……」

あらためて問われると、答えに窮した。

「天命でございましょう。どう死ぬかより、どう生きるかをお考えになったほうがよろしゅうござる」

「死ぬのはこわくない。平気です」

言い切ってから七歳の姫の眼に不安の光がただよった。

「だけど、殺されるのはこわい」

眼が潤んで涙がにじんだ。

「殺させはしません。必ずお守りいたします」

「茶々、家次を困らせてはいけません」

お市が、娘をたしなめた。お市と三人の娘は、いま、長政との別れをすませてきた。お市の眼は、真っ赤に腫れている。眼の下に隈《くま》ができて、美しくやつれている。夫は、自分の兄の手で死に追いやられる。ここが地獄だ。

「かか様は、こわくないの」

「怖《こわ》いですとも」

お市の眼がやさしくなった。

「とと様は、もっとつらい思いをなさるの。それを思えば、怖くなどありません」

娘をさとすお市の顔は、柔和だった。色白な瓜実顔《うりざね》。芯《しん》に強さを秘めている。強さがにじみ出て、端正な顔だちが引き締まっている。女が匂う。

二十七歳のお市。夫とともに、自害したがった。幸せは、充分味わった。不幸も味わった。あとは死ぬだけだ。

夫長政は、許さなかった。お市は、数夜泣き暮れた。娘たちを生かす。育て上げる。それが務めだと説かれ、落ちのびることを承知した。

「まいりましょう」

本丸御殿を見上げた。長政の姿はない。無人の階《きざはし》と広縁が、空虚さをかき立てた。

——見送らぬ。よしなに頼む。

そう言われていた。家次がいないあいだに、主君は腹を切っているだろう。

初秋の朝は、よく晴れていた。すがすがしさが、小癪《こしゃく》だった。無性に腹が立った。お市のために泣きたかった。どしゃぶりの雨でも降っていたら、お市の運命の過酷さを呪わずにすんだかもしれない。

空を見上げた。逃がした雲井丸がまっすぐ飛んでいた。あいつほど飛びたがる鷹はいない。それがあいつの流儀だ。自分を見失っていることに気づいた。深く静かに息を吸って、臍下丹田《せいかたんでん》に気を鎮《しず》めた。いま、生きている。それがすべてだ。やることをやれ。よけいな思いにとらわれるな。空は美しい。それでいい。それだけのことだ。

護衛隊は、小林家次と鷹匠組十五人。いずれも精鋭の武者たち。雑兵《ぞうひょう》を片手で投げ飛ばす腕自慢から、一里先の雀を見つける眼力優れた男まで、それぞれ特技の持ち主。みんな鷹をつかう。鷹と生きてきた男たち。勘がよくはたらき、他人の心が読める。神経が細かいところに行き届く。

小細工はしない。昨日、不破光治《ふわみつはる》と名乗る織田の軍使が開城降伏を勧告に来た。長政は、降伏も開城も拒否したが、妻女の助命を請うた。不破は了解した。そのままお市と姫らを同行しようと言ったが、お市がどうしても肯《がえ》んぜなかった。「後に送りとどける故《ゆえ》、よしなに」と約した。お市と姫らの投降は、信長の承認事項だ。ただし、「お方様お通り」の指令が末端にまで届いているとは考えられぬ。雑兵どもが、鵜《う》の目鷹の目で獲物をあさる最前線を突破する。戦闘は充分予想される。狙われない保証はない。

「油断するな」

大手《おおて》道の正面は敵が多すぎる。今朝もすでに戦闘が始まっていて鉄砲の音がやかましい。これからもっとやかましくなる。死にもの狂いの総攻撃が始まる。逃がすなら、いましかない。

山麓の屋敷がある清水谷《きよみずだに》への道をたどった。こちらも敵は多いが、虎御前山《とらごぜやま》信長本陣にはこのほうが近い。正面を突破する。

武者たちは、三人の姫を背負った。お市の方は、家次のすぐ後ろを足早についてくる。真っ白い脚絆でかためた足が、しなやかによく動く。

杉木立を駆けくだり、狭い谷におりる直前。先頭を走る佐原清六が立ち止まった。眼下の谷底に屋敷がならんでいる。左手を横にかざして隊列を止め、右手で屋敷を指さした。握り拳を筋兜の額《ひたい》に当てた。伏兵がいる合図だ。

檜皮葺《ひわだぶき》の屋敷は、浅井家重臣たちのものだ。平穏なときは、ここに住んでいた。織田軍に包囲され、全員が山頂の城に移った。四年のあいだ見捨てられた屋敷は、荒れていた。敵兵がひそんで、銃口をこちらに向けている。家次には黒光りする数本の銃口がはっきり見えた。

家次は、一同を杉の根方に伏せさせた。浅井家の紋三つ盛亀甲《もりきっこう》の旗を振らせた。仁王立ちになって、大音声をはりあげた。

「われらは、美濃の御大将織田信長殿の妹君お市の方様と姫御子をお連れ申す一行である。御大将信長殿にすでに通じてある。まちがいがあれば、ただではすまぬ」

返答は、銃声だった。旗を振っていた家来が喉から血しぶきを噴《ふ》いて倒れた。隼をつかう男だった。家次の耳元を弾丸がかすめた。

前線の将兵にまで、通達は届いていない。家次は、杉の陰に隠れた。隣の杉に清六がいた。

「やっかいなことになり申した」

「押して通るわけにもいかん」

家次は、地に尻をつけてすわった。あわてれば窮地に陥《おちい》る。考えた。じっと考えた。

「よし」

小気味よく手を打ち鳴らし、家次は、兜を脱いだ。前立は、黒光りする百足《むかで》。甲斐で松鷗軒からもらった自慢の兜。百足は後ずさりせぬ。前に進むだけだ。

「いかがなさいます」

「清六、おまえも脱げ。皆も裸になれ。お方様は、敵陣にたどり着くまで、地面だけをご覧あれ」

黒い骨牌金《かるたがね》の具足を脱ぎ捨てた。筒袖《つつそで》の肌着と半袴《はんばかま》まで脱いだ。

「それも取れ。素裸になれ」

褌《ふんどし》まで取って、草鞋《わらじ》だけの全裸となった。

そのまま、杉木立から飛びだした。両手を口に添えて、大声で喚いた。

「やいやい、織田の衆、よく聞け。われら、かくのごとき赤心《せきしん》にて、お方様、姫御子をお守りする者。なんの曇りも迷いもない。撃ちたくば、撃ってみよ」

銃口のひとつが、家次の胸板を狙っている。

銃声。

弾丸が、右の肩をかすめた。灼《や》け火箸を刺した痛み。家次は、身じろぎもしなかった。

二発、三発。

弾丸が肉をかすめ、皮を削いだ。狙撃者は、わざとはずしている。家次は動かなかった。眉ひとつ動かさない。動けば負けだ。

「みんな裸だ。隠れもない。おまえらも出てこい」

裸形の男たちがならんだ。逸物《いちもつ》を垂らし、無抵抗の腹を見せている。完全な降伏。哀れを請うているのではない。お市の命を守るためだ。撃たれても名誉はこちらにある。女までは、撃つまい。沈黙が重かった。

「貴殿の名は」

野太い声がした。

「浅井家鷹匠頭小林家次」

大声を谷に響かせた。沈黙。木洩れ日がゆれる。屋敷の内と陰から、三十の顔と三十の銃口があらわれた。火縄は赤く、すべての銃口が家次を狙っている。

「お方様はおわすか」

家次が手で招き、お市が幹の陰から出た。視線がすがりついてきた。柔らかな頬。こんなときでもお市は美しい。すがりついた視線が、家次の裸体にとまどった。耳まで真っ赤に染まった。茶々たちは幹の根方に身をすくめている。

「ゆっくりおりませい」

「姫御子が三人おわす」

「抱えてこい」

家次が、横を向いて顎《あご》をしゃくった。家次が茶々を抱き、二人の家来が初《はつ》と江《ごう》を抱えた。

急な斜面を静かにおりた。散らばった杉の葉が素肌に痛い。腕のなかの茶々は、ぎゅっと目をつぶってしがみついている。家次の二の腕をつかむ力の強さが、茶々の恐怖の強さだ。家次たちは屋敷の脇にならんだ。

織田の鉄砲足軽が二人、斜面を駆け上がってあたりを調べた。

「ほかにはおりませぬ。それだけでござる」

鉄砲隊が一同を包囲した。

黒ずくめの甲冑《かっちゅう》武者が最後に出てきた。ゆっくり近づくと家次の頰に強烈な張り手をくらわせた。ふぐりを鷲づかみにした。

「たいした奴じゃ。縮んでおらぬぞ」

大声で笑った。そのまま連行された。

四

虎御前山の麓に、織田の小姓組が待ち受けていた。お市と三人の姫を丁重に迎えた。

「お方様と姫御子の御身《おんみ》、たしかに承《うけたまわ》った。ご苦労」

韓紅花《からくれない》の縅《おどし》も艶《あで》やかな小姓の眼が、尊大で高慢に見えた。

織田家小姓組の軍装は、朱や金銀が多くて可憐だ。浅井家にはない華があった。裸のおのれが、惨めだった。唇を噛んだ。ここで腹を切りたかった。

振り返ったお市の眼が、家次を見ていた。泣き出しそうな眼が潤んで熱《ほて》い。会釈した。視線を落とすと、裸形だったのを思い出した。家次のふぐりは羞恥に縮みあがり、黒武者が笑ってそれをからかった。

家次と十四人の家来は、山麓の丸太の柵に閉じ込められた。藁《わら》さえ敷いてない。高手小手《たかてこ》に縛られ、裸で転がされた。浅井の将兵が五、六十人、縛りあげられていた。顔見知りも多いが、誰も口をきかぬ。抜き身の刀や槍を持った見張り兵が柵の周囲で立番している。麻縄が手首と首筋にくいこんで痛い。

「軍使への礼がこれでござるか」

佐原清六が家次に話しかけた。

「しゃべるな！」

番兵が怒鳴る。柵のあいだから槍の石突《いしづき》で清六の喉を突いた。しばらくは、息もできない。憎悪と歯がみ。敗兵の宿命。

生け捕りにされた敵将兵は、身代金がとれなければ、一貫文か二貫文の安値で奴婢《ぬひ》として売りとばされる。さもなければ、首を刎《は》ねられる。それが、合戦のならいだ。家次たちもそうしてきた。合戦に負ければ、所領も家も、おのれ自身さえ失ってしまう。だから、必死で勝とうとした。勝たなければ、すべてを失う。最後の髪一筋の矜持《きょうじ》さえ。

家次ら捕虜は、じっと転がっていた。誰もなにもしゃべらなかった。しゃべるのは、生きるためだ。虜囚《りょしゅう》は死者にひとしい。

風にのって、銃声や雄叫《おたけ》びが聞こえる。吶喊《とっかん》。鬨《とき》の声。どこかの曲輪が陥落したのだろう。時間が長い。じっと転がっていると、さまざまな思いが駆けめぐる。

そのまま、夜となった。食べ物も水もあたえられず、捕虜たちは悄然とうなだれていた。草は夜露に湿ったが、興奮のせいか、裸でも寒いとは思わなかった。体の芯が、燃えるように熱かった。煩悶で身が焦げる。

まんじりともせず夜が明けた。合戦のようすはわからない。鉄砲、雄叫び、吶喊。梢の葉に風がそよいでいる。見上げれば、いつもの空。いつもの雲。いつもの風。鷹を飛ばしたかった。

太陽が中天に差しかかったころ、格別大きな鬨の声が轟《とどろ》いた。落城した。鉄砲も雄叫びもやんだ。浮かれた笛の音がする。戦場の空気が、緩んだ。長い時間がながれた。

西の空が茜《あかね》色に染まる夕刻、昨日の黒武者がやってきた。

「来い」

小林家次だけ連れ出された。埃《ほこり》と汗にまみれた小袖をあたえられ、また縛られた。足軽に小突かれるように虎御前山を登った。山は削られ、曲輪、曲輪に柵が立ちならぶ。攻城の付城《つけじろ》にしては堅固な建物。眼を爛々《らんらん》とさせる番兵。足軽の隊列。城内の秩序は、浅井家より一段凛冽《りんれつ》らしい。信長という男に、初めて恐怖を感じた。館の前に出た。

縁先に、男がすわっている。

鮮やかな緋《ひ》色の当世具足。脇に置いてあるのは、真っ赤な日の丸をあしらった金の長烏《え》帽子《ぼし》兜。派手好みだが、顔つきは、鼠《ねずみ》に似ている。体が小さい。武者としての槍働きは悪かろう。羽柴秀吉《はしばひでよし》だ。諜者からの話とすべてが一致している。

小兵《こひょう》の男は、次々にやってくる母衣《ほろ》武者たちの報告にうなずき、返事をあたえている。そばには、祐筆《ゆうひつ》が三人正座して、小机で筆を動かしている。

小兵の男は、家次を一瞥すると、脇の小姓になにかを告げた。

小姓が家次に駆け寄り、縄を解いた。

口述が終わって、小兵の男は、小林家次を見すえた。家次は視線をはずさなかった。合戦で疲労しているらしい。髪の薄い頭に、汗が塩になって白く浮いている。山を這《は》いずりまわったのだろう。具足に泥がこびりついている。

「浅井の鷹匠頭小林家次か」

「さよう」

「お市の方様らの警護、ご苦労であった」

家次はうなだれた。敵将の前に引きずり出された敗兵。負けた実感に打ちのめされた。

「余《よ》は羽柴秀吉である。おぬしが来てくれてよかった」

秀吉は、家次の名を知っていた。なにが「よかった」のか、家次にはわからない。

「信長様に、おぬしを殺さぬように命じられていた。鷹匠としてのおぬしの評判は、美濃にまで届いておる」

「……」

「殿は、天下一がお好きでな。甲斐の禰津《ねづ》松鷗軒をしのぎ、天下一鷹匠と評判のおぬしのこと、どんな名物茶器よりご執心じゃ」

負け戦でなければ、讃辞として聞いただろう。光栄の極みに感じただろう。敗兵であれば、茶器なみに扱われたと僻《ひが》みも湧く。人であるためには、戦に勝たなければならない。

「おぬしは、鷹と話ができるそうだな」

話ができるわけではないが、鷹によく話しかけるのはほんとうだ。話してやれば、鷹はわかってくれる。言葉がわかるのではなく、生き物としての人間の態度を見て納得し、安心するのだ。鷹がなにを考え、なにをしたがっているかは、眼を見ていればたいていわかる。つぶやくように、そう答えた。

「奇態な男よ。いや、悪い意味ではないぞ。異能を誇るがよい」

家次は、言葉が出なかった。秀吉の脇や階の下には、馬廻《うままわり》衆や小姓らが三十人あまりも居ならび、やりとりにじっと耳をかたむけている。晒《さら》し者になった気がした。

「われらが城は……」

やはり、どうしてもたずねずにはいられなかった。

「自分の目でたしかめればよかろう」

秀吉は、顎《あご》をしゃくった。

振り返ると、真正面に小谷城が見えた。

静かだった。織田も味方も、火をかけなかったのだ。秋の風が、織田の五つ木瓜《もっこう》や永楽《えいらく》銭《せん》の幟《のぼり》をはためかせている。

「焼かずにすんだ。ありがたく使わせてもらうさ」

合戦があれば、城は焼ける。焼けずに残っているのが、奇妙な気がした。最後まで戦わずに落ちたということか。卑怯者の城だということか。

「なぜ焼けずに残ったか不審か」

家次は、黙ってうなずいた。

「浅井玄蕃《げんば》、三田村国定《みたむらくにさだ》、大野木秀俊《おおのぎひでとし》、浅井七郎《しちろう》が内応してくれた。おかげで、われらはやすやすと京極《きょうごく》丸にはいれた。本丸攻めは、ずいぶん手こずりもしたが、今朝になってようやく落ちた」

長政のいた本丸と父久政の陣取る小丸とのあいだの峰に京極丸と中丸がある。そこを守備していた玄蕃らが寝返ったのなら、城は無抵抗で落ちたも同然だ。

「長政殿はな、最後に手勢二百を率いて討って出られた。そのあいだにわしが本丸を取ったゆえ、赤尾屋敷で腹を召された。本丸勢の首は七百もあるか」

涙が止まらなかった。泣いたのはいつ以来か。元服して以後、初めてだ。

「さて、行かねばならん」

秀吉が立ち上がった。

「天下一の鷹匠が、その襤褸《ぼろ》では気の毒だ」

小姓が走り、萌黄《もえぎ》の小袖が用意された。白い肌着もある。死に装束ではない。生きるための着物だ。家次は、差しだされた小袖を見つめたまま動かなかった。

「支度されよ」

うながされたが、家次は動く気になれなかった。自分の肉体が自分のものではなかった。城が落ちたうえ、腹を切る自由さえない自分など、なに者でもない。

「ご無礼つかまつる」

小姓らが、家次を抱きかかえるようにして着替えさせた。魂が抜けたようで、抗《あらが》う気にもならず、されるままになっていた。鷹に摑まれた獲物の気持ちが初めてわかった。首を刎ねられたほうが、よほど気楽だ。

「長政殿の首実検が始まる」

秀吉の言葉に、体が反射した。身が引き締まった。死者がいた。俺はまだ生きている。生きているなら、死者に礼をつくさねばならぬ。背筋が伸びた。

秀吉が歩き出した。武者たちがあとにつづく。家次もつづいて歩いた。手槍を持った番兵が睨《にら》んでつづく。

虎御前山の尾根をたどり、頂上の曲輪に着いた。この館だけ黒々した瓦葺《かわらぶき》だった。信長の陣所らしい。五つ木瓜の幔幕《まんまく》がめぐらされ、百人ばかりの武将が床几《しょうぎ》に腰をおろしていた。その背後に数百人の武者が立っている。秀吉が床几にすわり、一同は後ろにならんだ。やがて座が静まり、しわぶきひとつない沈黙のなか、正面に武者があらわれた。

金泥《きんでい》を贅沢につかった甲冑にあざやかな緋羅紗《ひらしゃ》の陣羽織。信長だ。眉の線が細く強く、切れ上がった眼が鋭い。髷《まげ》を結《ゆ》った額が美しい。

——鷹なら、よほどいい狩りをする顔相だ。

そんなことを考えた。考えている自分がおかしく、自分をあざ笑った。

華やいだ色の具足をつけた小姓たちの行列があらわれた。両手で三方《さんぽう》をいただきながら歩いてくる。首が載《の》っている。赤尾、井規、野一色。いずれも浅井の猛将たちだ。きれいに化粧され、髷が結ってある。嗚咽《おえつ》がこみあげる。最後に、浅井の大殿久政。若殿長政。首がずらりとならんだ。

小林家次の内部が真空になった。すべての時間と思考が熔解した。この世になんの意味も価値もなくなった。まだ生きなければならないのか。

信長は、手に鞭《むち》を持っている。鞭をふるって死者を愚弄したなら、ただではおかぬと決めた。信長は鞭を小姓に渡した。頭を垂れた。一同が頭を垂れた。風だけが鳴っていた。空が黄昏《たそがれ》てきた。秋が深くなる。死を思った。どんな夜より暗い闇。無明《むみよう》。しかし、それだけのことか。

首は、礼をつくして、運び去られた。

入れ替わりに、四人の武将が引き出された。罪人の扱い。さっき、秀吉が名をあげた浅井の内通者たちだ。信長が、鞭を手に、顔を叩いた。生き恥に顔がゆがんだ。

「きさまらは、浅井家譜代《ふだい》の老臣でありながら、主《あるじ》の最期にのぞみて、返忠するとは許しがたい」

信長が、厳粛に宣告した。黄金の甲冑が夕焼けの茜色に映えて燃えたった。

「死をもってつぐなえ」

信長が鞭を一振りすると、四人の侍が飛びだした。白刃がきらめいて、四つの首が地面に転がった。夕陽より赤い鮮血がながれた。死が恥を消した。いや、恥は残ったが、死で霧散した。少なくとも本人には、闇だけがあたえられた。

「猿ッ」

信長が、甲高く叫んだ。

「ここに」

秀吉が前に進み出た。

「こたびの戦勝、そのほうの調略が功績の第一等である。江北浅井跡三郡一職《いっしき》進退を申しつける。小谷城に入り、以後もぬからず励むがよい」

秀吉が戦功を認められ、浅井の旧領一円支配を任された。城持ち大名への出世だ。

「ありがたき幸せにございまする」

秀吉が、大地に平伏した。這いつくばり方が堂に入っている。したたかな男。

「権六《ごんろく》ッ」

とは、柴田勝家《しばたかついえ》だ。越前朝倉を滅ぼした功労者である。大兵の武者が恭《うやうや》しく片膝をついた。

「朝倉攻めに功ありといえど、その前に、伊香《いか》郡境で朝倉勢を逃した失態は大きい。ゆえに、越前はあたえず。朝倉の旧臣たちに安堵する」

うつむく柴田勝家の髭面《ひげづら》が苦渋にゆがんだ。勝っても恥があった。いかつい男だけに、苦悶が見苦しい。

論功行賞が続いた。誉められ、褒賞をあたえられる者。叱責される者。信長は果断だ。そんな男ではなく、人間の一段上のべつの存在として振る舞っている。違和感がない。そんな男として生まれついたのだ。すべて終わったところで、ふたたび秀吉が前に進み出た。

「浅井の鷹匠頭小林家次を召し連れました」

信長が小さく口を開いた。驚いたらしい。

「小林家次、これにまいれ」

秀吉が振り返って、家次を手招きした。芝居がかった満面の笑顔。なぜ、そんなに笑える。

数百の視線が家次にそそがれた。侍たちが脇に寄り、道ができた。歩くしかない。前に出て、片膝をついた。頭を下げた。俺は負けたのだ。

信長が、鞭を頭上で振った。鋭く風が切れた。散会の合図か。武将たちが立ち上がり、黙礼して去っていく。

信長の切れ長の眼が、瞬《まばた》きひとつせずに、家次を見つめている。家次も睨み返した。負けたが、屈服したわけではない。恥をあたえるなら死んでやる。眼は、どちらもそらさない。強い視線のまま、信長が口を開いた。

「あの鷹は、浅井の鷹か」

「あの鷹」とは、どの鷹のことか、信長は言わない。信長の眼に、驚きと好奇の色があった。ならば、どの鷹かははっきりしている。鷹の気持ちより、人間の気持ちを読むほうが、はるかに簡単だ。

「白鷹でござるか」

「あれは長政の鷹か」

「いや、小谷城の鷹部屋に白鷹はおらなんだ」

「いつからおる」

「昨日の朝」

「さても奇妙なこと。どこから来た」

「伊吹山を越えて」

「渡りの途路と思うか」

「さて……」

「死肉を求めて来たのか」

「さて……」

信長が、鞭でまた掌《てのひら》を叩いた。考えている。

「あれは、韃靼よりさらに北の空に舞う白鷹であろう。なにゆえこんなところまで来たと思う」

「さようなことは鷹に聞けばよい。わしに聞くな」

信長が笑った。悪い笑顔ではなかった。

「おぬしならば、あの白鷹の心もわかるかと思ったが……」

顔は笑っていても、信長の眼は問い詰めていた。いい加減な答えで納得する顔ではない。こういう将のそばにいれば、人間は、いずれおのれのすべてをさらけ出さなければ許されまい。

信長という人間を試してみたくなった。

「あやつは、天下の帰趨《きすう》を睨みにきたのであろう」

「たわけたことを。鷹がなぜそんなことをするのか」

「あれは鷹ではない」

信長の視線が刺さる。

「では、なにか」

「からくつわと呼ぶ瑞鳥だ。天地陰陽の精気が鷹の姿を借りてあらわれたのが、あの白鷹よ。鷹の姿にて鷹にあらず。普賢、観音、毘沙門、不動四仏の垂迹《すいじゃく》ともいえる」

信長の眉間に深い皺《しわ》が寄った。

「鷹にして鷹にあらずというか」

家次は、眼で答えた。信長の眼が、ねっとり絡まった。

「からくつわ……。妙な名だ。由来があるか」

「唐国の轡《くつわ》ということ。欽明帝の御代と申すゆえ、いまから千年も昔であろう。宇治の宝蔵にて、唐渡りの轡を曝涼《ばくりょう》（虫干し）しておったところ、大きな白鷹が飛来し、その轡を掴み、飛び去った」

家次は、師松鷗軒から教えられたとおりの話をした。

「あの白鷹は、その末裔である」

「なぜわかる」

「黒い瞳が十文字に赤く光っている。これぞからくつわの証左」

信長が、床几に腰をおろした。すでにあたりは薄暗く、篝火《かがりび》が焚《た》かれた。火を睨んで、考えている。信長は不思議を信じない男だと、諜者は語っていた。なんでも自分で確かめなければ気のすまぬ男だと。

「さように近くで見たか」

「甲斐でな。今朝飛んできたのは、間違いなくその子供。姿形が生き写しだ」

家次は、手短に甲斐での白鷹との邂逅《かいこう》を話した。怪我を治した話もした。

　信長は家次を睨んで、考えている。絵空事ではないのか。家次は、視線をはずさなかった。

「なぜ甲斐におる」

「富士が日の本一の霊峰であるゆえ」

「富士に棲《す》むか」

「ついぞ巣を見つけたことはないが、本巣海《もとすのうみ》のあたりでしばしば見かけた」

　信長の瞳に、家次を認める光が宿った。話を信じたのだ。少なくとも、すべてを疑う理由はない。あやかしではない。白鷹はたしかに自分の眼で見た。それは信じられる。

　若い時の信長は、大蛇の伝説がある池の水を掻《か》い出させ、自ら短刀をくわえて水中を探索した。大蛇はいなかった。白鷹はたしかにいる。

　だが、鷹は鷹だ――。どんな奇鷹であろうと、神仏魔物などではない。信長の合理性がそうささやく。

「鷹は鷹であろう。鷹以外のなにかであるものか」

　家次は顔を撫でた。存外よい答えかもしれぬ。

「しかし、あの鷹の狩りはおもしろい。狼を倒す鷹など初めて見た」

　鷹の話にはきりがない。信長は、心底鷹好きらしい。

「あれをご覧あったか」

「見逃すものか。白鷹を見つけ、思わず山を駆けくだったわ。鷹であるが、凡庸《ぼんよう》な並の鷹ではない。力があり、飛翔が早い。狩りのかけひきは、よほど利口である」

信長と家次は、草原を挟んで、白鷹の狩りを見ていたのだ。家次は、自分が誉められたごとく嬉しかった。

「あの白鷹、捕らえられるか」

「当たり前だ」

家次は胸を張った。

「自信がありそうだな」

「自信などあるものか」

「では、なぜ胸を張る」

「天下広しといえども、この家次ほどあの白鷹を恋慕しておる者はおらぬとの自負よ」

「わしとて一目惚れしたぞ」

「年季が違うわい。わしは、毎日毎日空を眺めて、あの白鷹が飛んでくるのを待っていたのだ。わしが捕らえず、ほかの誰が捕らえるというのか」

「たいした心意気だ。織田の鷹匠たちは、みんな尻込みしおった。捕らえようと言い出す剛の者がおらぬで弱っておった。どうだ、わしのために、あの白鷹、捕らえてくれ」

家次は奥歯を噛んだ。

「仕えよ、と仰せか」

「わしに仕えねば、なんとする。誰に仕える。甲斐に戻っても、信玄は死んだぞ」

武田信玄の死は知っていた。西上の途路、徳川家康を三方原《みかたがはら》に破った信玄が、伊那《いな》の駒場《こまば》で没したとの諜報は届いている。

「白鷹をなんとなさる。なぜ欲しい」

「異なことをたずねるもの。あの奇鷹を見て、欲しがらぬ鷹好きがおるというか」

反論はない。

「からくつわ、これまでに捕らえた者はおらぬのか」

「おるとも」

「誰だ」

「禰津神平《じんぺい》である」

「神平か」

信長が唸《うな》った。黙り込んだ。

禰津神平は、平安時代末期の伝説的鷹匠で、禰津松鷗軒のはるかな祖先だ。松鷗軒から家系をさかのぼること二十代。

『日本書紀』によれば、百済《くだら》から日本に放鷹術がつたえられたのは、仁徳《にんとく》帝四十三年（西暦三五五）。依網屯倉阿弭古《よさみやけあびこ》という男が、異鳥を捕らえて帝に献じた。百済からの帰化人酒君《さけのきみ》に見せたところ、これを馴養《くんよう》して狩りを仕込んだ。足革をつけ、尾羽に小鈴をつけ、仁徳帝とともに百舌野《もずの》で雉《きじ》を捕ったのが、日本放鷹《ほうよう》史の嚆矢《こうし》である。

のちに、百済から兼光《かねみつ》という鷹匠が渡来した。仁徳帝は美女千人のうちで一番の美女といわれた呉竹《こちく》という娘を嫁がせた。呉竹は兼光の鷹のわざをすべて吸収し、一人娘の朱光《しゅこう》につたえた。

朱光は、源 政頼《みなもとのまさより》を婿として、十八の秘事と三十六の口伝をつたえた。

政頼は、清和《せいわ》帝の血をひく禰津家にこの放鷹術をつたえた。

禰津家三代目貞直《さだなお》は、諏訪社《すわしゃ》の猶子《ゆうし》（養子）となり諏訪郡の領主となったため、諏訪流を名乗った。貞直はのちに名をあらため神平と名乗った。

その末裔の松鷗軒は、村上《むらかみ》氏との合戦に敗れ、諏訪から甲斐に奔《はし》り、武田信玄に仕えたのである。

「神平が捕らえて朝廷に献じた白大鷹は、首尾《しゅび》三尺（約九〇センチ）におよび、楚《そ》王の鵬《おおとり》をおとせる良鷹《りようよう》にことならずと『白鷹記』に記されている」

そう口にしただけで、家次の全身の肌に粟がふいた。

「あの白大鷹、捕らえてみせよ。神平にできた。おまえにはどうだ」

家次は沈黙した。天才鷹匠禰津神平は、畏敬している。おのれとは比較にならぬ偉大な存在だ。その神平と並べられた。家次にも鷹匠の自負と意地がある。白鷹を拳に据えての狩りは、家次一生の心願だ。

運命の転変にとまどっていた。自分の天命が、死の淵からどこかに転がろうとしている。

信長が、見すかしたように言った。

「腹が切りたいのなら切れ。どこぞへ奔《はし》るなら奔れ。わしに仕えるか。否か。いまただちに返答せよ」

喉がひりひり渇いた。

――あの白鷹をこの俺が捕まえる。飼い馴らす……。

それは、何度もくり返し夢に見た光景だ。いつかかならず実現すると信じていた。だが、こんなときになってとは。

膝で握りしめた拳が、大きく震えていた。

「からくつわ、わしの拳にとまらせて見せよ。さぞや豪快な狩りをするであろう」

返答ができない。声が出なかった。死ぬつもりだったのだ。大勢の友と部下が死んだのだ。女も子供も死んだのだ。返事など、できるはずがなかった。

涙があふれた。世界が涙でぼやけた。俺はなぜ戦っていたのか。俺はなに者か。それさえわからなかった。

――かしこまった。

とは、言えない。信長が睨んでいた。負けたのだ。爪で摑まれている。嘴《くちばし》で腹を裂かれている。腑《はらわた》をえぐられている。強い眼で、心魂の底までえぐられた。負けた。負けた。負けた。

だが——。

生きている。死んではいない。

敗北はした。屈服はしない。

信長の顔を睨んだ。

頭を下げた。

俺は俺として生きる。

眼でそう語った。

信長がうなずいた。

ぎしり、と、おのれと世界が、音をたてて軋《きし》んだ。

網懸《あが》け

一

エルヒー・メルゲンは、闇の小谷山《おだにやま》を駆け下りた。後ろをついてくる若者は、小林元長《もとなが》。時折、足音が止まる。若者は振り返って城を見上げている。闇のなかの篝火《かがりび》しか見えないのに、未練が振り向かせる。一度は、仕方がない。二度目。三度目。メルゲンは立ち止まった。追いついた若者の頬を張り手で殴った。頭の兜巾《ときん》が飛んだ。二人は、山伏の装束を着ている。

「死ぬ気か」

「……いえ」

「二度と振り返るな。前を見ろ。戦場だ。さもなければ殺される」

「はい」

若者は素直にうなずいた。父家次《いえつぐ》に似て細面の秀麗な顔だちだ。父に似て背が高い。養子だと聞いたが、実子ではないか、とメルゲンは感じていた。

山をくだると、草原がひろがっている。闇の向こうに篝火が点在している。織田軍の包囲をくぐり抜けねばならない。戦うのが目的ではない。京に行き、帝《みかど》に会うのが目的だ。闇を走り、敵陣を大きく西に迂回《うかい》した。そろそろ進路を南にとろうとしたとき、闇から声が飛んだ。

「誰かッ！」

すぐそばの闇に松明《たいまつ》を持たぬ敵がいた。人がいたら、そいつは敵だ。味方がこの草原にいるはずがない。

「かまうな。走れ」

低声《こごえ》で元長をうながした。走った。

「敵ぞ。逃がすな」

「まかせろ」

足音は三人だ。それなら、応援が来ぬ間に撃退するのが上策か。そう考えた刹那、元長の倒れる音。振り返ると、敵が飛びかかっていた。錫杖《しゃくじょう》で人影を突いた。月のない闇でも、星明かりに目が馴れている。音の立たぬように金輪をはずした錫杖が、足軽の喉を破った。

もう一人が、槍を突いてきた。かわして脇で挟んだ。摺衣《すり》（行衣）の大袖《おおそで》が切れた。槍の柄《え》をつかんで力まかせに引いた。敵が踏んばったところで離した。よろめく敵に山刀を抜いて飛びかかった。喉を切った。血しぶきを避ける余裕があった。

もう一人はどこだ。いた。メルゲンを見て逃げる。突進した。大きく踏み込んで、背中に飛びかかった。当世具足《とうせぐそく》の肩口を山刀で殴りつけた。ざくりと肩が割れ、倒れた。頸動脈を切ってとどめをさした。

元長のところに戻った。

「手負を受けたか」

「いえ」

よろよろと、元長が立ち上がった。震えている。頬を張った。右と左。

「走れ。走れなくなったら死ぬ。それまでだ」

元長がうなずいた。

メルゲンは、死者たちに向き直り、両手を突き出して、天を仰いだ。

「なにをなさいました」

「魂を天《テングリ》に送った。おまえも行きたいか」

「……いえ」

「案外、いいところだと言うぞ」

元長は、首を強く振った。

「ならば走れ」

それから走った。一晩中駆けた。南へ。南へ。月はない。星明かりだけで、メルゲンはなんの不自由もなく山野を疾駆する。

エルヒー・メルゲンは、戦闘で血が滾《たぎ》ると、いつも同じ光景を思い出す。走りながら、また思い出していた。

網膜に焼きついて消えない光景。血の色。血の匂い。殺された女。メルゲンの恋人。チャスン・ゴア。美しい韃靼《タタール》の娘。これから幸せになるはずだった。幸せにすると約束した。幸せを知らずに死んだ。殺した男が許せない。卑劣なバハーン・ナギ。卑劣な王崇《おうすう》古《こ》。あの二人が、俺のいちばん大切なものを奪った。もっとも非道な方法で――。

――許すものか。

憎悪が奮《ふる》い立ってくる。体の芯が熱い。走る。走る。汗が憎悪をすこし冷ます。消えはしない。意識の底に沈めておける。しばらく封印しておく。いつか、解き放つ。

二

小谷城から京まで二十里。夜が明けて、ようやく走るのをやめた。足早に歩く。歩く。

歩く。その夜に大津《おおつ》に着いた。浜の松の根に寄りかかって寝た。さざ波。星が湖に光っていた。血と呻《うめ》き声の合戦が、嘘のようだ。泥になって眠った。

夜明けから、逢坂山《おうさかやま》を越えて京に入った。

上立売小川《かみだちうりおがわ》。近衛《このえ》屋敷。元長は、呪文のように唱えていた。

近衛前久《さきひさ》は、かつて関白だった。十九歳の若さで任官した。十四年間務め、将軍足利義昭《あしかがよしあき》に罷免された。それでも五摂家《せっけ》筆頭近衛家の当主だ。帝に取り次ぎが頼める。以前、小谷城に来た。鷹好きで、小林家次の腕に惚れた。近衛家の鷹匠に引き抜きたがっていた。

メルゲンはその誼《よしみ》を頼る。

「これが桜の御所かね」

屋敷の門前で、韃靼人《だったんじん》があきれた。都は荒れている。焼け跡だらけだ。この春、信長が焼いた。上京《かみぎょう》のほとんどが焼けた。将軍足利義昭を追い出すためだ。義昭は京を追放された。信長に勝てる者はいない。

その名から、優美な邸宅を想像していた。近衛邸は桜で名高い。焼けてはいない。広いが、荒れている。荒涼。檜皮《ひわだ》の屋根に草が茂っているのが、築地《ついじ》越しに見えた。撤去された建物もある。金がないのだ。金がない奴には力もない。

「案内《あない》を申す。案内を申す」

メルゲンは、喉がいい。声の響きが天に突き立つ。閉ざされた門。大きな拳で叩く。人の気配はない。

「入ればよかろう」

築地の破れから庭に入った。そこだけ雑草がかき分けられ、小道がついている。いつも人が通るのだ。

庭園は広い。かつては優美だったであろう。泉水は枯れ、汀《みぎわ》の丸石が白々と乾いている。殿舎は、広壮。雨露はしのげる。蔀戸《しとみど》は開け放たれているが、中は深閑として薄暗い。大声で案内を請うたが、返事はない。

「無人か」

「待つしかありますまい」

勝手に上がり込むわけにもいかぬ。そこらの庭石にでも腰をおろそうとしたとき、鳥の声が響いた。

「聞いたな」

「たしかに」

鷹の啼《な》き声だ。前久は鷹好きで、自分でも飼っていると聞いた。鷹部屋がどこかにある。いまのは、甘えた啼き声だ。人がいるだろう。啼き声に向かった。屋敷の反対側にまわった。

黒烏帽子《くろえぼし》に蘇芳《すおう》色の狩衣《かりぎぬ》を着た男が、手に持った雀を振っていた。広い庭を見おろす松の枝に、鷹がとまっている。メルゲンは、足を止めた。鷹を刺激してはいけない。突然、異形の山伏が近寄っては、鷹が逸《そ》れることがある。

笈《おい》をおろし、錫杖を置いた。メルゲンは、足音をしのばせて、狩衣の男に近づいた。

「ご無礼いたす。案内を請うたが無人ゆえ、築地の破れから入れていただいた。それがしも鷹がいたって好きでござってな」

「なんだ貴様は」

振り向いた男の顔は、鶴に似ていた。性質《たち》は、鶴よりずっと悪そうだ。痩せた男の顔が語るのは、野心、猜疑《さいぎ》、奸智《かんち》、権謀、傲慢、卑屈。長い年月に鬱屈した感情が、複雑な眼光を織りなしていた。近衛家当主前久にちがいない。

侵入者をじろりと一瞥した。顎《あご》と鼻の髭《ひげ》が、不審者を警戒している。

「羽黒修験《はぐろしゅげん》に用はない。去《い》ぬがよい」

「修験ではござらぬ。ゆえあって仮の姿に身をやつし、近衛前久殿に拝謁にまいった」

「いずれにせよ、無礼であろ……」

「あっ、鷹が飛ぶぞ」

松の枝にいた鷹が、翼を広げた。尾羽の斑《まだら》が一文字に美しい。悪い鷹ではない。母屋《おもや》の大屋根に飛んだ。こちらに背を向けて、いちばん高い棟にとまった。いつもそこにとまるのだ。白い糞《うち》が、屋根に散っている。

「あそこが好きなようでござるな」

「あの屋根にとまると、いっこうに降りてこぬ」

近衛前久が、あらためてメルゲンを見た。

「なにか獲物を見込んでいるのであろう。隣の屋敷に、小鳥でもおるのではないか」

「隣の息女が籠《かご》に目白を飼っておる。何度も隣家に飛び込み、籠に飛びかかって難渋した。鷹を知っておるか」

「本領にて、千据《もと》ばかり飼っておる」

眼に侮蔑の光。高慢な公家がそこにいる。

「法螺《ほら》を吹くな。そんなにたくさん飼えるものか」

「法螺ではない。まことに千据の鷹と鷲がおる」

「阿呆《あほう》なことを……」

言いかけて、前久が、一歩下がった。もう一度メルゲンの頭の先から爪先まで眺めた。よく見れば異形な男であった。大和の顔ではない。

「本領はどこだ。蝦夷《えぞ》地の果てからでも来たか」

「韃靼より参った」

「韃靼……」

二度、三度、舌でその言葉を転がした。転がせば、大明国《みん》の北にひろがるという荒涼たる大地の風に吹かれた気がした。

「麿《まろ》に拝謁に来たと申したか」

メルゲンは、片膝をついて、礼をとった。

「御意。韃靼王アルタン可汗《ハーン》の国使にござる。難破して漂流。随身どもを失い、ただこの体ひとつでまかり越した」

「なぜ大和の言葉が話せるのか」

「越前に着いてのち、しばらく江北の浅井家に寄寓いたしておりました」

「長政のところにいたか」

「いかにも」

「織田との合戦の次第は……。朝倉義景はすでに自刃したと聞いた」

「長政殿の書状がござる」

摺衣《すり》の懐から書状を差しだした。前久が読む。

顔を撫でた。長政の不憫《ふびん》を思ったのではない。寄食できる大名がひとつ減った。それが心痛の種だ。

「浅井家鷹匠頭の小林家次はいかがした」

メルゲンは、頭を垂れた。首を振った。生きているはずがない。

「惜しいことをした。まさに天下一の鷹匠であったのに。あのとき、無理にでも麿のあずかりにしておけばよかった。あやつの馴養した鷹は、じつに切れがよい。機敏に狩りをして、泰然としておる」

「存じております」

「さようか……、あやつ、死んだか」

高邁《こうまい》な貴族が、肩を落とした。衷心《ちゅうしん》から無念らしい。顎の髭を撫でた。韃靼人を見た。

「して、そのほうはなにを……」

「その前に、あの鷹をいかがなさる」

メルゲンが、屋根を指さした。

「まもなく隣家の鳥籠に飛びかかるであろう。さすれば、隣家の舎人《とねり》が捕まえて届けにくる。いつものことだ」

「その雀、お貸しくださらぬか」

言いながら、メルゲンは笈《おい》を開いた。鹿革の韘《えがけ》を取りだして右手にはめた。日本人なら必ず左手にはめる。

前久が、雀を差しだした。メルゲンは左手の指で雀の足を挟んで受け取った。まだ生きている。それを大きく振りかざし、天に向かって奇声を発した。

「カアーッ」

と、聞こえた。「ア」の音が強い。日本の鷹匠の掛け声とはまるで違う。

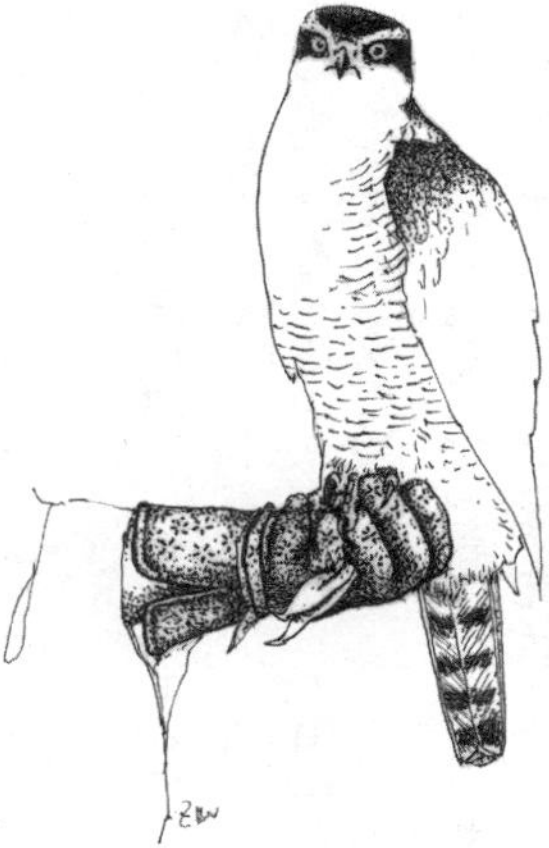

韘《えがけ》
鷹を据えるときに使う
鹿革製手袋。

メルゲンの奇声で、屋根の鷹が首だけ振り向いた。

メルゲンは手の雀を振って羽ばたかせ、すぐ背中に隠した。鷹がこちらに向きを変えた。雀を見込んで、首を突き出している。メルゲンは反転した。鷹に背を向け、体の陰から、間合いよく雀をちらつかせた。

見せ方がうまく鷹の気をひいて、鷹がツンツン首を突き出す。

「カアーッ」

メルゲンの奇声に呼び寄せられ、鷹が翼を広げて飛んだ。スイッと風を切り、突き出したメルゲンの右拳《こぶし》にとまった。雀をついばませ、鷹の足革を握った。

前久が、あっけにとられ、眼を丸

くしている。

「みごと。いやいや、そのほう、まことに韃靼の鷹匠でおじゃるな」

「韃靼王の鷹を千据《もと》飼っております」

「千据は信じがたい……」

「嘘とお思いなら、その眼でお確かめあればいかがか」

「どうやって確かめる。大和に連れてくるというのか」

「ご自分の眼で。海を渡って、われらの国にお出ましあれ。歓待いたしますぞ」

「まさか、そんなことができるか」

メルゲンは、拳の鷹をそばの台架《だいぼこ》にとまらせた。日本の流儀で、大緒《おおお》をつけて、架《ほこ》に結んだ。あらためて威儀を正した。背筋を伸ばし、国使の威厳をただよわせた。大きな瞳でまっすぐに近衛前久の眼を見つめた。

「このたびは韃靼王アルタン可汗《ハーン》の遣いとして、大和の帝に、大明国討伐の盟約を結びにまいった。正親町《おおぎまち》帝に拝謁を願いたい」

射すくめる視線の強さに、近衛前久は動けなくなった。

――なにを言い出すかと思えば、海を越えて災厄が渡ってきたか。

この夷狄《いてき》の男は、とてつもない凶事を運んできた魔物ではないかと、前久は身をすくめずにはいられなかった。

台架《だいぼこ》

移動式とまり台。
大緒の結び方は細かい決まりがあった。

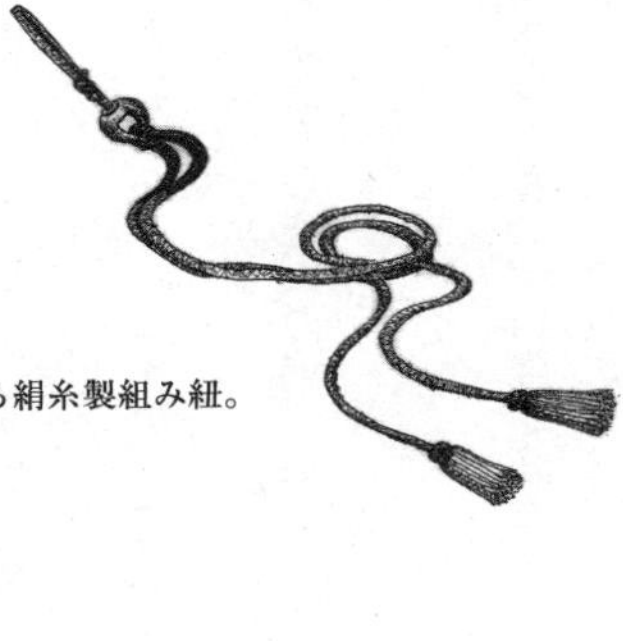

大緒《おおお》

鷹を台架にとめる絹糸製組み紐。
両端に房付き。

三

夜明け前の闇。

闇は、死を強烈に匂わせる。野では、残された屍《しかばね》が腐乱している。死臭が、風向きによって、ふいに鼻を打つ。眼につけば供養して埋めるが、まだ藪《やぶ》や茂みにいくつも残っているだろう。

大勢の将兵が死んだ。大勢の仲間が死んだ。城は奪われた。死者たちはどこに消えた。闇にいるか。怨嗟《えんさ》をもって彷徨《さまよ》うか。それとも、ただ闇に溶けてしまったか。

小林家次は、小谷城山麓の野を歩いている。松明を手に、佐原清六ら五人の弟子がしたがっている。

——ここを死に場所と思うたが……。

死なずに自分は、また歩いている。運命の流転。軋《きし》み。不可思議。なぜ、白鷹が来た。

闇の向こう、星空の下にどっしりすわった山は、数日前まで、自分たちの城だった。守るべき山だった。江北《ごうほく》平野は、地味が豊かで、米の収穫が多い。これまでの半生、柵をめぐらし、櫓《やぐら》を組み上げ、この沃野を死守するために戦った。

本領の小林在は、ずっと南の谷あいの土地だ。狭い谷。先祖がいつからその谷を選んで住みついたのかはわからない。家次は、そこで生まれ、そこで育った。

やがて、父について小谷の城にあがった。鷹を飼い、合戦に出陣した。

家次の父は鷹匠頭だった。十代のころ、鷹の飼い方で父と衝突した。父より、自分のほうが鷹を知っていると思っていた。

近江を出奔し、甲斐の禰津松鷗軒《ねづしょうおうけん》に弟子入りした。鷹の道を修業。九年たって帰国した。父はすでに亡かった。

小谷城に戻り、浅井家に帰参した。鷹匠組にはいり、久政の鷹を馴養《くんよう》した。久政が隠居し、長政に仕えた。南近江の六角承禎《ろっかくじょうてい》と何度も合戦した。長政の祖父亮政《すけまさ》から始まった浅井家も、三代をへて、内政がととのってきた。

そうしてつくりあげた国が、敵将織田信長の手に落ちた。恩賞として羽柴秀吉の領国となった。

もはや、自分のものは、この天地に、一物もない。

具足と着物、褌《ふんどし》さえ脱ぎ捨て、丸裸で織田の手にくだったのだ。

暗闇の大地を踏みしめながら、小林家次は、人の世の流転を思わずにいられない。さすがに、茫洋とする。

——いまは生きている。それがすべてだ。

そう自分にいいきかせた。胸中に忸怩《じくじ》とした思いが澱んでいる。雑念を振り切るように、家次は足早に歩いた。汗がながれた。体の毒が消えるようで、すこし気が軽くなる。

小さな丘に着いた。かねて思案し、目をつけておいた場所だ。

「ここに仕掛けをつくる」

「かしこまった」

弟子たちが機敏に動く。

合戦が終わってから、白鷹の行動をつぶさに観察していた。白鷹はいつも小谷城金吾丸の一本杉で夜を明かし、空が白むと、鳰《にお》の海をめざして飛ぶ。朝の狩りをする。

たいていの鷹には、狩りの獲物に得手不得手がある。

雉《きじ》を捕るのが得意な鷹は、雉ばかり捕まえる。鴨が得意な鷹は鴨。雁《がん》が得意な鷹は雁。鶴ばかり狙う鷹もいれば、兎、狐、四つ足が得意な鷹もいる。

白鷹からくつわは、多彩な狩りをした。獲物の種類が決まっているわけではない。からくつわの狩りは、餌を捕まえるためというより、狩りを楽しんでいるように見えた。

毎朝の飛翔路の真下、山のすそ野の広闊地《こうかつち》に、罠《わな》を仕掛けることにした。

六尺（約一八二センチ）幅の麻糸の網を六枚用意した。黒く染めてある。網目は二寸（約六センチ）。鷹の首がすっと入って、抜けにくい大きさだ。ふつうの鷹なら一寸六分の網をつかうが、あの大きな白鷹に、それでは小さすぎる。

四本の竹竿《たけざお》で、網を立てた。陣所の幔幕《まんまく》のようにめぐらした。長い麻紐《ひも》を結び、引っぱ

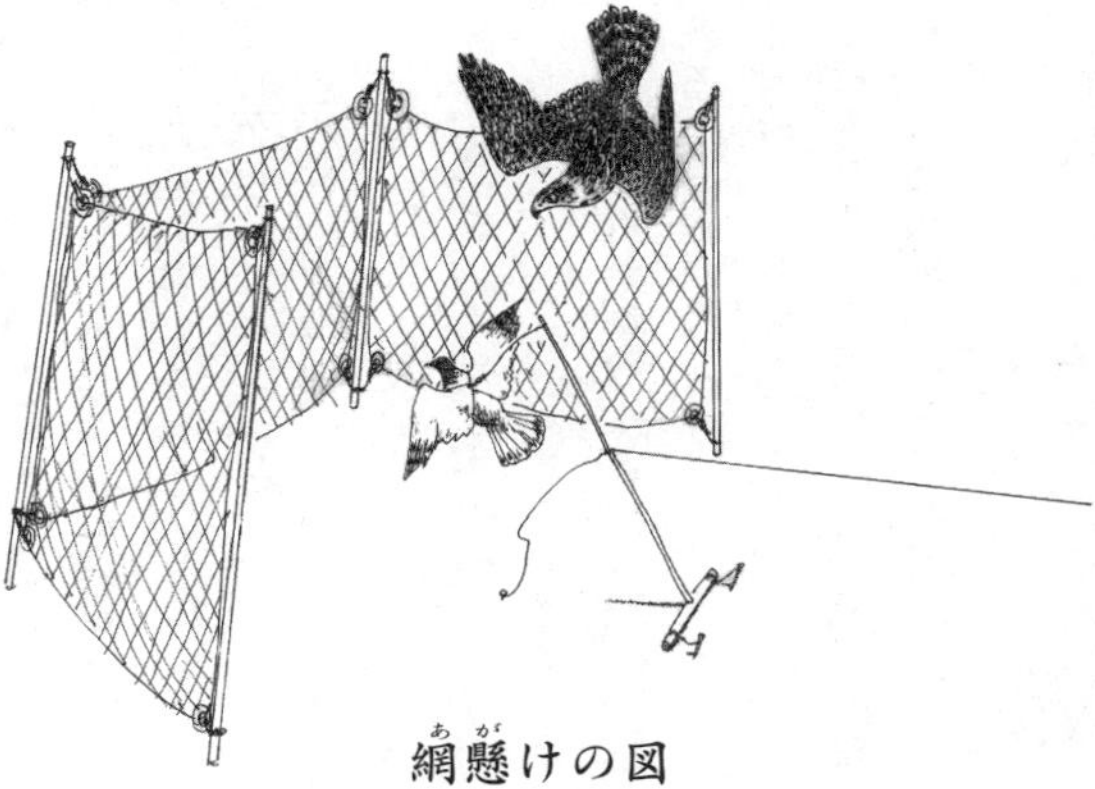

網《あ》懸《が》けの図

れば、網が倒れる罠をつくった。網の一方は広くあけ、真ん中に囮《おとり》の鳩を置いておく。

　網から離れた木立の陰に、筵《むしろ》で小屋掛けをつくった。家次は、そこにひそむ。鷹が囮の鳩に飛びかかれば紐を引いて網を倒す。

　鳩にも仕掛けがある。鳩は麻紐で胴を斜め十字に縛ってある。その紐を三尺の棒に結んだ。棒の端は丁字型。丁字の端を環《わ》で地面に留めた。縄を引くと、棒が立ち上がる。棒の先で、鳩が羽ばたく。

　小林家次は、闇のなかで仕掛けを点検した。紐を引くと網が小気味よく倒れた。網の四隅に、鉛の錘《おもり》がつけてあるので、勢いよく倒れて、覆《おお》い被《かぶ》さる。

準備が調《ととの》ったころ、東の空が、縹《はなだ》色に明け染めていた。そろそろやってくる。

家次は筵《むしろ》小屋に身をひそめた。筵は木の枝で擬装してある。弟子たちを離れた木立に待機させた。細心の注意をはらって、人の気配を消した。注意しすぎるということはない。甲斐では何度も失敗している。

冑の腑がきりきり痛む。ほかの鷹の網懸《あが》けで、こんなに神経を尖らせたことはない。

家次は、紐《ひも》を二本握っている。

右手の紐は、鳩を結んだ丁字の棒につながっている。引っぱれば棒が立ち上がり、鳩が羽ばたく。

囮に、白鷹が摑みかかったとき、左の紐を引く。

網が倒れる。白鷹に覆い被さる——。

うまくいけば、それで捕獲できる。家次は、この仕掛けでこれまで百据《もと》以上の鷹を捕らえた。いくつも試した仕掛けのなかで、白鷹からくつわがいちばん興味を持ったのは、この仕掛けだ。この仕掛けだと、囮の鳩に、つい飛びかかってしまいそうな感触があるのだ。

あとは、待つ。

ひたすら、白鷹からくつわが飛んでくるのを待つ。

筵《むしろ》の隙間から、空を覗いた。

明けきった空を、白鷺が飛びすぎた。

空を睨んだ。小谷城金吾丸の方向を睨む。睨み続ける。

烏。鳶《とび》。五位鷺《ごいさぎ》。椋鳥《むくどり》の群れが飛びすぎた。

待つ。ひたすら待つ。

——今朝は来ないか。

諦めかけた時、空に芥子《けし》粒ほどの点が見えた。

左手の紐を引いて、鳩を羽ばたかせた。

白鷹が鳩を見つけた。急降下した。

紐を握った右手に汗。

囮《おとり》に襲いかかる直前、網をかすする高さで、白鷹は、尾羽を垂直に広げた。翼で風をとめた。減速。向きを変えて、すぐむこうの枝にとまった。

木の枝から、こちらを見ている。気にしている。囮の鳩を引っぱって空中で羽ばたかせた。

やはり、見ている。

鳩が美味そうに羽ばたいている。摑みには来ない。だが、気になっている。いまにも飛びかかりたくてしょうがないのだ。

飛びかかりはしない。罠だとわかっているからだ。わかっていてもかまわない。つい飛びかからずにはいられないように仕向ければよい。

家次は、じっくり眼を凝らして樹上の白鷹を観察した。こういうとき、家次の眼は、シラミが象に見えるほどに活躍してくれる。

カッと眼を見開いた。

かつて、甲斐で家次が見た白鷹と同じだ。まちがいない。

――白い。

家次は、からくつわ以外にも、何据《もと》もの白鷹を見たことがある。いずれも白鷹とは呼ぶが、純白ではない。灰色がかっていた。時折、陸奥や蝦夷地あたりで網懸《あが》けされる白鷹に完全な純白種はまずいない。

樹上の白鷹は、淡く青みがかって見えるほど純白である。

「雪白《ゆきじろ》」

と、禰津松鷗軒は呼んだ。

まばゆいほどの羽の白さ。陸奥や蝦夷地で見かける鷹とは種類が違うのだ。明国のはるか北の彼方、韃靼のさらに北の大地から渡ってきたに相違ない。凍てついた白い大地を飛ぶ鷹。

頭から頸《くび》、胸にかけては淡《うす》い茶色の斑《ふ》が、雨滴のようにながれている。今年生まれた若鷹の徴《しるし》だ。来年の夏、羽が抜け替われば、全身すべて純白になる。胸の斑は、美しい綾《あや》織物とみまがうばかり繊細になるだろう。

「首頸白綿《しゆけいしろわた》をかぶれるがごとく、羽毛は斑綾《ふあや》を着せたるに似たり」

小林家次は、関白二条道平《にじようみちひら》が記した『白鷹記』の一節を脳裏で反芻《はんすう》した。

嘉暦《かれき》二年（一三二七）、信濃にいた禰津神平が帝に献上した白鷹。二条道平は、白鷹をつぶさに観察し、詳細な記録を残した。何度も筆写したので、家次はすべて諳《そら》んじている。

二条道平が書き残した「首尾三尺」は、誇張ではない。

爪は、黒光りして猛々しい。兎や雉《きじ》などひとたまりもなかろう。

自分の何倍もの体重がある狼を倒したのだ。勇猛果敢なこと、虎にもまさる。

精神を研《と》ぎ澄ませたおかげで、白大鷹の顔相がはっきり見える。甲斐で出逢ったからくつわに、生き写しだ。

「目の前のみぞうねたかく、のきひろし」

と、二条道平は書き記していた。

鷹は、眼の上の肉がひさしとなって盛り上がっている。太陽光線を遮り、獲物をしっかり見さだめるためだ。

「目光《もくこう》明星に似たり。眼うごかずして、人に対せり」

精気凜冽《りんれつ》、堂々としている。

「鼻の穴ひろくおほきに。くちばし黒くうるほへり」

顔つきに、高貴さがある。なんともいえぬ色気といってもよい。王朝時代の源氏武者を彷彿《ほうふつ》とさせる艶《あで》やかさ。古来より、貴人が猛禽のなかでも特に鷹を好んだのは、高貴さ、優美さからなのだ。その精髄ともいえる白鷹だ。

枝にとまる居ずまいがいい。獰猛《どうもう》でありながら、典雅な気品がある。

「遠く見ては羽毛おおく、近く見ては羽毛すくなし。前にむかえば腹のみ見えて翼見えず」

道平が描写したとおり、泰然とたたずんでいる。

「翡翠《ひすい》の毛（顎《あご》の羽）ながく、くれは（肩）の毛、綾をためり」

小林家次は、瞼《まぶた》がちぎれるほど眼を見開いて、全身に脂汗をながした。初めて白鷹に出逢った若き日の昂奮が蘇ってくる。

白鷹が、体を震わせた。

尾羽を上げて、糞《うち》を飛ばした。

翼を広げた。

枝から飛び立ち、滑空した。

——摑むか。

鳩は羽ばたいている。

からくつわが、鳩に向かった――。

すれすれの低空で網を越え、筵小屋のすぐ上を飛びすぎた。

手を伸ばせばとどきそうなほどの低さで、翼が風を切る音が聞こえた。

――負けた。からかわれている。

捕獲は失敗した。なぜか満ち足りていた。勝負はこれからだ。必ず捕まえる。

家次は懐から料紙を取りだし、墨で白鷹の絵を描いた。正確な筆致の写し絵だが、どこかなまめかしい艶やかさが匂う白鷹だった。

四

近衛家といえば、鎌倉時代、薩摩《さつま》、大隅《おおすみ》全域をはじめ、全国に百五十カ所の荘園を有する日本最大の荘園領主であった。いまの落魄《らくはく》ぶりは悲惨である。

近衛前久《さきひさ》は関白の身分でありながら、ほぼ半生、上杉《うえすぎ》、朝倉、浅井、三好《みよし》、本願寺など、各地の大名や有力者に寄寓して、糊口《ここう》をしのいできた。和歌、蹴鞠《けまり》、鷹狩りの奥義など、王朝の有職故実《ゆうそくこじつ》を知りたがる国侍は多い。前久は古今《こきん》伝授ができる。鷹狩りの故実を詠《よ》みこんだ歌をたくさんつくり、筆写して大名たちに配る。それが生きる道だ。

先頃は、岐阜《ぎふ》に行き、信長から三百石の知行をもらった。強い者につくしかない。前久の妻子は、いま丹波《たんば》の縁戚に身を寄せている。京で、用事をすませたら、前久も丹波に行くつもりであった。

京では、食い扶持《ぶち》にありつけない。正親町《おおぎまち》帝でさえが、逼迫《ひっぱく》していた。公家たちの困窮はいうまでもない。地方の有力者に頼るしか生きる道はない。

近衛邸。夜。

舎人《とねり》が干し魚を炙《あぶ》り、酢のたった酒を支度した。

前久は、夕刻、奥に引きこもり、夜になって姿を見せた。化粧をしていた。眉を剃《そ》り、丸く墨で描いている。

化粧した公卿の顔が、エルヒー・メルゲンには、人間とは違う生き物に見えた。

「まずは重畳至極《ちょうじょうしごく》。遠路はるばるようまいられたものじゃ。そもそも韃靼国とはどんな国でおじゃるか」

「青々した草原がひろがった国でござる。羊、馬、牛、駱駝《らくだ》など家畜が人《モル》より多くおります」

韃靼の暮らしぶりをたずねるうちに、酔いがまわってきた。大和言葉を話す異人はおもしろい。

「みごとに鷹をあつかったが、鷹狩りは盛んでおじゃるか」

「盛んだ。われらが国王アルタン可汗《ハーン》には、千据《もと》の鷹と、千人の鷹匠がいて、鷹狩りの際には、一万人の勢子が狐を追うのだ」

「なんと、鷹が千据もおるのか」

「昼間、何度もそう言うたではないか」

「にわかには信じがたい」

「その眼で見に来ればよい。明を討伐して、ともに鷹狩りを楽しもう」

「それは無理な算段であろう。明国討伐など、夢のまた夢。この国は、いま乱れに乱れ、軍団を送るなどかなわぬこと」

「すぐにという話ではない。韃靼にも準備がある。明国討伐は大事業だ。われらも、これから十年、二十年の計略でことに当たる。じっくり支度なされよ」

前久は、曖昧にうなずいた。すぐにという話でなければ、その話、おもしろい。信長あたりにささやけば、身を乗り出して聞くだろう。なにかの種につかえる材料だ。

「わかった。その話、きっと帝に打診してみよう」

「拝謁のときに話す。貴殿は、その支度を調えてくれればよい」

「しかし、帝への拝謁など、ことは簡単には進まんぞ」

「朝貢品《ちょうこう》が必要か」

前久は曖昧にうなずいた。

メルゲンが摺衣《すり》の懐から襤褸《ぼろ》布を取りだした。

汚い襤褸から美しい朱色の綾錦《あやにしき》が出てきた。

朱色の綾錦から、金色に輝くものを取りだした。

前久が眼を見張った。

「鷹でおじゃるな」

「黄金の、な」

灯明にまばゆく輝く黄金の鷹。掌に載る大きさだが、みごとな彫金だ。鷹が、枝木から飛び立とうと両翼を広げている。

「手にとってもよいか」

「ご随意に」

前久は、黄金の鷹を掌に載せた。

「重かろう。空洞ではなく、中まで金無垢《むく》だ」

小さいながらも、飛翔直前の鷹の姿が生き写しになっている。眼光が炯々《けいけい》と赤い。紅《こう》玉《ぎょく》がはめてある。羽根の一枚一枚、嘴《くちばし》、爪、摑んでいる枯れ枝まで、精緻な細工が行き届いていた。

「これが献上品だ。帝もうなずくだろう」

「目の果報じゃ」

前久が息を呑んだ。正親町帝に献上してしまうのは、惜しい逸品だ。

「だがな……」

メルゲンが睨んだ。

「正親町帝は、まことに天子として威光があるのか。どうもそうは思えん。ここに来る前に内裏《だいり》を見物してきたが、荒れ放題。とても可汗《ハーン》の住まいには思えない」

メルゲンは、黄金の鷹像を丁寧に錦で包んで懐にしまった。

「じつのところ、帝は、まことの可汗かね」

「この国の国王はまぎれもなく帝だ」

「天下に威光と号令の届かぬ王を、可汗とは呼ばぬ。そんな者に、黄金の鷹を献上するわけにはいかない」

前久が首を振った。とんでもない――。

「無礼は許されぬ。国使謁見となれば、式部省《しきぶ》の外記《げき》たちが、新羅使《しらぎし》や渤海使《ぼっかいし》の先例にあたって、準備をせねばならぬ。暦の一存でできることではないわ」

「頭をすって拝謁するために来たのではない。可汗の使者として会見に来たのだ」

「それならなおさら外記どもがうるさい」

「面倒だ」

「内裏はそういうところだ」

「韃靼の王宮は簡単だ」

「ここは大和だ」

メルゲンは、天井を仰いであきれた。

「しょうがない。この国のやり方にしたがうか」

笑顔がよかった。前久は気を許した。

――案じたほどの男ではないかもしれぬ。

たった一人で来た男だ。なにほどのことがあるか。

「この国で、鷹をいちばん多く飼っているのは、誰だろうか。やはり、信長殿か」

「さようでおじゃろうな。織田殿のところには、鷹が四、五十据《もと》。鷹匠も、若い見習まで

くわえれば百人あまりおろう」

「ならば、信長がこの国の可汗と言えるな」

酔いがまわっていた。異国の男を相手に議論してもはじまらない。

「浅井家では、鷹匠は見習まで入れて二十三人。七据の鷹がいた。いずれもよい鷹だったが……」

話は、どうしても小林家次にたどりつく。

「惜しい鷹匠を亡くしたわ」

「まことまこと」

「磨の見るところ、家次の仕込んだ鷹は、自然体でありながら、しあみが強かったな」

しあみ、とは、鷹が獲物を狙う執着心のことで、しあみの弱い鷹は、すぐに獲物の追撃を諦める。

逆に、しあみが強い鷹は、どこまでも必死に獲物を追うので、狩りの醍醐味が堪能できる。

「そのうえ、家次の仕込んだ鷹は、丸く、欠点がない」

「狩りの鷹としては理想的だわい」

鷹は飼い主に似る。飼い主の家次は、変わり者だが、裏表のない男だった。

そんな話をするうちに、互いに遠慮がなくなってきた。言いたいことを言いはじめた。

鷹の扱い方で、人となりがわかってきた。

「メルゲンの鷹は、さぞかし猪突猛進で、一本気。しあみが強すぎて、どこに飛んでいくかわからぬだろうな」

「そのとおりだ。わたしはよい鷹をたくさん逃がした。近衛殿の鷹は、さぞや高慢で奸佞《かんねい》であろう」

「ほっておけ。奸佞ではなく、策略のある狩りをするわい」

二人とも、盃《さかずき》を重ね、すでに眼がすわっている。

「韃靼はどんな国だ。そなたと話していると、わしも韃靼に行きたくなってきた」

「韃靼は、見渡すかぎり草原と青空のひろがる国だ。鷹は、どこまでもまっすぐに飛ぶ。この国でのように、あちこち曲がらずともよい」

草原のひろがる国と言われても、近衛前久にも小林元長にも光景は浮かばない。それでも、なにか浩然の気にふれたような気がしてくる。

「鳰《にお》の海くらい広いのですか」

元長がたずねた。

「とんでもない。あんなに狭くない。もっと、もっと広い。わたしは海を渡ってこの国に来たが、あの海よりまだ広い」

この男が力こぶをこめて言うのだから、本当なのだろうと、前久も元長も思った。

それでも韃靼の風景が想像できるわけではなかった。

五

小林家次は、ささくれ立っていた。からくつわの捕獲は無理なのか。

囮《おとり》の鳥を変え、何度も罠《わな》を仕掛けた。場所を変えた。また、変えた。網をとりもちの竿に変えた。結果は同じだった。

白鷹は、罠のそばの梢にとまって、囮の椋鳥《むくどり》を見ている。狩りがうまく、獲物には不自由していない。腹は満腹なのだ。

　どうすればいいのか——。

　考えるには、歩くにかぎる。夜明け前。小谷山でいちばん高い大嶽《おおずく》の峰に登った。拳《こぶし》に、大黒《おおぐろ》を据《す》えている。浅井の鷹部屋で、ことに気に入っていた鷹だ。

　まだ、元服前の子供時分から、夜明け前の据え回しは、家次の日課だ。

　鷹を拳に据え、一刻《いっとき》（二時間）余り、野山を歩く。鷹匠が鷹となじみ、鷹を鷹匠になじませる。拳に据えて歩けば、人と鷹が一体になる。

　歩きながら、考える——。

　浅井の家が絶え、江北の田地は羽柴秀吉の知行となった。小谷城には、秀吉がはいっている。

　大勢の人足が小谷城の館を解体している。大嶽の館も、解体され、材木として搬出された。秀吉は、浅井家が竹生島《ちくぶしま》弁財天に備蓄していた材木も運び出した。今浜《いまはま》に新しい城を造るのだ。

　もう、すべてが動き出している。家次の思惑とは無縁のところで。

　——俺は、取り残されたのか。

　つい弱気にもなる。落城の敗残。

　ふと気持ちがくじけると、拳の鷹が騒ぐ。

鷹に教えられる。心が乱れている、と。

大嶽《おおずく》の峰の北に、鷲岩《わしいわ》と呼ぶ大きな岩がある。

けわしい断崖の上で、かつては鷲が巣をつくっていた。

岩を攀《よ》じ、家次は岩頭に立った。

湖国が、白々と、明けはじめている。

薄墨《うすずみ》をながした風情。

――人の生は、賽《さい》の目だ。

土地を守り、鷹と遊び、奔放に生きてきたつもりだった。しかし、ままならぬ。

眼下にひろがる江北《ごうほく》の地は、かつてこの地の守護大名京極家の所領だった。

大永《だいえい》三年（一五二三）、京極家の家臣だった浅見貞則《あさみさだのり》、浅井亮政らは、当主京極高清を尾張に追放した。

江北の地侍による国人一揆《こくじんいっき》であった。

浅見貞則が盟主となったが、国人一同に不満が鬱積。

今度は、浅井亮政が浅見貞則を追い出し盟主となった。

亮政の子が久政。久政の子が長政。

わずか三代。

その夢が、終わった。

浅井の城は、猛禽につ いばまれる小鳥に似ていた。

生き残ってみれば、茫漠とした思いばかりがつのる。

大黒《おおぐろ》が羽ばたいた。

そばの藪《やぶ》を見込んでいる。けわしい顔。眼の光。

鷹は、人の感じない気配を感じる。人の見ないものを見る。獲物がいるのだ。

家次は、手ごろな木の枝を拾った。藪に投げた。小さな影が飛びだした。

刹那、左腕を大きく後ろに返し、初速をつけて大黒を飛ばした。

加速し、空中で影を摑んだ。反転して、崖の上に着地した。落城以来、初めての狩りだった。

「なにを摑んだ」

大黒の足元にいたのは、白鷺《しらさぎ》の幼鳥だった。爪でしっかり頭《かしら》を摑んでいる。湖国に、鷺は多い。巣立ちのあと、迷って、この峰で夜を明かしたのだ。運がわるかった。

「喰っていいぞ」

大黒が、音を立てて鷺をむさぼった。

ひとつの命が死ななければ、ひとつの命が生き長らえない。その摂理を、眼の前に突きつけられた。

大黒が、よい顔をしている。どの鷹も、獲物を襲うときは殺気にあふれた相だが、摑んだ瞬間、仏の顔になる。

家次の頭にひらめくものがあった。

――摑ませればよいのだ。

あの白鷹は、毎朝必ず罠を見に来る。なんとか自制しているものの、幼鳥だけに、囮とわかっていても、摑みたくてうずうずしている。

――簡単なことだ。どうしても摑まずにはいられないようにすればよいのだ。なぜ、そんなことに気がつかなかったのか。

家次は、あらためて湖国を眺めた。天地に自分の居場所を取りもどした気がした。

天と地とそのあわいに棲《す》むものたち。

地から草が茂る。虫が草を食《は》む。虫を小鳥が喰らう。小鳥を、鷹が喰らう。

草を食む兎。兎を狐が喰らう。狐を、鷹が喰らう。

夜は、いま明ける。新しい一日が始まる。生きるべきものは生き、死すべきものは死ぬ。

鷹は、天地の営みの頂点に立つ生き物だ。鷹をあやつる俺は、天地浩然《こうぜん》の気をあやつる者だ。自覚を失っていた。誇りがゆらいでいた。深く息を吸え。大きく息を吐け。腹をすえろ。天地はおまえのものだ。

落城以来わだかまっていたしこりが、大黒《おおぐろ》の仏顔を見て、一気に消え飛んだ。

新しい罠を試してみよう。

鷹部屋に戻ると、弟子を集めた。

「白鷺を、生きたまま捕まえてこい。新しい囮にする」

「今度は、どんな仕掛けをなさるか」

「隼を捕らえるつもりでいく」

「あっ」

弟子たちが膝を叩いた。

「それなら……」

うまくいくかもしれない、とうなずいた。

隼は、地上の獲物を捕らない。つねに空中の獲物だけを襲う。

白鷹も、空中の囮なら摑むだろう。

翌朝。窪《くぼ》んだ小川の多い枯れ田を選んだ。

窪地に、子鷺を抱いた清六がひそんだ。隼なら鴨の囮が定石だが、あの白鷹には鷺の子がよかろう。

白鷹がやってくる方向、すこし離れたところに杭を打ち、ムナグロ鷸《しぎ》をつないだ。この鷸は警戒心が強く、人が発見するはるか以前に猛禽の飛来を察知する。察知すると、穴を掘って隠れようとする。

鷸《しぎ》が地面をついたら、ヒョウ糸を結んだ囮を天空高く投げ上げる。

ヒョウ糸は、細めの麻糸に柿渋《かきしぶ》を塗ったもの。強靭《きょうじん》きわまりない。長さは六十尋《ひろ》（約一〇八メートル）。

糸の端を、窪地にひそんだ家次が握った。

夜明け前に配置を終え、じっと息をひそめた。みな、鷸を見つめている。

家次は、瞑目した。白鷹の姿が瞼に浮かぶ。必ず、拳に据《す》える日がくる。

鷸が身をすくませ、地面をついた。

空を見る。なにも見えない。清六が、眼でたずねている。鷺を投げ上げるべきかどうか。

家次がうなずいた。

清六が抱いていた子鷺を思いきりよく抛《ほう》り上げた。子鷺が天に舞った。ぎこちない飛び方。体勢を立て直し、水平飛行に移った。家次の手元から糸がするする延びる。

白鷹があらわれた。

翼を反らせて急降下してくる。すぐに追いついて白鷺を摑んだ。地に舞い降りた。

家次は、腹這いになって、ヒョウ糸を静かにたぐり寄せた。

子鷺は、からくつわの爪でねじ伏せられている。脚を糸で引っぱられ、地面を引きずられる。

隼罠の図

逃げる子鷺をついばもうとして、からくつわが追いかける。一口ついばむ。ヒョウ糸を引く。子鷺が逃げる。からくつわが追う。ついばむ。ヒョウ糸を引く。

子鷺を追って、からくつわが近づいてきた。

ヒョウ糸は、地面に打ちつけた止め串をくぐらせてある。そばに四尺の細竹が二本立ててある。細竹には黐《もち》がついている。

近づいてきた。子鷺は、瀕死だ。不自然さに気づかれたら終わりだ。立てない子鷺を引く。あとすこし。

細竹のあいだに子鷺がきた。

――喰え。

ついばんでいる。喰っている。白

鷹が羽ばたいた。

細竹の黐《もち》が白鷹の翼についた。

白鷹が怪しんだ。羽ばたく。飛ぼうとした。

細竹の端が地面から抜けた。端に紐《ひも》がついている。紐には、砂袋がついている。隼なら百匁《もんめ》（三七五グラム）だが、三百匁の砂袋をつけておいた。飛び上がれはしない。地面近くで羽ばたいている。
・舞い上がった。重い砂袋を二つもつけて。
「脚をつかめッ！」

家次が叫んだ。

隠れていた弟子たちが走った。家次が走った。

細竹が一本はずれて落ちた。白鷹が軽くなった。

——逃げる。

背中に細竹をつけ、一尺下に砂袋を下げたまま高く舞い上がった。

傾きながら、飛んでいる。飛んでいく。

「追え。見逃すな」

逃したら、二度とめぐり逢えない。想いの相手を失ってしまう。

「追えッ！　追えッ！」

からくつわが、飛んでいく。天空は自在だ。遮《さえぎ》る物がない。翼は速い。脚は遅い。

見失った——。

「探し出す。なんとしても」

からくつわの飛び去った方向を手分けして探した。

犬を放した。羽柴秀吉から足軽五十人を借りた。藪を分け、山を攀《よじ》り、川を渡り、白鷹を探した。

見つからない。

一刻。二刻。昼が過ぎ、薄暮が迫った。いない。どこにもいない。すべてが霞《かす》む黄昏《たそがれ》。

闇。今日は、ここまでだ。

肩を落とし、鷹部屋に帰った。

誰も口をきかない。

「明日はきっと見つかりましょう」

清六が言った。弟子たちがうなずいた。

「足軽を増やせば、必ずやどこかの藪にいるのが見つかるはず」

そうかも知れぬ。そうでないかも知れぬ。できることはすべてやる。

「むろん諦めない。近江を虱潰《しらみつぶ》しにしても探し出す」

夕餉《ゆうげ》を食べた。味がしなかった。明日にそなえて横になろうとしたとき、弟子がやってきた。

「鷹部屋の鷹が騒いでおります。これまでにないことで、どうしたものかと……」

見に行った。ふだん泰然としている大黒《おおぐろ》、藤花《ふじばな》、磐手《いわで》たちが、架《ほこ》にとまりながらも、落ち着きを失って羽ばたいている。

「なにか、獣の気配でもするのでしょうか」

「さて……」

山で猪が出ても、熊に遇《あ》っても騒ぐ鷹たちではない。

あたりを見まわした。

月明かり。

杉の梢。

鷹の影。

いつもの枝に、からくつわがいた。

「そこにいたのか」

そこにいるのが当然だと家次は思った。からくつわは、俺の拳にとまりに来たのだ。

家次は、苧縄《おなわ》を数本束ね、杉の幹にまわしてかけた。枝をはらう樵《きこり》がするように、体重を縄にあずけ、小刻みに少しずつせり上がった。

高いところまで上がると、あとは枝づたいに登った。

いつもの枝に、からくつわがいる。

細竹の黐《もち》と紐が絡んで枝に縛りつけられ、身動きがとれない。

幹につかまり、枝に腰をかけた。

家次の心臓が音を立てていた。

名高いからくつわを、捕まえるのだ。

「はずしてやるよ。俺と狩りをしよう」

からくつわがもがいた。右の翼が、黐で枝についていて動かない。脚に紐が絡みついている。

家次は、細竹を丁寧にはずした。黐に胸の羽毛がついた。風切羽《かざきりばね》は抜けなかった。

からくつわが羽ばたいて飛ぼうとした。脚が枝に縛られている。枝が軋んだ。

背負っている袋から掻巻《かいまき》を出し、からくつわに被せた。脚だけ出して、紐で全体を縛った。抱きかかえ、脚の紐を小刀で切った。砂袋が落下した。

掻巻で包んだからくつわに紐をかけ、枝に絡めて、ゆっくりおろした。

地上では、弟子たちが、緊張した顔で待ち受けている。

六

エルヒー・メルゲンは、都で退屈していた。

近衛屋敷に逗留して半月。帝への謁見はまだ沙汰《さた》が出ない。

「しばし待たれよ。内裏はなにしろ先例がうるさい。国使謁見ともなれば、典礼を調えねばならぬのだ」

「典礼など無用のこと。わたしは、韃靼王の名代として、日本国王と会談したいのだ」

「気持ちはわかるが、こちらにも事情がある。待ってくれ」

都で頼れるのは、近衛前久しかいない。言うことをきくしかない。

メルゲンは、都で小袖を誂《あつら》えた。空《そら》色の絹が気に入った。それを着て、元長を供に、都を歩いた。市場の商人や作事場の匠《たくみ》たちと気軽に話した。

「そのほうらの見るところ、この国で、いちばん強い大将は誰かな」

市場にたむろしている馬借《ばしゃく》たちにも、そんなことをたずねた。

「さあ、それは……」

馬借たちは警戒している。勝手な名を口にして、あとで叱られてはたまらない。

「かまわぬ、思うままに話せ。わしは遠国から来たによって、都の事情を知りたいだけだ」

　メルゲンは、元長に酒を買ってこさせ、馬借たちにふるまった。

　濁り酒で口の軽くなった馬借たちは、好きなことを言った。

「ちかごろ強いのは、なんといっても尾張の信長やろうな」

「信長はんが強いのはまちがいない。せやけど、本願寺に勝てるかいな。なんというても門徒は人数も多いし、死ぬのが極楽往生やと思いこんでる輩《やから》だけに手ごわい」

「そうや、門徒には、毛利《もうり》と上杉がついてるし、甲斐の武田もおる。こいつらが手を結んだら、信長といえども勝ち目はない」

「将軍はどうだ」

「将軍といいますと……」

「足利の公方《くぼう》よ。侍の棟梁《とうりよう》であるがな」

「はっは、あんな人、兵隊もおらんし人望もない。どないもこないもならんやろ」

「そうや、公方なんて、馬の尻に濡れてひっついた落ち葉みたいなもんや」

「はは、うまいことを言う。では、帝はどうか」

「帝？　ああ、天子さまかいな」

「この国の大王であろう」

「あのお方は、強いとか弱いとか、そういう世間とはご縁がないのとちがいますか」

「では、どういうお方なのだ」

「そうでんな、たとえていえば……、ああ、そうや、酒を呑むときの塩か味噌のような」

「なんと？」

「なかってもええけど、あったら、味がひきたつ」

馬借たちが、手を叩いて笑いころげた。

——そんなことを平気で言われるだけの可汗《ハーン》か。

メルゲンの生まれた草原の国で、この馬借たちのようなことを口にしたら、即刻、首を刎《は》ねられる。可汗には、それだけの権威と力がある。

——この眼でたしかめるしかない。

メルゲンは、その夜、内裏《だいり》にしのびこむことにした。

場所は、わかっている。近衛屋敷からすぐの破れ屋敷。宿直《とのい》の衛士《えじ》はいるらしいが、夜なら手間取ることもあるまい。

深更を待って、メルゲンは、近衛屋敷を抜け出した。

帯をキリキリと締め、短刀を挿《さ》した。

築地《ついじ》の破れからすっと内裏にはいった。

月明かりに、紫宸殿《ししんでん》が浮かんでいる。

廊下の端で、刀を抱くようにして衛士が居眠りしていた。後ろから肩を叩いた。

振り向いた衛士の喉に、短刀を突きつけた。

「帝の寝所《やすみどころ》に連れていけ」

怯《おび》える衛士に案内させた。いくつかの部屋をすぎ、衛士が御簾《みす》を指さした。当て身をくらわせ、衛士を気絶させた。

板の間のうすべりに、男が寝ていた。闇が深く、顔まではわからない。

襟首をつかみ、平手で頬を左右に二発はたいた。

「帝よ」

殴られた男は凝固して動かない。

「そなたが、まこと、この国の可汗かどうか、見きわめに来た。立たれよ」

襟首を引きずり、雑草の茂った庭に転がした。

「立て。わたしと相撲《すまい》せよ」

帝は、顫《ふる》えている。口がきけない。月光に照らされた顔は、のっぺりと人のようではない。同じ化粧をしていても、近衛前久《さきひさ》はまだ人間めいている。

「……鬼か」

「鬼？　わたしが鬼だと言うか」

怯えている。怯えて口もきけない帝。

「鬼だったら、なんとする」

メルゲンは、両手を天にかざして、襲いかかる真似をした。

両手で頭を抱えた。無抵抗の帝。なすがままの帝。

帝のようすに、辟易《へきえき》した。ひ弱な人間をおどしたことを後悔していた。

「わるいことをした。忘れられよ」

背を向け、メルゲンは闇に姿を消した。

二度と、帝を相手にする気は、起こりそうもなかった。

七

家次は、喉が渇いていた。杉から地上におり立つと白鷹を捕らえた昂奮が、しだいにこみ上げてきた。血が沸騰している。

鷹部屋は、とりあえず小谷城金吾丸のをつかう。今浜に城ができれば、そちらに移る。

白鷹捕獲の報で、羽柴秀吉がすぐ覗きに来た。

鷹部屋の戸を閉めて、播巻をはずすところだった。

「大きいな。これは大きい。まことに鷹かのう」

「白大鷹にござる」

家次は、脂汗をながしている。これまで何百据《もと》も鷹をあつかってきたが、こんなに緊張したのは初めてだ。

麻紐《ひも》をゆるめると、白鷹がもがいた。

掻巻《かいまき》から片足がにゅっと突き出した。爪がふてぶてしいまでに鈍く光っている。

「これは、化け物だな」

秀吉が手を伸ばし、真ん中の鳥がらみ（取搦）の爪を無造作につかんだので、足の指が不自然にねじれた。

「なにをするッ」

小林家次の剣幕に、秀吉がたじろいだ。

「鳥がらみは、そっちに引っぱると爪が剝《は》げやすい」

頭ごなしに怒鳴られた秀吉はおもしろくない。

「なんだ、爪ぐらい」

「爪ぐらいと言うか」

「ああ、爪ぐらいまた生えるわ」

「阿呆《あほう》。もげたら、二度と生えてこぬぞ」

「えっ……」

「狩りができなくなるぞ」

秀吉が首をすくめた。

「おそろしい。そんなことになったら、わしなど上様に首を刎ねられるわ。いや、あまりにみごとな爪ゆえ、ついさわりたくなった。許せ」

——この男は、好奇心のかたまりなのだ。

そう思えば、腹は立たなかった。鷹と長くつき合っていると、人は寛容になる。些細《ささい》なことに腹を立てているようでは、鷹とはつき合えない。

「それにしても、みごとな大鷹だ。弟鷹《だい》の若だな」

秀吉が、突き出した片足を見ただけで、正確に言いあてた。

雌《めす》の弟鷹《だい》は、雄《おす》より体が二割か三割増しくらいに大きい。若は、その年生まれの幼鳥である。黄鷹《きたか》とも称するくらいで、胸の斑《ふ》がやや茶色から黄色味をおびている。爪の裏も色が違う。

それくらいの見識眼はあるらしい。

厚い擌巻の上から押さえていても、筋肉の躍動がつたわる。それは、すなわち空を飛ぶ力の強さだ。

家次は慎重に擌巻をはずした。鷹は腹が弱いので、圧迫しないよう気をつけた。

「よし、清六が抱け」

清六が、白鷹を仰向けに膝に寝かした。

白い羽根の艶のよさ。首から胸にかけて雨だれのようにながれる薄茶色の斑。小さな灯明の光をうけて全身が青白くきらめいている。

胸から腹、足の股にかけての羽は、毛足が長くふわふわしている。

これなら、極北の凍土のどんな寒さでも平気だろう。

胸にたっぷりついた肉が、狩りの達者なことを物語っている。夏に巣立ってからのあいだ、自分で狩りをして生きてきたのだ。

雛《ひな》が巣立つころになると、親鳥は巣に近づかなくなる。

巣立つ幼鳥は、とにかく自分で飛び、狩りをしなければならない。親鳥は、そばにいない。自分で獲物を見つけ、自分で狩りをする。獲物が捕れなければ、飢えて死ぬ。巣立って間もない時期に胸の肉《しし》色が豊かだということは、狩りの天稟《てんぴん》にめぐまれているということだ。

それだけ、仕込み甲斐がある。

自分なりの狩りを経験した鷹は、人間と一緒に狩りをしても、やはりうまい。

ただし、人間といるのをひどく嫌う。

雛から育てれば、人間に馴れやすいが、狩りは下手だ。

網懸《あが》けの若鷹ほど仕込み甲斐のある鳥はない。

首だけを出して、播巻を巻き直した。清六が膝に抱いた。赤い眼がこちらを睨んでいる。

嘴《くちばし》がしっとり潤ったように黒い。大きい。小刀の鞘《さや》を払い、嘴にあてた。削る。刃をあてて、内側から削いだ。すぐにまた生えてくるので、大胆に削る。

鉤《かぎ》状に曲がった嘴は、内側から先に向けて削る。丸くする。上と下。ついばまれても怪我のないように削ってしまう。

つぎに爪を削る。また播巻を巻き直し、今度は頭を隠し、足だけ出した。いい爪だ。なによりも指ががっしり広がっていて太い。狼の脊椎さえ摑み、神経を切断する爪だ。ふてぶてしいほど黒く、禍々《まがまが》しいほど大きく湾曲している。

まず、前三本の真ん中、鳥がらみの爪を削る。二寸はある。

鳥がらみの爪は、鷹のすくない弱点のひとつである。鷹は、この指を上に引っぱられると力が出せない。鷹匠なら、どんな新米でも、この爪を最初に剪《き》ることを知っている。

爪は、左右の側面から削って、斧刃《おのは》に仕上げる。見た目は鋭いが、摑まれても痛くない。調教のあいだは、この削り方にしておく。

小刀に、しなやかな手応えがあった。大胆に削った。

後ろのかけ爪、打（内）爪、返籠《かえるこ》（外爪）と、左右八本の爪をきれいに削り調えた。血がにじんだ指先は、炭火に灼《や》いた火針《かしん》をあて、止血した。こうしておけば、鋭い爪がまた生える。削り方が悪ければ、生えてくる爪がいびつになる。爪を無理にもぎ折ったりしたら、二度と生えない。鳥がらみの爪を引っぱった秀吉に対して、小林家次が烈火のごとく

策《ぶち》
房に水を含ませて嘴や羽を洗うのに使う。
山藤蔓で作る。

怒ったのは、そのためだ。

爪を削ったら、足首に足革《あしかわ》をつける。

足革は、鹿のなめし革で大きなものをつくっておいた。蛇のような形に、複雑な切れ込みが入れてある。尻尾の部分を頭の切り込みに通し、足首を締める。締まりすぎないよう、イギリと称する細い皮を隙間に通し、端を後ろの爪にかけておく。

足革の端の輪に、大緒《おおお》を通す。

大緒は、太い絹紐《きぬひも》で長さ十二尺。両端に房がついたのを二つ折りにしてつかう。若鷹には浅黄色の大緒を結ぶのが諏訪の流儀だが、あざやかな朱を選んだ。白い羽には、そのほうが美しく映える。

白鷹の全身を丹念にしらべた。

口のなかの汚れは、ぬるま湯をつけて洗った。

策棒は、山藤の蔓《つる》。長さは二尺。片端は尖らせ、片端は木槌で丹念にくだいて房状にする。鷹匠は、いつもこれを腰に差している。

翼や尾羽についた血などの汚れは、策棒《ぶちぼう》の房に、ぬるま湯でぬぐった。黐《もち》もすべて取り除いた。

羽根のしおれたのは、熱湯を布につけて軽く叩いて直してやった。

折れた羽根があれば、保存してある白鷹の羽根を、細く削った竹串を芯に通し、瀝青《れきせい》で継ぐつもりだった。すべての羽根は、艶がよく損傷はない。

「雉《きじ》の胸肉を水に浸せ」

水を含んでいれば、それだけ嚥下《えんか》しやすい。

人間の手から物を喰べた経験を、とにかく一度でも持たせるのだ。

親指ほどに切った雉の胸肉を三切れ、桶《おけ》の水に浸《つ》け、清六が差しだした。

清六が、肉のついた鳩の羽ぶしを取りだして見せた。からくつわが、小首を切った。

そのひょうしに、家次は、親指ほどの肉を嘴《くちばし》のあいだにひょいとすべり込ませた。からくつわは、なんのことだかわからないままに、肉を呑み込んだ。下手な鷹匠は無理に肉を押し込もうとするが、それでは鷹が餌を怯えるようになる。

喉が動き、肉片が腹に下がった。それを三回くり返した。

「架《ほこ》に据《す》える」

からくつわを囲んでいた弟子たちが、場所をあけた。

家次が、足革《あしかわ》をつかんで白鷹を拳にとまらせた。

羽ばたく。啼《な》かない。羽ばたく。家次を睨んでいる。

鷹部屋の架木《ほこぎ》は、太い桑材だ。筵《むしろ》が垂らしてある。そこにとまらせた。

白鷹は暴れない。啼かない。よい鷹だ。

じっとしている。周囲を観察している。自分の身になにが起こったのかを確認している。家次たちは部屋を出た。すべての戸を閉め切った。

そのまま、刺激せずにおく。

八

つぎの日の夜。小林家次は、鷹部屋の引き戸を二寸開いた。喰い付かせをする。網懸《あが》けで捕らえた鷹は、ふつうならその日の夜、人間の手から一口だけ餌を喰べさせる。捕らえたのは夜だった。まる一日、鷹部屋の闇にほっておいた。

部屋のなかは、静まりかえっていた。

二寸の隙間からなかを覗いた。

月光が板張りの隙間から射しこんでいる。暗闇に白い影が浮かんでいる。赤い眼光が家次を射た。

架《ほこ》の後ろの板張りに白い糞《うち》が散っている。

引き戸を開いて、鷹部屋にはいった。後ろ手で、戸を閉めた。

家次は、左手に羽根をむしった鳩の片胸肉を持っている。

闇のなかを架木《ほこぎ》に近づく。

左手の胸肉をからくつわの足元に差しだした。歯と舌の隙間で、鼠の鳴き声を真似てさそった。鼠鳴《ねずな》き。反応を待つ。

からくつわは、微動だにしない。

初めての喰い付かせは、鷹の調教のなかでも、重要な意味を持つ。ここで鷹の神経をさかなでると、二度と人間が手に持つ餌に喰い付かなくなる。そのまま餌を一口も喰わず、餓死する鷹もいる。

二十日も喰い付かず、死の淵をさまよい、かろうじて喰い付く鷹もいた。

もう一度鼠鳴きしてさそった。

さらに、もう一度鼠鳴きした。

からくつわは、警戒心で体をこわばらせている。よけいな刺激を避け、部屋を出るべきだ。また明日の夜、試せばいい。

立ち去ろうとした。

突然、右の拳に衝撃があった。

からくつわが足を伸ばし、鳩肉を摑んだのだ。

鳩を摑んだままじっとしている。

そのまま動かない。

家次は動けない。

汗がながれた。

やがて、からくつわは体を曲げて、なんの遠慮もなく、柔らかい胸肉をついばんだ。

たくみに餌を動かしつつ、からくつわを誘って左の拳に移動させた。今日は、拳の上で餌を喰べさせるのが目的だ。

からくつわは、胸肉の半身をあっという間に喰べつくした。堂々たる喰べっぷりだ。

家次は、からくつわを架《ほこ》に戻すと部屋を出た。

夜風がつめたく快い。

からくつわを捕らえた実感で、家次の体が熱く火照《ほて》った。

詰め

一

堺《さかい》の町。晩秋。往来はにぎやかだ。

エルヒー・メルゲンと小林元長は、町をかこむ堀を渡った。門をくぐった。

信長がこの町を支配してから、櫓《やぐら》や門から傭兵の姿が消えたという。

町の辻には人があふれ、異国の人間も多い。どこの国ともしれぬ風俗で歩いている異人がいる。誰も振り返らない。小袖を着たメルゲンなど、この国の男にしか見えない。

通りの両側には、明国や南蛮《なんばん》の品々をあつかう華やかな店がならんでいる。

「堺の町でいちばん力のある男をさがす。会合衆《えごうしゅう》のなかで有力な者は誰か」

メルゲンがたずねた。

「津田宗及《つだそうぎゅう》に千宗易《せんのそうえき》、それに今井宗久《いまいそうきゅう》あたりかと」

堺は、有力商人三十六人がつくる会合衆によって自治運営されていた。

なかでも、財力人脈ともに有力なのはその三人。

天王寺屋《てんのうじや》津田宗及は先代宗達《そうたつ》の代からの豪商である。

千宗易は、のちに利休《りきゅう》の号を天皇からたまわった。

新興の今井宗久は、信長に名物松島《まつしま》の茶壺と紹鷗茄子《じょうおうなす》を献上して接近し、武器商人として巨利を博していた。

三人ともに織田家の茶頭《さどう》である。三宗匠と呼ばれている。

メルゲンは、町を歩き、大きな商家を見つけると、立ち止まって観察した。店先にいる番頭や手代、丁稚《でっち》たちの動き。品物の扱い方、店の掃除具合などを見れば、主人の器量が推《お》し量れる。

津田宗及の天王寺屋は、町の中央を東西につらぬく大小路にあった。大きな構えで、掃除が行き届いている。荒縄でしばった菰《こも》包みが、店の土間に整然と積み上げられ、手代や丁稚がぬかりなく働いていた。

今井宗久の店も、大きな構えで、天王寺屋同様、店の者がいそがしげに動きまわっていた。店の者は、つねに奥を気にしているようだ。主人が怖いのだろう。

千宗易の店。構えは大きく、店の者は、きびきび働いている。

元長の眼には、三つの店が、同じように大きく、同じように繁盛しているように見えた。どの店も、貿易と納屋《なや》業（倉庫貸し）が主体なので、店頭に小売りの商品がならんでいるわけではないが、店内に積み上げられた木箱や菰包みの量を見れば、商売の手広さが想像できた。

「たいした男だ」

メルゲンがつぶやいた。

「千宗易がですか」

「そうだ」

「どうしてですか。わたしには、どの店も同じようにはやっているように見えます。大きさでいえば、天王寺屋がいちばん大きい」

「あれを見ろ」

メルゲンが店の隅を指さした。たくさんの油紙が積み上げてある。

「あれは、雨の用意だろう。今日は風が湿っているから、雨が降る」

元長が空を見上げると、雲のながれが速い。たしかに雨が降りそうだ。

「雨の支度をしているのは、この店だけだ。主人は目端の利く人間にちがいない」

つぶやくと、メルゲンは、店にはいって手代に声をかけた。

「宗易殿にお目にかかりたい。わたしは遠く韃靼《だったん》国から来た商人だ」

「だったん国……でございますか」

　手代は眼をおよがせた。流暢《りゆうちよう》な大和《やまと》ことばを話す目の前の偉丈夫が、名も知らぬ遠国から来た人間だと、にわかには信じられない。

「さよう。韃靼国をご存じないか」

「はぁ……」

「明国の北方にある大国だ。宗易殿はご存じであろう」

　頭を下げて手代が奥へ引き込み、間もなく戻ってきた。

「主人がお目にかかると申しております。離れの茶室にお通りください」

　元長を待たせ、手代についていて広い土間をすぎると、白壁塗りの蔵が五つならんでいた。さらに奥に、手入れの行き届いた庭があった。

　苔《こけ》が青々としている。美しく配置された踏み石に水を打ったばかり。にぎやかな堺の中心にあるのに、閑静な気品がただよう。

「こちらへ」

　と、手代に案内された。

　メルゲンは、小谷城で、茶を飲まされたことがある。礼法も教わった。

　狭い茶室にすわっていたのは、メルゲンに劣らず上背のある男だった。

　おだやかに微笑んでいるが、眼に宿る鋭い光は隠しようがない。

「千宗易にございます。ちょうど茶を点《た》てようとしておりましたので、ご挨拶抜きで、ご不自由でもおつき合いください。お み足はお楽に」

「かたじけない。茶はきらいではないが、足が窮屈でいかん」

メルゲンは、膝をくずして片膝を立てた。韃靼のすわり方だ。

「くつろいでいただくための茶でございます。お気になさいませぬように」

宗易は、両手をついて軽く頭を下げると、茶釜に向き直った。

柄杓《ひしゃく》で湯を汲む動作にむだがなく、美しい。浅井家の茶頭の比ではない。

茶筅《ちゃせん》の繊細な動きも、惚れ惚れするほどだった。メルゲンは、手先の器用な男を、無条件に尊敬し、信頼する。

ほのかに甘い菓子を食べた。茶を口中にふくむと清涼感がみなぎった。

ころあいよく、宗易がきりだした。

「韃靼からおいでとうかがいました。韃靼国の方とは、初めてお目にかかります」

「この島に渡ってきた韃靼人は、多くはないだろう。わたしが初めてかもしれない」

「しかし、韃靼は広いとうかがいます。韃靼のどちらでしょう」

中国人は、北の蒙古《もうこ》の地に住む人間をまとめて韃靼と呼ぶが、北にも諸部族がある。そのなかでも韃靼部《タタール》がもっとも有力なので、その名が総称となった。

「韃靼は韃靼だ」

宗易は、微笑してうなずいた。

「明国の商人に言わせれば、韃靼の方々は馬をあやつるのがたくみで、剽悍《ひょうかん》な戦士が多いとか。商人には向かぬ方々だと思っておりました」

「それはまちがってはおらぬ。暇なとき、漢人は、服の虱《のみ》を潰し、韃靼人は刀を研《と》ぐというくらいでな」

「商人とうけたまわりましたが、武人のようなことをおっしゃる」

「じつは、韃靼王の遣《つか》いで、この国の王に誼《よしみ》を通じにきた。誼が通じれば、互いに品物を送り、交易がしたい」

「なるほど。韃靼からはどんな品物を送っていただけますか」

「貂《てん》の毛皮。それに、生糸と人参」

　宗易の眉が、敏感に反応した。貂はともかく、絹と朝鮮人参はどちらもいい商売になる品物だ。この国に持ってくれれば、右から左にながすだけで、たいした利益が得られる。

「それはいい。しかし、韃靼の地には、生糸も人参も産せぬのではありませんか」

「われらがアルタン可汗《ハーン》の覇業は、沿海の女真《ジョシン》から漢人の地にまでおよんでいる。手に入らぬ産物などない」

「アルタン可汗殿の権勢は、さほどにお強いか」

「漢人でもアルタン可汗の威光をしたう者は多い。明国の圧政に苦しむ多くの漢人が長城を越えて韃靼へ移住し、アルタン可汗の庇護を受け、土地を耕している。軍糧の欠乏に苦しむ兵士も、明に反乱し、韃靼へ逃げてくる」

「なるほど」

宗易は、しばし沈黙した。

「しかし、アルタン可汗殿は、明国と和議を結び、順義王《じゅんぎ》に封ぜられたとうかがっております。韃靼と明国との交易が始まったとか。ならば、遠隔の倭国に、なぜわざわざ交易を求められます」

「よくご存じだ」

メルゲンの眉が動いた。目の前の相手は抜け目のない商人だった。

宗易の情報は正しい。アルタン可汗は、三十年以上にわたり、長城を越えて明国に攻め入り、物資を略奪してきた。漢人を捕らえ、奴隷として連れ去った。三十万の大軍で北京城を包囲したこともある。剽悍な韃靼人は、しばしば明に侵入。略奪、殺戮、放火、凌辱《りょうじょく》。ほしいままに明の都邑《とゆう》を荒らしてきた。ある年の山西省では、拉致、殺害された漢人二十万人、奪われた家畜二百万頭、焼きはらわれた家屋八万戸という記録がある。

明にとって、韃靼は、北の脅威であった。

ところが、三年前、それまでの戦闘的な姿勢を一転させて明と和議を結んだのだ。

「南倭北虜《なんわほくりょ》」が、明の二つの強敵であった。

南の福建《ふっけん》沿岸を荒らす和寇《わこう》と、北から攻めてくる剽悍な韃靼諸部族。辺境警備のための明国の出費は、国家の屋台骨をゆるがすほど増大していた。韃靼との和議は、明国にとって、大きな福音であった。

メルゲンが、宗易の眼をじっと見すえた。

宗易も眼をそらさない。視線のなかに、ごつごつと堅い意志が感じられた。

「宗易殿を商人と見込んでよろしいか」

「いかにも、わたくしは骨の髄から商人でございます」

「ならば信頼して秘事をお話しいたそう。われらが大王アルタン可汗の和議は、じつは見せかけだけのこと。近い将来、ふたたび明国に攻め入り、今度は全土を席巻する所存。いまは、雌伏のときでござる」

「いずれ、韃靼が明国を滅ぼし、新しい王朝をひらくとおっしゃるのか」

「さよう。必ずやそうなる。成算はあるのだ」

しばらく瞑目していた宗易が、口を開いた。

「明の商人からさまざまな話を聞きます。アルタン王は、気性の激しい可汗だと耳にしておりましたので、なにゆえの和議なのかといぶかしんでおりましたところ」

明は、国是として海外通商を禁じていた。わずかに朝貢形式だけを許していたが、やがて勘合符《かんごうふ》を持った船の貿易を許すようになった。和寇《わこう》が騒いでから、勘合船は跡絶《とだ》えている。本物の日本人「真倭《しんわ》」は少なくなったが、福建あたりの食い詰め者が頭を剃って短い衣に裸足で、鳥のような言葉をしゃべって日本人になりすまし、跳梁跋扈《ちょうりょうばっこ》している。そのため明の密貿易船も減り、いまはポルトガルの天下だ。

永禄《えいろく》の末年になって、明の総兵官戚継光《せきけいこう》が似非《えせ》和冦を鎮圧した。いま、海禁をおかして渡航してくる密貿易船はわずかにすぎない。

韃靼が明国を支配すれば、その海禁政策がどう転換するのか。貿易商人として、大きな関心のないはずがない。

「そうなれば……」

「さよう。アルタン可汗は、海禁政策などとらず、大いに通商を奨励するご所存である」

「それはおもしろい。明国の弱体ぶりは、商人たちからしばしば聞いております。なるほど、韃靼王が、なぜ弱体化した明国と和議を結んだのか、不思議でなりませなんだが、そういうおつもりでしたか」

明国が壊滅して、クビライ可汗の末裔が元《げん》王朝を再興させる――夢物語とも法螺《ほら》ともつかぬ話。しかし、いまの明国の内情からは、あながち荒唐無稽《むけい》な話ともいえない。

明の疲弊のはなはだしさは、明の商人たちからさんざん耳にしていた。大国ではあるが、白蟻に蝕《むしば》まれた古家と同じで、誰かが手で押せば、簡単にくずれるだろう。その「誰か」は、漢人ではあるまい。辺境で成長し、力をたくわえつつある新興勢力だろうというのが、密貿易にやってくる明商人たちの一致した見方だった。

メルゲンの話は、明商人の話と合致する。

先の利を読む商人としては、ぜひとも商売の筋に織り込んでおかなければならない横糸であった。

「そのような大切なお話をわたくしなどにしてくださったのは、いかなるゆえあってのことでしょうか」

「そのこと。わたしは、韃靼国王アルタン可汗の国使として、この国に渡ってきた。われらが兵を明に進める際、日本からも出兵して、朝鮮や浙江《せっこう》、福建あたりを荒らしてもらえば、明国討伐の目算が立てやすい」

宗易はうなずいた。メルゲンの言葉は、理にかなっている。

「しかし、この国はいま乱れ、覇王がさだまっておらぬ。京の帝や足利公方は、もとより相手とならぬ。誰が覇業を達成するのか。その観測をうかがいたいのだ」

「よくわかりました」

「いったい、誰がこの島の覇王になるであろうか。あるいは、誰が新しい将軍となれば、兵を出し、明国を攻めてくれるであろうか」

「さようですな」

宗易は、瞼《まぶた》をとざし、膝の上で手をそろえた。

茶釜の湯が滾《たぎ》り、松籟《しょうらい》に聞こえる。

宗易は考えた。自分ひとりでも、いつもこの茶室で考えていることだった。どの武将につけば利が得られるのか。商人にとって、死活問題だ。

いまは、織田信長に勢いがあるが、長島《ながしま》、越前の一向衆《いっこうしゅう》に苦戦している。本願寺、越後の上杉謙信はもとより、甲斐の武田もまだあなどれない。

敵の多い信長が、「天下布武《ふぶ》」をなしとげられるか否かは、きわめて微妙な状況であった。だが、信長にとって代わる者がいるかどうか。

宗易は、いつも考えていることを口にした。

「まずは、織田弾正忠《だんじょうのじょう》信長殿。ただし、本願寺門徒が成敗《せいばい》できての話です」

「本願寺成敗に、何年かかるだろう」

「五年でできれば上出来。十年かかると見ております。織田殿の敵は、本願寺ばかりではない。上杉、武田、毛利と、強者ぞろい。本願寺を軸にその者らが手を結べば、なかなか油断はできませせぬ」

「織田に勝つとすれば、誰だろう」

「本願寺は勝てませぬ。寺内町《じないちょう》を守ることはできるでしょうが、それだけです。門徒衆が信長殿を殲滅《せんめつ》することは不可能だ。彼らは、守るだけで、攻めることができない」

「いちばん力を蓄えているのは、毛利か。十一ヵ国を領しておる」

「たしかに力はありましょうが、毛利殿には天下を統《す》べる才覚がありますまい」

「ならば、武田か上杉……」

「武田信玄殿は、またとない武略の人ではありましょうが、今春、三河《みかわ》の徳川家康殿を破ったのち、陣を退《ひ》いて甲斐に戻っておいでだ。すでに、亡くなっていると見るのが妥当な読み筋。子の勝頼殿の才覚では天下統一は不可能」

「ならば、上杉か」

「謙信殿の領国がせめて越前であったならば、それも可能でしょう。あの殿なら覇気もあり、軍事にも長《た》けておられます。しかしなにしろ、越後は遠国にて都が遠い」

「だとすれば、やはり信長殿か」

「力というもの、勢いがつけば、みなそちらになびきます。いまの信長殿には触れたものすべてを巻き込む竜巻のごとき勢いがついております」

「それで、宗易殿は、信長殿に肩入れをしているわけか」

「商人などというのは、卑しい生き物でしてな。力のある方につかねば、利は得られませぬ」

「信長殿には、それだけの力があるか」

「あります。力もそうですが、あの方には、志と絵がある。この国に武を布《し》き、楽市楽座《らくいちらくざ》を広めるおつもりだ。そこに惚れ込んで、わたくしは商いさせていただいております」

メルゲンは、うなずいた。思っていたとおり、信長こそ、この国の可汗《ハーン》にふさわしい人物であり、韃靼の利害と一致する人物であろう。

「信長殿に、お目にかかれるだろうか」

「韃靼王の国使なら、すぐにでもお目通りになるはず。わたくしから、堺代官松井友閑《まついゆうかん》殿にお取り次ぎいたしましょうか」

「そう願えればありがたい」

「茶をもう一服いかがですか」

「いただこう」

宗易が差しだした茶碗を、メルゲンは片膝を立てたまま、片手でつかんで飲みほした。

茶室は狭いのに、メルゲンは、なんの窮屈も感じなかった。

二

家次は、鷹部屋の戸を二寸開いた。

からくつわは、じっと動かない。赤い眼で、こちらを睨《にら》んでいる。後ろの壁に、白い糞《うち》が飛んでいる。

それだけ見きわめると、戸を閉めた。

毎日、それだけをくり返した。それ以外、鷹部屋は閉ざしたままである。なにも喰べさせない。

二日、三日、四日。

六日目、糞の色が変わった。量が減り、青い油状になった。胆汁の色だ。見きわめると、戸を閉めた。

「ようやく油糞《あぶらうち》になりましたな」

清六が言った。

「まだまだ、これからだ」

網懸《あが》けで捕らえた鷹は、喰い付かせをしたのち、詰めに入る。絶食だ。期間は鷹の状態によって違う。十日、二十日、ひと月。なにも喰わせず、ただ、部屋につないでおく。一日に一度だけ、戸をわずかに開いて、ようすを見る。見たら、すぐに閉める。驚かせてはいけない。刺激してはいけない。

「どの鷹でも詰めはつろうござるが、からくつわはまた格別。息が詰まる思いにござる」

詰めのあいだ、鷹匠にできることはない。待つ。なにもせず、ただ待つのが仕事だ。

鷹は、しだいに痩せ衰えていく。眼が落ち窪み、闇にすさまじく光る。

家次は、詰めをするとき、自分も一日に一椀の粥《かゆ》しか口にしない。それが、鷹に対する礼節だとかたくなに信じている。

肉色《しし》が充分についた状態を十分《ぶ》として、五分から四分まで下げる。三分まで下がれば、鷹は死んでしまう。

詰めが効果をあらわすまでのあいだ、鷹匠はただひたすら待たねばならない。忍耐で、人間がみがかれる。

詰めをするあいだ、家次は鷹道具を用意した。

鞢《えがけ》や足革をつくる鹿革細工は得意だった。家次が裁断して縫った鞢《えがけ》は、きっちり腕に密着し、しかもしなやかに鷹の爪の感触と息づかいまで肌に伝える。人に任せたことはない。

餌を入れる塗りの餌合子《えごうし》は、自分で木を削り、漆《うるし》を塗って仕上げる。覆いには紙に漆を塗った一閑張《いっかんばり》をつくる。

尾羽につける鈴は、鉄板を叩き、成形して、銀蝋《ぎんろう》で溶接する。かろやかな音色に仕上げるまでには、これまで何十もの失敗作を無駄に捨てた。

鈴を尾羽にとめる鈴板は、鯉《こい》の頬骨でつくる。からくつわなら玳瑁《たいまい》（ベッコウ）をつかってもよいだろう。

絹糸から、百尋《ひろ》（一八〇メートル）の長さの忍縄《おきなわ》を撚《よ》るのも自分でする。

細めの籐《とう》を編んで口餌《くちえ》の羽ぶしを入れる口餌籠《かご》も編まなければならない。

輸送用の鷹籠もつくる。

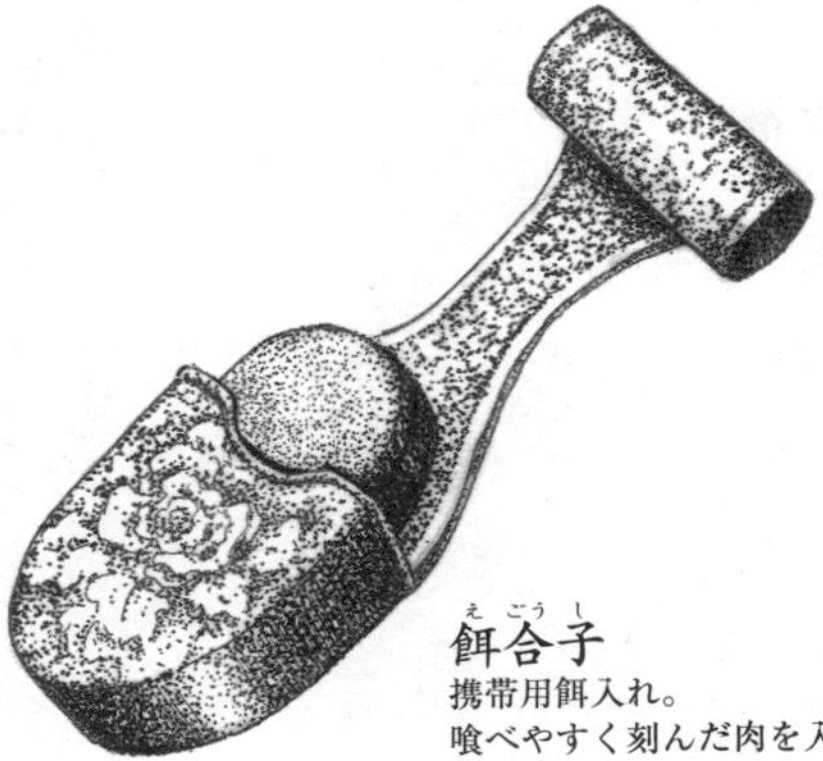

餌《え》合《ごう》子《し》
携帯用餌入れ。
喰べやすく刻んだ肉を入れる。

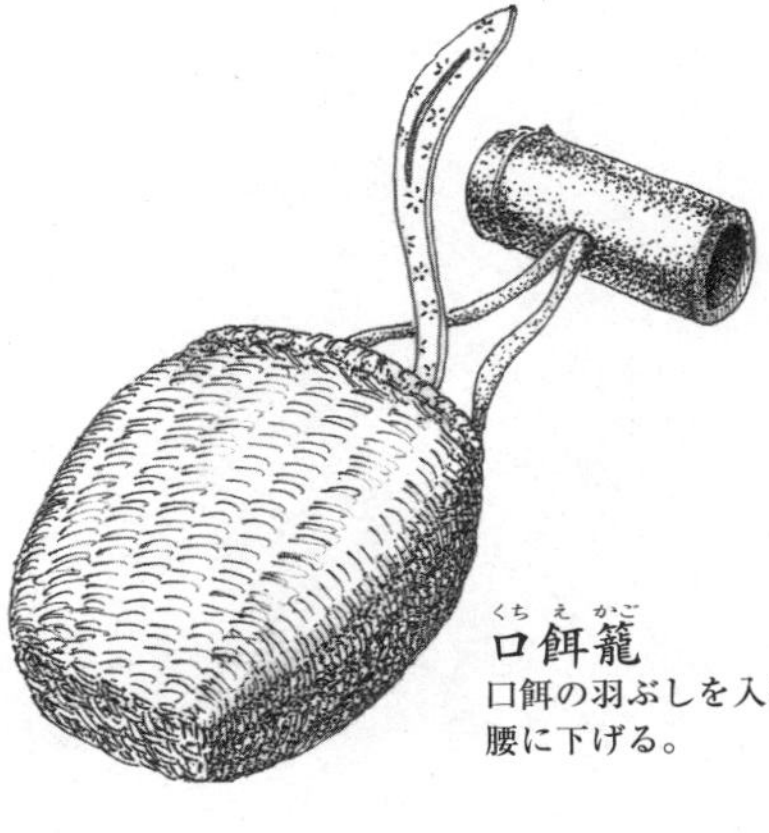

口《くち》餌《え》籠《かご》
口餌の羽ぶしを入れて
腰に下げる。

一日に一度、戸を開いて覗く。
からくつわが痩せていく。
眼光が、けわしくなっていく。

体震《たぶる》い

一

岐阜に帰っていた信長が、関ヶ原を疾駆して小谷城《おだに》にやってきた。勝った者は勢いがつく。軍団が煌《きら》びやかさを増している。十一月四日の夕刻。山上から眺める織田の軍列は、地上をのたうつ龍に似ていた。太く強くうねり、あらゆるものを貪欲に呑み込む。

金吾丸の鷹部屋に、信長は、若武者五人を連れただけであらわれた。鷹を刺激しない配慮。信長の出現で、空気が変わる。たいした男にちがいない。

あらためて見た信長の顔は、意志の力が張りつめていた。世に武将は多いが、めったにある顔相ではない。

「白鷹のようすはどうか」

その日は、ちょうど詰め明けをするつもりだった。家次が答える前に、信長がまじまじと顔を見つめた。

「痩せたな。病《やまい》か」

「鷹の詰めとともに、わたしも食べておりませぬゆえ」

「何日たつか」

「二十日でござる」

「よい面相になりおった。家次の真骨頂であろう」

「わたしはそれでも粥《かゆ》を一椀いただいております。鷹はまるでなにも喰べておりませぬ」

「おもしろい奴。早く白鷹が見たい」

家次がうなずいた。鷹部屋の戸を二寸開いた。信長が覗く。

言葉を詰まらせた。

からくつわが、こちらを睨んでいる。眼光炯々《けいけい》。眉が高く盛り上がり、眼窩《がんか》が窪んでいる。壮絶な顔。爛々《らんらん》とした敵意。

「肉色《しし》は」

「もはや五分」

戸を閉めた。

肉色をみるには、胸の竜骨を触る。胸の真ん中を縦に通る竜骨の左右にどれほどの肉が付いているか。指でつまめばすぐにわかる。家次は、何度か鷹部屋にはいり、からくつわの胸に触れた。餌はやっていない。

「本日、詰めの明けをいたしまする。夜、初めての餌を喰べさせます」

「わしにやらせよ」

「御意」

夜。

信長が来た。鹿革の行縢《むかばき》を穿《は》き、鞢《えがけ》をはめている。供は五人。松明を持ってきた。

「まだ人に馴れておらぬゆえに、喰い付かせと同じように慎重になされよ」

「据《す》えてよいか」

鷹を拳にとまらせることを、鷹匠は据えるという。据前《すえまえ》千人力。名人が据えれば、どんな鷹もぴたりとおとなしく拳にとまっている。

「さて」

家次は、首をかしげた。信長の技量をまだ知らない。この時期に、無闇な刺激は禁物だ。

「率直にうかがいたい。殿は、鷹のあしらいが巧みでござるか」

今度は、信長が首をかしげた。

「天下一の鷹匠にさようにたずねられては困じはてる。わかった。とにかく餌をくれてやろう」

雀を渡すと、信長は器用に翼をつかんだ。

「一人ではいられよ」

戸を開けると、信長が、音を立てずになかにはいった。すぐに閉めた。

「ホッホッ」

信長の掛け声だ。堂に入っている。信長は鷹のあつかいがうまいかもしれない。

「ホッホッ」

いい声だ。しばらく続いた。

「こやつッ!」

鷹部屋のなかで信長が叫んだ。

「いかがなされたか」

家次はしゃがんで静かに戸を開いた。はいらずに低声《こごえ》でたずねた。

信長は顔をしかめ、白鷹を睨んでいる。

「いっこうに餌を喰わぬわ」

からくつわは、架《ほこ》にじっととまり、身を硬くしている。餌を見てもいない。

「まずは、気を鎮めなされ」

「なんだと」

「殿は、昂《たかぶ》っておられる」

家次は、しゃがんだまま鷹部屋にはいって、戸を閉めた。漆黒の闇。眼が馴《な》れると、板の細い隙間から外の篝火《かがりび》が射しこんでいる。純白のからくつわが、ほのかに赤く染まっている。立ち上がった。

「代わられよ」

信長が場所をあけた。家次は、雀の胸の羽をむしり、からくつわに差しだした。

からくつわは、じっと動かない。

からくつわが右手の雀を見ている。

「喰っていいんだ。大丈夫だ」

からくつわが、餌に吸い寄せられた。嘴《くちばし》で雀の胸をひきちぎった。

餌を喰っている鷹は、無心の境地にいる。執着が極限まで高まれば、一切の雑念が消える。からくつわはまたたくうちに小さな雀を喰いつくした。家次は、雀の頭をかじって割った。鷹は小鳥の脳髄が好きだ。

「ほれ、頭を割ったぞ。美味いぞ。美味いぞ」

雀をもう一羽見せると、からくつわが架《ほこ》から家次の拳に移った。

また、あっという間もなく喰べつくした。

拳の高さはそのままにかがんで、土間に置いてある水のはいった椀を取った。からくつわに差しだすと、喉を鳴らして飲んだ。

「美味かっただろう。今宵はそこまでだ」

詰め明けには、できるだけたくさん水を飲ませる。少ない餌で満腹させ、体の消化機能をはたらかせるのだ。

からくつわは、家次の拳がいつもとまる梢であるかのごとく、落ち着いている。全身の羽をほっこり膨《ふく》らませ、体を震わせた。くつろいでいる。

「体震《たぶる》いしおった」

信長が低声《こごえ》で驚いた。体震いは、鷹が落ち着いているかどうかの目安だ。家次の拳が、からくつわは気に入っている。

「また、明日、餌をやるぞ。よい夢を見ろ」

家次は、からくつわをそっと架木《ほこぎ》に戻した。

戸を開いた。外に出た。

信長が、不思議なものを見る眼で家次を見た。

「家次はあやかしをつかうか」

「まさか」

「そのほうのわざ、あやかしを見ているようじゃ。なぜ、わしからは喰わなんだ。なぜ、そちの拳では体震いまでする」

「まだ詰めが明けたばかりで、鷹は人を警戒しております。殿は、喰わねば容赦せぬとの気概で接しておられた。これでは鷹も怪しみます」

　信長がうなずいた。存外素直な男らしい。

「さすが家次。それにしても、よく鷹に話しかけるな。鷹は人語を解するか」

「解しはいたしませぬ。されど、人と同じ生き物であれば、敵か味方か、こちらが怒っているか親しもうとしているか、それほどのことなら、態度でわかりましょう。害意なく、ただ餌を喰わせようとしているのを示しているばかりにござる」

「狩りが楽しみだ。いつ出られるか」

「さて、殿は気が早すぎる。馴養《くんよう》はこれから。網懸《あが》けでござれば時間がかかる。あと三月《みつき》はお待ちくだされ」

「三月か。長いな」

「なにほどのことがありましょう。からくつわは、よい狩りをしますぞ。鶴取《つるとり》に仕立てようと思うております」

「それがよい。鶴取がよいぞ」

　放鷹の獲物では、鶴がもっとも珍重される。

「では、心おだやかにお待ちくだされ。拙速は禁物。しあみの甘い鷹は、お好みではござらぬであろう」

「むろんのこと。しかし、気がはやる」

家次は、一呼吸おいて答えた。

「それが殿の美点にして欠点でござるな。なにごとにも、潮と機がござろう。潮が満ちねば機は到来いたしませぬ」

「うまうまと言いこめられたわ」

「言いこめたなどとんでもござらぬ。わが師禰津松鷗軒はつねづね、鷹狩りほど天地の摂理にもとづいた玄妙なわざはないと申しておりました」

「まことに慧眼《けいがん》であることだ」

「鷹は、天空の覇者でござる。鷹がおらねば諸鳥が天地に満ち、耕作を食い荒します」

「いかにも道理だ」

「鷹が小鳥を喰らえばこそ、天地自然の摂理がまわりまする。鷹が狩りをするのは、星辰《せいしん》の営みに異《こと》ならず、それを我意で曲げるのはむずかしゅうござろう」

「理のある話だ」

「殿が若いころの鷹野の話は、甲斐にも伝わってござった」

「甲斐の諜者が尾張にいたか」

「それほどの話は、いくらでも伝わってまいります」

信長がまだ「うつけ」と呼ばれ、朝から晩まで、馬に乗って尾張の平原を駆けまわっていたころのことだ。尾張天永寺《てんえいじ》の僧天澤《てんたく》が、旅の途路、甲斐に立ち寄った。武田信玄は、この僧を召して、信長の日常生活を聞き出した。

「殿は、馬の背に藁《わら》を積み上げ、その陰に鷹を据えて隠れられたそうでござるな」

「いかにも。獲物の鳥に見つけられぬようにとの工夫であった。遠巻きにまわりつつ近寄り、できるだけ近寄ったところでいきなり馬陰《うまかげ》から鷹を飛ばせば、あやまたず摑みおる」

「そのわざは、理にかなっております。おのれの気配を消せば、敵は怪しまず、かぎりなく近づけましょう」

信長がうなずいた。

「百姓姿で鍬《くわ》を持った鳥見の衆を出されましたな」

「それも知っておるか」

信長の鷹狩りは、古来の方法とまるで違っていた。新しい工夫に満ちていた。鳥見の衆を二人一組で二十人、数里先まで、斥候に送り出す。獲物を見かけたら、一人が獲物を見張り、一人が注進に駆け戻る。鳥見の衆は、鳥に警戒されないよう、鍬を持たせ農民の姿をさせた。

信長という男は、そこまで細心で注意深い。

この話、禰津松鷗軒や家次はもちろん、武田信玄でさえじっと耳をかたむけた。油断のない方法を考案した尾張の信長という若者をしたたかに感じたのだった。

それまでの鷹狩りといえば、帝か公卿、国持ち侍の遊びで、装束や獲物の飾り方など有《ゆう》職《そく》故実にうるさかった。信長は、因習にはまるでとらわれず、斬新な鷹狩りの手法を編みだしたのだ。それは、鷹と獲物の性質をしっかり把握した方法だった。

「大切なのは、天地自然の理《ことわり》でござる。殿なら、それに沿う鷹狩りがなされるはず。いたずらに、ことを急がれますな」

信長が愉快そうに笑った。

「わかった。狩りのできる日を楽しみにしておる」

言いのこして金吾丸を去っていった。

いつのまに来ていたのか、鷹部屋の前に秀吉がいた。

「みごとだな、家次」

「なにが、でござろう」

「上様のあつかい方よ。言いたいことをすべて言いきり、それでいて上様を怒らせぬ。存外したたかな男じゃな」

「愚弄なさるつもりか」

「とんでもない。感心しておる。わしも見習いたいところじゃ」

「阿呆らしい」

「いや、教えてくれ。おぬし、鷹をあつかう神髄を問われれば、なんと答えるか」

『鷹に仕えよ』というのが、師の口癖でござった。主人は人ではなく、鷹だと、さんざん教えられもうした」

「なるほど、道理かもしれん。されば、主人である鷹に、どのような心ばえで仕えるのか。その神髄こそが知りたい」

「さて……」

家次は、首をひねった。いつもそのことばかり考えている。いざ、神髄などと問われると、答えに窮する。

「堪忍《かんにん》かな」

鷹とのつき合いは、忍耐が要求される。鷹に腹を立てているようでは、鷹匠はつとまらない。あくまでも冷静に鷹を調教するのが放鷹術の要諦にちがいない。

「それだけではなかろう。堪忍だけで、鷹は動くまい。上様も動かぬ。なにかもっと秘訣がありそうじゃ」

言われてみればそのとおりだ。堪忍しているだけではなかった。堪忍しつつ、鷹を動かす。そのために、なにが必要か。

「水……」

「えっ」

「水になればよい。水のごとく相手に従い、水のごとく相手をながす。これならいかがか」

「なるほど。それが上策か」

篝火に照らされた秀吉の顔が、ふと奸佞《かんねい》に見えた。油断ならない男にちがいない。気づいた秀吉が、満面の笑みを浮かべた。人をとろかす顔。

「いやいや、さすがは名人の弁。含蓄が深い。今度おなごを口説く手につかってみよう」

家次は、自分が、よんどころない人の澱みに住んでいることを、思い知らされた。

二

エルヒー・メルゲンは、堺から京に戻った。信長が岐阜から来ている。会うべきは、信長だ。ほかの誰でもない。この国で用があるのは、あの男だ。

二条室町《むろまち》妙覚寺《みょうかくじ》に出向いた。千宗易が、手はずを調えてくれている。行けば会える。その段取りだ。

門前に、おびただしい軍馬。鎧《よろい》武者。足軽ども。織田の軍団とは、小谷《おだに》で敵として戦った。手ごわかった。いま、そばで見ると、気迫が横溢《おういつ》している。これが可汗《ハーン》の軍団だ。

軍列は到着したばかりらしく、馬たちは息が荒い。

大勢の出迎えがいて、あたりは混雑をきわめていた。馬廻衆《うままわりしゅう》が、人をとどめようとしている。後ろから押され、馬と人が入り混じった。

馬の嘶《いなな》き。一頭が昂奮で棹《さお》立ちになった。駆けだす。人の悲鳴。さらに馬が昂奮する。

馬廻衆が暴れ馬を捕らえようと群がった。暴れ馬。押さえられない。人が逃げまどう。

「まかせろッ」

メルゲンが飛びだした。手綱《たづな》をつかむと、鐙《あぶみ》も鞍《くら》もない裸馬の背中に飛び乗った。馬が嘶いて立ち上がる。落とされはしない。馬なら、赤ん坊のころから乗りまわしてきた。こいつなんかは、まだたやすい。

「チョウチョウ」

口をすぼめて声をかける。韃靼式の掛け声。手綱を左手だけでつかみ、首筋を叩いた。三度、あたりを輪乗りするうちに、馬が落ち着いてきた。息が鎮《しず》まった。馬をあつかう気迫がちがった。馬は乗り手を知っている。

馬をおりた。手綱を武者に渡した。

「出過ぎた真似をいたした」

「いや、感服つかまつった。貴殿は？」

「信長殿に目通りを願ってまいった者。韃靼王の使者にて候」

丁重に案内され、奥に通った。部屋を借り、元長に手伝わせて、空色の韃靼服《デール》に着替えた。堺で宗易が仕立ててくれた。座敷で茶をふるまわれ、すぐに呼ばれた。

書院の奥に、細面の男がすわっていた。貴公子然としている。野人かと想像していた。端正な顔だちで気品がある。鷹より隼に似ている。

「信長である。貴公のことは宗易から書状をもらっておる。遠路はるばるご苦労であったな」

「恐悦至極《きょうえつ》。お目にかかれて光栄にござる」

「暴れ馬を押さえてくれたそうだの。馬廻の者が馬の名人だと賛嘆しておった。みごとな術であったそうだな」

「差しでがましいことをいたしました。されど、われら韃靼は馬の民にて、馬にはいささかの自負がござる」

「さほどに馬をつかいこなすか」

「さよう、たとえば」

メルゲンは、書院窓に置かれた地球儀を眼にとめた。

「こちらには、スペインやポルトガルの者がやってきておりまするな」

「いかにも」

「彼らのナオ船は、新鋭で大型といえども、はるばるアフリカの岬をまわり、天竺《てんじく》をへて、一年半から二年をかけてこの島に到達いたします」

「そのように聞いておる」

「われらが韃靼の太祖《たいそ》チンギス可汗《ハーン》は、かつてヨオロッパを席巻。馬にて、わずか二カ月で元《げん》の都カラコルムより駆けつけました」

「馬ならばこその速さか。しかし、その元朝は、明国に破れ、すでに滅んだのであろうに」

「さにあらず。われらが祖先は、北の平原に帰ったまで。いまも、可汗《ハーン》の力は健在です」

「いまの王は、名をなんと申されるか」

「アルタン可汗にございます」

「武功はすぐれておられるか」

「しばしば明国に出兵し、戦果を挙げております。北京《ペキン》城を三十万の大軍で包囲したこともござる。北の諸部族を認めようとしなかった明国ですが、ちかごろはわれらに屈服し、国を開き、交易を始めました」

「韃靼ではふだんなにを食べるか」

「羊肉《モル》でござる。わが国は草原が広く、羊、馬、牛、山羊、駱駝の五畜が人よりたくさんおります。馬の乳から酒をつくり、牛の乳から酪《らく》や酥《そ》をつくります」

「米は産せぬのか」

「われらは牧畜のみを営み、農耕はいたしませせぬ。耕せば、そこに住まねばなりませせぬ。それは漢人のすること。われらは西に東に、遊牧を好みます」

「どんな家に住む」

「羊の毛を塩水にて厚く固めた布で、壁と屋根を葺《ふ》きます」

メルゲンは、料紙に筆で丸い筒の上に円錐屋根の載った穹廬《ゲル》を描いた。小さな入り口に木戸があり、屋根の中央から煙が出ている。

「わずか一刻《いっとき》（二時間）で組み立てられ、どこにでも移動できます」

「合戦では、どんな武具をつかう」

「騎馬に弓なら、すべての兵士が熟練しております。漢人が、馬に乗って弓を射るには、特別な訓練が必要ですが、われらは子供のころから馬と弓を遊び道具として育ちますゆえ、誰でも習熟しております」

「明国の北には、韃靼のほかにどんな国があるか」

「はるか西には土耳古《テュルク》国、ペルシャ人のティムール国、カザーフ人のキプチャク可汗国、そして、ウズベク、瓦剌《オイラート》、韃靼《タタール》でございます。われらの東には、かつての金《きん》、渤海《ぼっかい》の地に女真《ジョシン》がおります。これらの国《ウルス》（国家というより人の集まり・集団）は、すべて大蒙古国《イエケ・モンゴル・ウルス》として、ひとつの旗のもとに集まります。わたしは、韃靼王アルタン可汗の遣いであり、大蒙古国の使者でもあります」

信長は、眼の前の男を見つめた。

血色よく日焼けし、物事に動じない太い眉。馬で広大な大地を駆ける男の顔だ。

「蒙古とは、国の名か」

「国といっても、明とはまるで違います。蒙古《モンゴル》は、仲間《イル》の名前。仲間が手を借りたがっていれば、手を貸します。手を結ぶ仲間が蒙古です。明国に対しては、いまも大元国を称している。われらがアルタン可汗の祖父ダヤン可汗《ハーン》は、大元大可汗を名乗っておりました」

かつて、フビライに攻められたヨーロッパ人らは、蒙古《モンゴリア》あるいは韃靼《タタール》といえば、東からやってくる怪物か魔物のように懼《おそ》れていた。それは、きわめて大雑把な総称でしかない。

「韃靼とは、どこをいう」

「元朝には、古来、西の瓦剌《オイラート》部と東の韃靼《タタール》部がござる。ときに抗争もあり、かつては瓦《オイ》剌《ラート》の王が大聖天《だいせいてん》可汗《ハーン》を名乗ったこともござるが、われらがアルタン可汗こそ、チンギス可汗につながる正当な血統でござる。いまは、瓦剌《オイラート》もまたよき仲間として明国侵攻を謀っております」

「韃靼の軍団は、どんな構成になっているか」

「万戸《まんこ》の制がござる。一戸から兵士一人と馬数頭を出させ、十戸、百戸、千戸の軍戸をつくらせております。明国に向かい、右翼に三万戸、左翼に三万戸。われらがアルタン可汗は、左翼のトゥメト万戸を率い、なおすべての蒙古仲間《モンゴル・イル》に命令《ジャルリグ》を発しております」

信長は、いくつも質問を重ねた。

どれだけの人数で、どこを通過してきたのか。それぞれの地の軍事力と経済力はどうなっているのか。産業はなにが盛んか。人々はなにを欲しがっているのか。

メルゲンは、一つひとつの質問に的確に答えた。

「国使としての用向きはなにか。通商を望んでのことか」

「これにございます」

メルゲンは、供の元長に、漆塗りの箱を出させた。箱は堺で誂《あつら》えておいた。

「まずは、ご覧いただきたい」

小姓が信長の前に箱を差しだした。

朱の紐《ひも》をほどくと、なかには紫紺の金襴緞子《きんらんどんす》がはいっていた。

緞子を取りだして開くと、黄金の鷹の像が出てきた。

「それを日本国の可汗に献上しにまいった」

メルゲンが、手をつき、頭を下げた。

「単刀直入に申しあげます。明国は大国ながらすでに弱体化。われらは、明国進撃の機会を狙っております。好機をとらえ、われらは明に馬を進めますゆえ、日本国王は、ぜひとも朝鮮に上陸して、明に兵を進めていただきとう存ずる。その盟約の締結が、わが国使としての任務でござる」

信長は、微動もせず聞いていた。薄い髭を撫でた。

「明国を討ち破る成算はあるか」

「ござる」

メルゲンは、きっぱり断言した。

「明国の東北の守りは、遼東《りようとう》総兵官李成梁《りせいりよう》があたっておりますが、この男、毎年の明からの経常軍費数十万両の半分を横領し、家丁（私兵）一万を養っております。李成梁の兵は弱く、われらが攻撃しても、城から討って出る者は、ただの一人もいない。ただ、背後からの追撃を得意とするのみ。この李成梁さえ調略すれば、日本が明国に侵入するのはたやすい。利に弱い男ゆえ、餌を用意すれば、すぐに崩せます。遼東から吉林《きつりん》にかけての地は、人参と貂《てん》の毛皮が豊富に産します。明国まで押し入れば、絹も豊富にござるゆえ、つかみ取りも同然。ところを変え、福建方面に出兵していただければ、産物が豊かで、珍品玩物までも手にはいりましょう。われらは北からそのまま南を衝く。二方面の戦線に、明はたちまち疲弊いたしまする」

「明国の皇帝はどんなようすであるか」

「宮廷は、宦官《かんがん》どもの専横で、政務が腐敗しており、党争ばかりをくり返しております。李成梁の要求する軍費によって国内に重税を課し、民の痛苦は、宮廷への憎悪に発展しているほどにござる」

信長はうなずくと、黄金の鷹像を見つめた。翼をひろげた姿は、小さいながらみごとな細工である。ずいぶん羽足の長い鷹の生き写し像だ。小さいながらも、飛び立たんばかりの凄みがある。眼に紅玉がはめてある。無垢の黄金で色彩はないが、白大鷹に見える。

「鷹になにかいわれがあるのか」

「可汗《ハーン》の鷹と呼びます。われらが仲間の守護神にございます」

「由来を話せ」

「それには、一族の歴史を語らねばなりません」

「語るがよい」

メルゲンは、うなずいて語りはじめた。

「われらが韃靼《タタール》は、元朝のテムジン、すなわちチンギス可汗を祖と仰いでおりますが、そもそも、テムジンの家系は、蒼き狼《ボルテ・チノ》と白黄色の牝鹿《コアイ・マラル》を族祖としております。獣ではござらぬ。さような名でござった。ボルテ・チノの十一世の子孫ドブン・メルゲンは、アラン・ゴアという美女を娶《めと》ったのでござった」

「待て、そのほうの名も、メルゲンと聞いた。同族か」

「メルゲンとは、ものごとを善《よ》くする者の意で、弓射《きゅうしゃ》に長けた者という意味もござる。韃靼には多い名にて候」

「つづけよ」

メルゲンが語ったのは、こんな話だ。

アラン・ゴアに五人の子があった。末子ボドンチャル・モンカクは「愚弱なり」との理由で、家畜《アドオスン》も食料《イヂエ》も分け与えられなかった。ボドンチャルは親族にも数えられず、そこを追い出された。旅に出たボドンチャルは、大きな白鷹を見つけ、馬の尾で罠《わな》をつくって捕らえた。

白大鷹を飼い馴らし、鷹の捕った鴨や雁を食べた。鷹が狩りに失敗したときは、弓で獲《と》った獲物を鷹に喰べさせた。

あるとき白大鷹を放つと、新しく移ってきた人々《イルゲン》のところに飛んでいった。人々は、彼の白大鷹を欲しがったが、ボドンチャルは取り合わなかった。馬乳酒《エスグ》をもらって呑んだ。何度か遊びに行き、馬乳酒を呑ませてもらった。

そんなころ、兄の一人が、ボドンチャルのところに来た。

ボドンチャルは、兄に言った。

「弱い者たちがいる。襲奪しよう」

ボドンチャルが先鋒となり、兄弟五人で人々を襲った。家畜、糧食、臣僕、女たちと住居を奪った。それから一族は発展して、ボドンチャルの十一世の子孫がテムジンすなわちチンギス可汗となり、草原を馬で疾駆して、大可汗《ハーン》国を建設した。

「一族の守護神というわけか」

「信長殿に献上させていただきます。羽ばたく黄金の鷹像は、われら韃靼の可汗の徴《しるし》。これをわれらが新しい仲間《イル》の可汗《ハーン》に贈るのが、このメルゲンの仕事にござる」

「わしに臣従せよというのか」

「否。対等に盟約を結びとうござる。互いに好きなだけ漢人の地を切り取ったところで出会い、手を結びましょうぞ」

信長は、中空を睨んでいる。

「明に出兵するには、秋津島《あきつしま》六十余州の平定を果たさねばならぬ」

「むろんにござる」

「敵はまだ多い」

「さように存ずる」

「大坂に城と港を築き、熊野《くまの》の九鬼《くき》水軍に大船を造らせ、明国や呂宋《るそん》はもとより、ヨオロッパの国々とも交易したいというのがわしの存念である。明国出兵は望むところだが、そのためには、水軍の調練もせねばならぬ」

「いま、世界はめまぐるしく動いております。この時期に、なによりも日本の可汗の威信を誇示なさりませ。ポルトガルは、阿媽《マカオ》を拠点に、貿易の権益を独占するつもりでおります」

「であろうな」

「抜け目のないポルトガル人が、貿易の既得権をやすやすと譲るはずはありません。信長殿が交易船を出されても、新鋭ナオ船の船端にずらりとならんだ青銅砲《ブランキ》の餌食となるばかり。合戦は必至でござる」

「見てきたようなことを申す男よ」

「それがし、五年前、商人になりすまし、北京、山東から南京《ナンキン》、さらに船を仕立てて、浙江、福建、阿媽《マカオ》へと、明国の現状をつぶさに探索したうえ、マラッカからゴアまで偵察してまいった。ポルトガル商人たちは、印度《インド》のゴアでわずか三クルザードで仕入れた一俵の胡椒《こしょう》を本国では百二十クルザードで売るのです。そんなうまみのある商売を誰が手放すでしょう」

信長は、顎に手を当てて思案している。

世界の動勢については、耶蘇《ヤソ》会士たちから話を聞いていた。この男が語っているのは、その裏側にちがいない。

「耶蘇会が、ポルトガル国王の手先となって各地に軍勢を引き入れる手引きをしているとの風説があるが、これはまことか」

「耶蘇会は、創設以来、軍人、武人から転じた会士が多く在籍し、耶蘇《イエズス》の軍団とも称しております。布教のために国王の力が必要とあらば、進んで軍団の手引きもいたしましょう。国王には、布教に訪れた国々の軍事情勢についてつぶさに報告しております」

メルゲンは、大きな黒目で信長を睨んだ。

「ポルトガル商人たちも、耶蘇会を利用しております。神《デウス》の愛のみにて宣教師を船に乗せる商人は、世界のどこにもおりませぬ。布教には資金が必要で、会士たちは商船に投資し、交易に強い関心を抱いております」

「交易船は、さように利が多いか」

「ポルトガル船のカピタン・モール（全権司令官）は、一度の航海で倦怠するほどの利益をあげております。信長殿は、Negocio da China という言葉を、ポルトガル人がつかうのを耳にしたことがおありか」

「さて、耶蘇会士たちの口から聞いたことはない」

「明国との商売の意でござるが、ポルトガル人たちは〈法外なる儲け〉との意味でつかっております。そんなところに、殿がたとえ船を出されたところで、一蹴されるばかり。まずは軍威の誇示をなさって、ポルトガルを威嚇せねば、交易船は海に沈められるばかり」

信長の眉間に皺が寄った。思案。韃靼人の言い草には、無視できないものがある。あながち法螺《ほら》でもあるまい。言われてみれば、すべてが符合する。

「いまはポルトガル船のみが明国からの生糸を日本国にもたらし、明国の港に、銀と日本人奴隷を運び去って、莫大な利益をあげております」

「ポルトガル船は、日本からどれほどの銀を積んでいくのか、調べはついておるか」

「一艘に五十万クルザードと申します」

一クルザードは、日本の銀十匁《もんめ》（三七・五グラム）だ。五十万クルザードなら、銀五千貫（約一九トン）に相当する。十六世紀初頭ポルトガルの国内徴税額は、約二十五万クルザードだから、その二倍の銀が日本から運ばれていたのだ。いかに膨大な銀が日本から流出していたか。精錬技術向上によって、石見《いわみ》銀山などでそれだけの銀が日本で産出していたのだ。

「明は銀を欲しがるくせに、海禁を布《し》いておる。勘合船はこの二十年、まったく出港しておらぬ」

「偽倭《ぎわ》の跳梁が原因でありましょう。ポルトガルのナオ船は、ちかごろとみに大型化し、多数の砲門を備えておりますゆえ、ジャンク船の海賊ごときは追いはらってしまいます。それがポルトガル船優勢の主因にござる」

「新鋭大型のナオ船は、いかほどの大きさか。砲門は何門積んでいるか」

「大きなものなら、米俵で五千俵積める。砲は、少ない船でも百門以上。もっとも多い船は三百六十六門積んでいる」

「一艘にか」

「さようにて候。人間を運ぶなだけら一艘に二千人も乗れ申す。ふつうは水夫《かこ》三百人に、兵と砲手四百人を乗せて阿媽《マカオ》まで一年半かけて航海してくる」

信長は唸った。二千人が乗れる船など、まさに水上の城である。そんな船が艦隊を組み、兵員を満載してやってきたら、と、考えないわけにはいかない。

「ポルトガル船が軍勢を運んでくることはあるか」

「ポルトガル本国は小国にて、日本まで派兵のゆとりはありますまい。ただし、スペイン国フェリペ二世王は、海外領土への野心が強うござる。すでに占領した呂宋《ルソン》から、この日本にも艦船を向けかねません。ポルトガルとスペインは隣国でござるが、いまはスペインが優勢に立ち、まもなくスペイン王が、ポルトガルを併呑《へいどん》いたしましょう。そうなる前に、日本は軍威を誇示すべきです」

長い沈黙。信長がつぶやいた。

「であるな」

「明は、火薬をつくる硝石《しょうせき》を産します。日本が明国を南から突き上げていただければ、明国は疲弊し、たちまち瓦解いたしましょう。呂宋のスペイン艦隊にも、大きな脅威となります。弱体化した明国などは切り取り放題。互いの兵が進んだところまで、韃靼と日本で分け合えばいかがか。ポルトガル、スペインの脅威からわれらの地を守るには、その手がなにより有力と存ずる」

信長はしばらく瞑目していたが、やがて扇子をひとつ鳴らした。

「必ず出兵いたそう。われらは海をおさえ、交易を握る。ただし、時期は約束できぬ」

「けっこうでござる。北の挙兵にも、まだ時間がかかる。大和との盟約があれば、われらは安心して馬を駆けさせ、明国に攻め込みます」

信長は、黄金の鷹像を掌《てのひら》に載せて、見つめた。

「メルゲンは、帰国を急ぐか」

「数年はこちらに逗留し、この国の情勢を見さだめるつもりでござる。各地の合戦をつぶさに見てまわろうと存ずる」

「ならば、わしの軍団としばらく動くがよい。大陸の情勢についてももっと知りたい」

「ありがたき仰せ。しばしのあいだ、陣借りをさせていただこう」

丁寧に辞儀をしたエルヒー・メルゲンの腰は、日本の侍よりどっしりすわっていた。

初鳥飼《しょとりかい》

一

鷹部屋の戸を開くたびに、家次《いえつぐ》の胸は高鳴った。

何百据《もと》もの鷹をあつかってきたが、こんな思いは初めてだ。胸がときめく。からくつわのことを想うだけで、熱くなる。

「懸想人《けそうびと》にでも逢いに行くような顔をしておいでだ」

清六がからかった。

「うらやましかろう。おまえら、妬《や》いておるのか」

なにを言われても気にならなかった。からくつわがいる。それだけでよいのだ。

信長は、詰め明けの一夜、小谷に滞在しただけで、京に向かった。忙しい男。

からくつわを拳《こぶし》に据《す》え、家次は、満悦だった。惚れ惚れと見つめた。美しい白鷹。凜《りん》とした白鷹。

だが、あまり鷹ばかり見るわけにはいかない。

「甘い鷹になりそうで、心配でござるわ」

清六が案じている。

鷹ばかり見ていると、鷹が、鷹匠の顔色を見るようになる。よい鷹ではない。鷹匠の顔色をうかがう鷹など、鷹ではない。鷹は、わがままなほうが鷹らしい。

夜据《よずえ》は、家次ひとりでやった。調教のはじめは、よけいな刺激を避けて、夜に仕込みをやる。だから、夜据と呼ぶ。

夜を待ちかねて、鷹部屋で、拳に据えた。重い。なみの鷹の二倍はあるだろう。掛け声をかけ、餌を喰わせた。

からくつわは、仏でも化け物でもなかった。拳に据え、餌の雀をちらつかせれば身をのりだして喰らおうとする。当たり前の鷹であった。ただし、最高に素晴らしい。

大きい分、泰然としている。拳に据えるとずっしり重いが、落ち着いている。騒いだり、啼《な》いたりしない。風格と威厳があった。

一日一日、据える時間を延ばしていく。巣から取ってきて雛から育てた巣鷹ならば、人間に馴《な》れているので、そんな手間は無用である。しかし、網懸《あが》けの鷹は、人に馴れていない。まずは、人に馴れさせるのが大切なのだ。

拳に据《す》え、部屋の中を歩く。わざと咳払《せき》いをして、足音を立てた。

からくつわは、じっと拳でうずくまっている。

落ち着いているので、戸を二寸開けた。外を覗く。

物怖《お》じしない鷹だった。三日で部屋の戸をすべて開けた。

詰めが明けて四日目の夜、家次はからくつわを据えて部屋の外に出た。

軒の下に立った。

臆病な鷹なら、キョロキョロあたりを見まわす。据えている鷹匠を怖れる。よい鷹ではない。じっとつき合ってよい鷹に育てていくしかない。気をそらすために、口餌《くちえ》を与える。

からくつわに口餌は必要なかった。

あくまでも落ち着いて、じっと前方を睨んでいる。頼もしい姿。美しい姿。

——こいつは名鷹になる。いい狩りをする。

はっきりした感触が、家次にあった。

軒を離れ、外を歩いた。最初はほんのわずか軒を離れるだけ。神経質な鷹なら、軒を離れたとたんに騒ぎだす。騒いだら、その日はそこまでだ。驚かせるのがいちばんよくない。鷹は警戒心が強い鳥だ。馬に驚いたら、ずっと馬を嫌う。火に驚いたら火を嫌う。嫌いなものをつくりたくない。欠点になる。

からくつわの馴養は、めざましく進んだ。四日目。すでに部屋のまわりを歩いても平気だった。岩。あまりに静かなので、生きているかどうか、時折、不安になるほどだ。

「篝火《かがりび》を焚《た》け」

清六に命じた。

二十間（約三六メートル）離れた篝火を、からくつわはじっと見つめていた。

家次は、拳に据《す》えたまま、篝火に歩み寄った。頬に熱さを感じるほどそばまで近づいても、からくつわは動じなかった。赤い眼が、炎を映してさらに真っ赤に見えた。

「よい鷹でございますな。面《おもて》がまるで出ません」

清六があらためて感嘆した。面が出るとは、周囲や鷹匠を怖れ、暴れることだ。なかには、鷹匠を嘴《くちばし》で突いて攻撃する鷹もいる。

「一度でも啼《な》きましたか」

「啼き声はまだ聴いておらぬ」

啼かない鷹はよい鷹だ。啼くのは、甘えているか、助けを求めているか。弱い鷹だ。火に馴らした。犬に馴らした。馬に馴らした。犬が吠えても、馬が嘶《いなな》いても、からくつわは泰然としている。

「ほごしてやろう」

口餌《くちえ》の羽ぶしを見せると、からくつわは勢いよく翼を開いた。

「ホホッ」

掛け声をかけた。

首を突き出して、右手の餌《えさ》に飛びかかろうとする。家次は、足革《あしかわ》を指に絡ませ、しっかり握っている。腕が震えるほど力が強い。

「この強さ大きさ、とても鷹とは思えませぬな」

「いいや、鷹だよ。こいつこそ、鷹のなかの鷹だ」

「それにしても、もはや、よくほごれております」

ほごれると言い、ほごしと言う。ほごしは、左拳に据《す》えた鷹に、餌を見せ、翼を開かせるわざである。餌を見つければ、鷹は翼を広げて飛びかかろうとする。足革をしっかり握って離さないように気をつける。口餌に喰い付こうとするなら、鷹はほごれている。警戒心をはたらかせていない。狩りの準備ができているということだ。

鷹が鷹匠や周囲を警戒しているなら、餌を見つけても、飛びかかろうとしない。

口餌を二、三口喰わせると、からくつわは、家次の拳で落ち着いた。全身の羽をゆるめて体震《たぶる》いし、尾羽を上げて、糞《うち》を飛ばした。

「糞《うち》までしよりまするな」

清六が笑った。調教の終わった鷹なら当たり前だが、からくつわはまだ始めたばかりだ。それでいてこの落ち着きぶりは、頼もしい。落ち着いた鷹こそ、よい鷹なのだ。

夜明け前、部屋を離れて、据《す》え回しを始めた。拳に据えたまま、山野を歩きまわる。これがなによりの調教になる。

清六に、松明を持って先駆けさせた。ふいになにかに出くわさないよう、警戒させる。そのあとを歩く。一刻ばかり据え回すと、左腕がしびれた。重いのだ。

禰津《ねづ》松鷗軒に弟子入りしたころ、水を満たした盃を左の拳に載せ、何時間も野や山を歩かされた。帰ってきてすこしでも水がこぼれていれば、もう一度、同じだけ歩かされた。左拳は、鷹匠の命にひとしい。つねに安定して、同じ位置になければならない。不安定では、鷹が落ち着いていられない。

据前《すえまえ》千人力――。

名人禰津松鷗軒が据えると、どんな鷹でもたちまち落ち着いた。それだけ拳が安定している。拳だけではない。鷹匠の心魂がどっしり揺らがない。生きることにまっすぐでなければ、そうはならない。自分がどれほどの境地にいるのか、家次には、まだわからない。

一人前の鷹匠となってからも、左腕の鍛錬はこころがけてきた。

左腕の筋肉は、右腕よりよほど太く盛り上がっている。敏感でもある。秤《はかり》に載せずとも、拳に据えただけで、鷹の据下《すえした》（体重）は二匁（七・五グラム）以内の誤差で正確に判断できる。拳の摑み方で、鷹の心の状態がわかる。喜怒哀楽を感じ取る。放鷹術は、五感のすべてをつかう。感性が豊かに澄んだ人間でなければ、鷹はあつかえない。

鍛えあげた家次にとっても、からくつわは、特別な鷹だった。一刻、据《す》え回すと、頭の芯がくらくらするほど腕がしびれた。からくつわを網懸《あが》けする前から、家次は、麻袋に二貫（七・五キロ）の砂を詰めて左手に下げ、腕の筋力を鍛えていた。それでも尋常でない重さに馴れるには、時間がかかった。

山を歩き、石を乗り越えるときも、小川の窪《くぼ》みを踏むときも、しゃがんで物を拾うときさえ、家次の左腕は、一定の位置をたもち、微動だにしない。

腕が同じ位置で水平をたもっていれば、鷹は安心して拳にとまっていられる。

それができなければ、鷹は、不安定で、つねに緊張をしいられる。鷹は鷹匠を警戒し、いつまでも馴れない。

深夜の小谷山を、家次は歩いた。

ほとんどすべての館が解体され運び去られた小谷山は、無気味であった。自分たちの城であったのに、いまはただの闇。無明《むみよう》。

本丸跡のがらんとした空虚を眺めるにつけ、ここでの暮らしを振り返らないわけにはいかない。

家次は、戦死した浅井の家臣の名前を卒塔婆《そとば》に記して供養していた。自分で板を削った。鷹匠組の者たちが手伝ってくれている。本丸跡に石を組んで、卒塔婆を立てた。すでに三百本つくった。あとまだ千本は立てる。生き残った者として、そうしなければ気がすまない。

　月のない夜。闇。冬の空気が清冽である。山陰には、先日降った雪が薄く残っている。明かりは、すこし離れて立つ清六の松明。夜据《よずえ》は二人でやっている。

「そろそろ戻らねば、夜が明けてしまいますが」

　清六が言った。

「今朝、明けにするか」

　明けは、鷹の調教でもっとも難しい段階だ。夜にだけ据えていた鷹に、戸外で、夜明けをむかえさせる。暗くて見えないものも、明るければ見える。どんな事態が突発するかもしれない。鷹が驚けば、それだけで、へんな癖がついてしまう。調教は後戻りする。

「部屋のそばまで帰ろう。そこで明けにする」

「かしこまった」

　詰めを終えてから、わずか四日。癖の強い鷹なら、まだ部屋から外に出られない。からくつわは大丈夫だ。落ち着いている。

　ゆっくりと本丸からくだった。卯《う》の刻（午前六時）か。冬の遅い朝。張りつめた空気と静寂。からくつわは巍然《ぎぜん》としている。

　本丸をくだりきったところで、空が白々としてきた。本丸への大手道。馬洗い池のそばだ。この時刻に廃城を訪れる者はあるまい。

「ここでよかろう」

天を仰いだ。拳にからくつわ。生きている。心がじんじんと熱い。

からくつわが、大手道の下を向いた。家次の拳を強く摑んだ。落ち着かない。眼がキョロキョロしている。

遠くで、耳鳴りのようなざわめき。馬。それも大群だ。

「なにか来るか」

「さて」

清六が首をかしげた。

「馬でございましょうか」

「鷹部屋に入る。清六は、そこで見張っていろ」

金吾丸の鷹部屋は、ここから一町（約一〇九メートル）の登りだ。登る前に馬の大群に出くわしたりなどしたくない。ゆっくり坂を登った。馬の蹄《ひづめ》。嘶《いなな》き。百騎はいる。からくつわが落ち着かない。家次は立ち止まって、口餌《くちえ》をかけた。

「なんでもない。気にするな」

からくつわは、口餌を喰わない。気にしている。

馬の蹄。近づいてきた。松明の明かり。軍団があらわれた。

からくつわが啼いた。驚いている。

「家次はおるかッ」

馬上の武者が声をあげた。朱の甲冑《かっちゅう》に日の丸長烏帽子兜《ながえぼしかぶと》。羽柴秀吉。

——あの男ッ。

「お静かに！　お静まりくだされ。鷹がおります。驚かせてはなりませぬ。お静かにッ」

清六が下で止めている。家次とからくつわは、金吾丸への坂の途中だ。

「おお、鷹がおるッ。静まれッ。静まれ！」

秀吉が叫んだ。やかましい男だ。

「なにごとでござるか」

清六が言った。

「本日ただいまから、上洛。上様にお目通りするゆえ、鷹の様子を見に来た。上様は、至極白鷹にご執着でな。気にしておられる。どうじゃ、鷹はもうなついたか」

秀吉が大声で叫んだ。

——馬鹿め。

家次は、自分を指さして、次に金吾丸をさした。秀吉を指さして、人差し指を一本立てた。もう一度、金吾丸を指さした。

「なんだッ。なにを言っておる」

「ここでは御鷹《おたか》が馬に驚きます。羽柴殿お一人で鷹部屋にお願いいたします」

清六が説明した。「御鷹」に力が入っている。鷹に「御」がつけば、信長の鷹だ。鷹への不敬は、信長への不敬だ。

ゆっくり坂を登って、鷹部屋に着いた。口餌をかけながら、からくつわを部屋の架《ほこ》にとまらせた。落ち着いている。

「大丈夫だ。なんでもない。馬の大群など、すぐに馴《な》れるさ。おまえなら、なんでもない」

馬の大群を嫌うようになったら、やっかいだ。大勢の勢子《せこ》をつかった狩りができなくなってしまう。白鷹の値打ちがなくなる。

部屋を出ると、羽柴秀吉が笑って立っていた。あたりは、すでに明るい。

「どうだ。白鷹はもうなついたか」

その言い方が、家次は気にくわなかった。

「言葉尻をとるようだが、犬や猫とは違い、鷹はけっして人にはなつき申さぬ」

「そういうものか」

秀吉は笑っている。揶揄《やゆ》されているのに。油断のならない男。

「では、なんのために調教しておる」

「馴れさせているばかりでござる。鷹はどんなに馴れても、犬猫のように人にすり寄り、なついたりはいたしませぬ」

「それは気高い生き物よ。わしも見習わねばな。しかし、上様にはなんとお伝えしておこう」

「今朝、早々と、部屋の外で明けをむかえましたとお伝えくださされ」

「わかった」

うなずいてから、秀吉は、低声《こごえ》でたずねた。

「どうじゃ、わしは、鷹を驚かせてしもうたのか。大事はないか」

「まずは大丈夫でござろうが、自今、充分に気をつけていただきたい」

「わかった。これは、上様に内分にしておいてくれ。借りひとつということでな」

また笑った。とろけるような笑顔。悪い笑顔ではない。つい、気を許したくなる。

去っていく秀吉の背中を見つつ、家次は思いあたった。

——鳶《とび》みたいな男だ。

猛禽のなかでも、鳶は存外、頭がいい。狩りがうまいだけでなく、悪食《あくじき》で、死肉でも大根でも喰らう。飢饉で小動物が減り、餌がないときでも平気で生きている。どんな状況でも賢く立ちまわるのが鳶だ。

そう思えば、笑いがこみ上げた。

——いろんな男がいるさ。

いろんな男がいて、世の中をつくっている。だからおもしろいのだと考えた。

二

秀吉の百騎の馬廻衆《うままわりしゅう》に驚いたので、大事をとった。部屋につないで、ようすを見た。夜になって据《す》えたが、外には出なかった。

つぎの夜、外に出た。

秀吉の馬廻衆がいた場所に、馬を三頭つないで、坂の途中から眺めた。大丈夫だ。嘶《いなな》かせた。落ち着いている。馬のそばに寄った。さらに大きく嘶かせた。

「大事ない」

「よろしゅうございました。どうなることかと案じておりましたが」

「強い鷹だよ。ちょっと驚いただけだ」

不安がないわけではない。今度また百騎の馬群を見たらどうなるか。案じても仕方がない。それは先の話だ。いまは、いまのことをするべきだ。

仮眠をとって、丑《うし》の下刻（午前三時）に起きた。からくつわを据えて、小谷山を一周りした。鷹部屋に戻り、戸外で夜明けをむかえた。寒いが、おだやかだ。冬の日。江北はいつも曇っている。ときどき時雨《しぐ》れる。今日もそんな一日だ。

口餌《くちえ》を見せると、からくつわはよくほごれた。

「振り替えをしてみよう」

足革に忍縄《おきなわ》を付けた。絹糸を撚《よ》った丈夫で軽い縄が、きれいに竹筒に巻いてある。鷹が飛べば、縄がするするくり出される。三十五尋《ひろ》（約六三メートル）の忍縄だ。それ以上遠くへは飛べない。

清六が、三間離れて立った。背中を向けている。左手に韘《えがけ》。右手で持った口餌の羽ぶしを、韘に叩きつけるように振る。ちらちら羽が見える。

「ホッホッ」

清六が声をかけた。

からくつわが小首を切り、羽を割った。

家次が、腕をわずかに返して、足革を離した。

からくつわが飛んだ。

清六の左拳にとまった。

口餌の肉を二口、三口。

「こちらへ」

家次が数歩離れて背を向けた。韘の陰で、羽ぶしを振った。

掛け声をかけると、からくつわが飛んできた。

さらに離れて、二度ずつくり返した。ようすがいい。からくつわは、落ち着いている。

「いい子だ」

「いきなり振り替えで案じましたが、大丈夫でござるな」

鷹の馴養には、手順がある。

明けをむかえたら、次は、薄明のなかで丸嘴《まるばし》を飼う——。

丸嘴は、まろばしに通じている。生きた鳩を短い紐《ひも》と杭で地面につなぐ。鳩は飛べずに地面を転《まろ》ぶ。それを鷹に摑ませる。これを、丸嘴を飼う、と鷹匠は呼ぶ。

それから渡り——。

渡りは、架《ほこ》や木の枝に鷹をとまらせ、餌を見せておのれの拳に呼ぶ。

そこまでできて、ようやく人から人への振り替えを仕込む。それがふつうの段取りだ。

「大切なのは、手順ではない。鷹のようすだ。鷹を見ていれば、なにができるかわかる」

「お師匠ほどの境地になれば、それができましょう。わたしも見習いたいもの」

「なんの、境地などであるものか。ただ……」

「こいつが好きなだけだよ」

家次は笑った。こんなに幸せな気分は、生まれて初めてだった。

それからというもの、家次は夢中になってからくつわを仕込んだ。

夜明けには、本丸跡の広場で、かならず丸嘴《まるばし》を飼った。

鳩の片羽を紐で結び、竹杭につないで、地面に打ちこむ。

神経質で面《おもて》の強い鷹ならば、丸嘴もすぐにはできない。

まず、丸嘴を飼う場所に、夜明け前に四、五日は通う。場所そのものに馴れさせる。そこで生きた鳩を手から喰らわせ、その場所で餌を喰うことを覚えさせる。

場所に馴れて、落ち着いて餌を喰うようになったら、初めて鳩を地面につなぐ。

からくつわの場合は、いきなり鳩を地面につないだ。それができそうだったからだ。

鳩は、風切羽を四、五本むしって、竹杭につなぐ。紐は六寸。鳩が地上で羽ばたいた。

鷹が全速力で突っ込んでも怪我をしないように、竹杭の頭は、完全に地中に埋め込んである。

薄明。鳩の羽音。

からくつわが、顔を向ける。

丸く大きな眼で、睨んでいる。

ツッ、ツッ、と、小首を切った。体が前に傾く。肩があがる。羽を割る前兆だ。

――いいぞ。かかれ。

家次は、左腕を軽く前に押しだし、からくつわに初速をつけた。

からくつわは、両翼を開き、まっすぐ、鳩に向かった。

足を長く突き出し、爪で、鳩の首を摑んだ。

両翼を開いたまま、地上に伏せた。

首だけ上げ、あたりを見まわす。

どの鷹でも、獲物を捕ったときはそうする。いきなりは、ついばまない。ほかの猛禽や獣に獲物を横取りされないよう警戒しているのだ。

しばらくそうしてから、からくつわは、鳩の胸をついばみはじめた。

むしられた羽根が、あたりに散らばる。

家次は、竹の呼子《よびこ》を、短く二回ずつ吹きながら、大まわりにからくつわの周りをまわった。ゆっくりとまわりながら、しだいにからくつわに近づく。近づくにつれて、呼子は、長く吹く。鷹に餌と呼子を条件反射で覚えさせる。馴れてくると、呼子を吹けば獲物に飛びかかるようになる。

ついばんでいる鳩をたくみに口餌にすり替え、左拳に据《す》えた。

賢い鷹。拳で毅然としている。

餌を求めて暴れたりしない。家次といれば、餌をあたえられることを知っているのだ。

左拳にからくつわを据えたまま、片膝をつき、右手で地面の鳩を押さえた。まだ生きている。翼の付け根の下、人間でいえば腋《わき》の下は、皮が薄い。人差し指と中指を立てて、皮を突き破った。心臓《まる》の鼓動。生きている。命。二本の指の先でつかむと、心臓を引き抜いた。

「ほれ、ここがいちばん美味い」

からくつわは、喉を鳴らして心臓を呑み込んだ。

家次は、鳩の頭を囓《かじ》って割った。

「ここも好きだな」

からくつわが、脳髄をすった。喜んでいる。

家次は、指についた鳩の血を口で舐《な》めてぬぐった。禰津松鷗軒がそうしていた。自然に真似るようになった。気持ち悪いと思ったことはない。血の味は、命の味だ。

「こいつはいい鳩だ」

鳩の血も、舐めつけていると、一羽一羽味が違う。

「それがしも味見を」

清六がかがんで、鳩の血を指につけようとした。

からくつわが、怒って羽ばたいた。

「おい、獲物を横取りされたくないとよ」

「これは……。わたしは仲間には認めてもらっていないようでござるな」

弟子と師が笑った。冬の空は、重く曇っているが、気分は晴れ晴れとしていた。

三

師走《しわす》なかば。

恭々《うやうや》しい武者が一騎、小谷の鷹部屋にやってきた。信長の馬廻衆。

「十五日、殿が、京の帰り、新しい長浜《ながはま》の城に立ち寄られる。白鷹からくつわともども、長浜にまいられたい」

「普請場か」

家次は、首をひねった。

鳰《にお》の海のほとりには、今浜という湊《みなと》があった。

羽柴秀吉が、そこに城を造っている。大きな城だ。人足が大勢いる。

小谷城から南へ二里の浜である。鳰《にお》の海の西岸、比叡《ひえい》山麓の坂本《さかもと》には、すでに坂本城があり、明智光秀《あけちみつひで》が定番《じょうばん》として駐屯している。

東岸の今浜に城と湊を造り、快速船で坂本に急行すれば、岐阜から一日で京に行ける。信長は、鳰の海の水運を活用するつもりなのだ。機敏がなによりも好きな男だ。

秀吉は、今浜の名をあらため、信長の一字をとって、長浜、と名付けた。抜け目のない男。あの男の作事場なら、祭り騒ぎでさぞや騒々しいにちがいない。

「まだ無理だ。こちらに来ていただこう」

連絡の馬廻武者に、そう答えた。

武者は、眉をつり上げた。

「上様に指示をなさるか」

「そんなつもりはない。鷹の準備が調わぬ」

「間に合わせるのが鷹匠の仕事であろう」

「網懸《あが》けの鷹だ。気をつかいすぎるということはない。大事をとりたい。普請場は、こいつには、まだ騒々しすぎる。そう伝えられよ。それで堪忍ならぬというのなら、なんとでもすればよい」

眉をつり上げたまま、武者は帰っていった。

「大丈夫でござるか」

「なにがだ」

「上様のご機嫌をそこねるのではござらぬか」

「無理なものは無理だ。それで腹を立てるほどの男なら、信長殿も先が知れているわ」

清六は、黙ってうなずいた。

三日後の昼、金吾丸にいると、眼下に軍列が見えた。ざっと三千騎。土埃《つちぼこり》をあげ、疾駆している。先頭の一騎がとてつもなく速い。全軍が必死に追っているように見える。

「あれは……」

「信長殿であろうな」

「いかがなさる」

「いかがも糞もあるか。迎えるだけよ」

軍列は、山麓で止まった。六騎、大手道を駆け上がってくる。先頭の馬に乗った男は、眼の醒《さ》める緋羅紗《ひらしゃ》の大きな布をまとっている。縁《ふち》が金で縫いとられている。信長の南蛮《なんばん》衣装か。風をはらんでたなびく。

鷹部屋の全員で出迎えた。清六が馬の轡《くつわ》をとった。信長が、馬をおりた。

「今浜の城へはまだ……」

「そんなことはどうでもよい。白鷹は据《す》えられるか」

過去は捨てる男だ。大切なのは、今。これから。

「据えられまする」

「秀吉の阿呆《たわけ》が、馬廻衆で鷹を驚かしたそうだな」

「ご存じでしたか」

抜け目のない秀吉。小さな失態を自ら告白している。そのほうが好かれることを知っている。

「あやつ、頭を掻いて詫びておったが、支障はないか」

「今度、馬の大群に遇《お》うてみねばなんともいえませぬが、まずは、大事なしと存ずる」

「三千騎おる。いま、試してみよ」

家次は、言葉に詰まった。いきなり三千騎――。試してみるか。

「かしこまった」

見知らぬ人間がいても、からくつわは落ち着いている。家次以外の鷹匠が据《す》えても、問題はない。

しかし、まだ、ほとんど鷹匠組の十五人にしか接していない。

三千の人馬。不安は強い。いつか試さねばならぬ。

「南蛮の耶蘇《ヤソ》のみやげだ。これがどうかしたか」

「その緋羅紗……」

「お脱ぎくださるか」

信長は、しばらく家次を見ていた。

「なぜだ。わしは気に入っておる」

「鷹が、馴れておりませぬ。それほどあざやかに目立つ色なれば、馴らすのに、数日かかるやも知れませせぬ。三千騎と緋羅紗、どちらを先になさるか」

「三千騎を先にしよう」

信長は、黙って緋羅紗のマントを脱いだ。若草色の小袖を着ている。

家次は、からくつわを据《す》えて、部屋から出した。

「据えさせてくれ」

家次は、うなずいた。

「そちらに渡らせましょう」

信長が鞢《えがけ》をはめ、背を向けた。肉のついた羽ぶしを持った。こちらを振り向く。

「忍縄《おきなわ》はいらぬのか」

「無用のこと。餌を振って呼ばれよ」

信長が掛け声をかけ、拳の陰で、羽ぶしをちらつかせた。

からくつわがすぐに羽を割った。飛んだ。滑空。信長の拳にとまった。

拳に据えた信長は、満面の笑みを浮かべた。

「重いぞ。こいつは重いな」

「これで肉色《しし》は七分でござる」

「重く大きい鷹は鈍重に見える」

「そうご覧あるなら、上様の眼は節穴じゃ。『良鷹《りょうよう》ノ体ハ魁岩《かいがん》ヲ得ント欲ス。大ハ、ヨク鳥ヲ凌《しの》グ』と『鷹経』にある」

信長がうなずいた。

「あまり鷹を見ぬほうがよろしい」

「なぜだ」

「鷹の顔をたえず覗き込んでは、鷹が人間の顔色をうかがうようになる」

信長がうなずく。

「拳の腹をこころもち上に向けられよ」

信長が、言われたとおりにした。

「さよう。そのほうが、鷹が落ち着く」

信長は、鷹を見ている。眼を離そうとしない。これだけの白鷹だ。最初は仕方がない。

「振り鳩をなさるか」

清六に、鳩の支度を命じた。清六は、腰の鳩袋を解いて鳩を取り出し、風切羽《かざきりばね》を四、五本むしり、片羽根のつけ根に忍縄《おきなわ》を結んだ。

家次は、鳩を手に、信長から二十間離れて立った。

「羽合《あわ》せは、かるくなされよ」

信長がうなずいた。腕を後ろに返して振り出し、飛び立つ鷹に初速をつけてやることを、羽合《あわ》せ、と呼ぶ。

信長の立ち姿は、隙がなく、からくつわは居ずまいよく据えられている。

「まいる」

家次が、忍縄を握って、鳩を大車輪に振りまわした。

からくつわが、鳩を見つけ、信長の拳で、羽を割った。

鳩を数回、回転させ、頭上高く放り投げた。鳩が羽ばたいて飛び上がる。

「行けッ」

信長が、腕をすこし後ろにひいて、からくつわを飛び立たせた。

からくつわは、両翼で三度強く羽ばたいてすぐ滑空した。あやまたず鳩に摑みかかった。突き出した爪で鳩を摑んだまま、優雅に舞い降りた。

「速い。この大きな体でよく飛ぶもの」

信長の顔が真剣に驚いている。信長の言ったように、大きな鳥は、鈍重になりがちだ。からくつわは、例外だった。

短距離の飛翔だが、からくつわは力強く無駄なく、美しく飛んだ。鷹を知っている人間なら、底力に度肝を抜かれたはずだ。

からくつわは、鳩を地面に押さえると、翼をたたんだ。居ずまいがよい。

「よくぞここまでにつくった」

家次が、呼子《よびこ》を吹きながら近づき、口餌をあてて獲物を爪からはずし、拳に据え上げた。

「いい鷹だ」

信長が間近によって、つぶやいた。

羽合《あわ》せの図

「よい鷹でござる」

家次がうなずいた。

「水を」

清六が、椀の水を渡すと、信長が受け取った。嘴《くちばし》の前に差しだした。

からくつわが、首を曲げて飲んだ。

「では、三千騎を試してみまするか」

「わしが据《す》えたい」

「よろしかろう」

「馬上で」

「けっこう」

鷹匠が馬に乗るのは馴らしてある。

「大緒《おおお》を結びます。いささかでも鷹が騒ぐようなら、それがしにお渡しあれ。必ずですぞ」

信長が栗毛の馬にまたがった。金覆輪《きんぷくりん》の立派な鞍だ。朱のあざやかな大緒《おおお》をつけ、からくつわを渡した。家次も馬に乗った。信長の後ろについた。

「しずしずとまいりましょう」

小谷山の大手道をくだった。いつも歩いている道だ。からくつわは馴《な》れている。

五騎の馬廻衆とともに、山をくだること七町。家次は、じっとりと脂汗をかいていた。

山の下に、三千騎の軍馬の列が見える。整然とならび、はるか彼方から、信長と拳の白鷹を注視している。信長の背中に気負いがうかがえる。

三千騎は粛然と待ち受けている。近づく。時折、馬の小さな嘶《いなな》き。からくつわはいささかも動じない。

信長は、騎乗したまま大手門跡の高台で止まった。右手の鞭《むち》を頭上で振った。

三千騎のどよめき——。

からくつわが、あたりを見まわした。さすがに少し落ち着かない。

「引き返したほうがよろしいのでは」

清六がささやいた。

騎馬軍団のどよめきが、さらに高まった。

信長は栗毛の馬の腹を軽く蹴って、高台から軍団に向かって駆けだした。

からくつわは、信長の拳で、羽を窄《すぼ》め、体を小さくして、風の抵抗を避けている。

三千騎の真正面に出た。

信長が馬を止め、全軍を眺めわたした。

馬が嘶いた。

からくつわが、信長の拳で羽ばたいた。信長は、足革を左手でしっかり握っている。右手で大緒を握っている。

どよめき。嘶き。軍列の中央にいた武者が、白刃を抜いて、鬨《とき》をあげた。白鷹の羽ばたきが、全軍を鼓舞しているようだ。

三千の鬨の声に、天地がゆらいだ。

からくつわは、落ち着いている。どっしり信長の拳に据えられて動じない。その威厳の強さに、全軍がうたれ、粛然となった。

信長は満足げだ。

「飛ばすぞ」

家次を見ずにそう言ったのが、はっきり聞こえた。反対する暇《いとま》はなかった。

足革から大緒をはずした。

馬上で、信長が拳を返した。

からくつわが飛び立った。

羽ばたいて、天空高く舞いあがった。小谷山の山頂に向かって飛んでいる。
ひときわ高い鬨。
からくつわが、さらに高度を上げた。
家次は、馬に鞭をくれ、大手道に向かった。
どこに飛んでいくか。金吾丸の鷹部屋か一本杉あたりにいてくれれば、なんとかなる。
それ以外のところに逸《そ》れていたら——。
考えないことにした。いまは、金吾丸に向かうことがすべてだ。
馬上、天を仰いだ。
からくつわが見えた。逆方向に飛んでいる。
こちらに向かってくる。手綱を強く引いて馬を止めた。
軍馬を避けるように、今度は西に方向転換した。
——迷っているのだ。
からくつわは、考えている。どこに飛んでいこうか——。
呼子《よびこ》を吹いた。できるかぎり大きく。長く。
清六が走ってきた。
「鳩ッ！」
叫ぶと、清六が、鳩袋のまま、馬上の家次に放った。袋をむしり取り、すばやく翼に忍縄を結んで頭上で振りまわした。

呼子を吹いた。

長く、大きく。

からくつわが、呼子に気づいた。

旋回。

呼子——。

息のかぎりに吹いた。

「降りてこいッ！」

叫んだ。

家次は、馬を駆けた。

白鷹は、旋回している。めずらしい飛び方だ。

迷っているなら大丈夫だ。降りてくる。必ず拳に降りてくる。

「案じるなッ！　なんでもないッ！」

叫びながら、鳩を大きく振った。

念じた。おまえは俺のすべてだ。帰ってこい。帰ってこい。

その気持ちで、呼子を吹き続けた。呼子の音が、厚い雲をつらぬく。通じる。必ず通じる。行くな。帰れ。

呼子を吹いた。

滑空するからくつわの首が、クッと、曲がった。点の大きさだが、はっきり見えた。

降りてきた。

滑空してくる。

家次の振る鳩をめざして。

もうそこは、軍列の前だ。

鳩を振る。

家次は呼子を吹き続けた。

からくつわが降りてきた。

鳩に摑みかかった。

家次はすばやく鳩を隠した。

信長が左拳を突き出した。

からくつわが、信長の拳にとまった。

三千の軍団が、どよめいた。

からくつわは、二度羽ばたいて、翼を窄め、居ずまいを正した。

全軍を睨みつけた。

白い姿は、神に似ていた。

四

三千騎の軍団に、信長は、中食《ちゅうじき》を命じた。

家次は、からくつわを拳に据《す》え、鷹部屋に向かおうとした。肌がぐっしょり汗ばんでいる。それでも爽快だった。

「おい、下手くそな鷹匠ッ」

背中に声が投げつけられた。

「無礼な。なにゆえ……」

叫んだのは清六だ。家次が、手で制した。振り返った。三千騎のうちの、誰が声をかけたかわからない。

「もっともだ。第一等の鷹匠なら、本日の状態で、からくつわを上様の拳に据えさせるべきではなかった。たまたま戻ってきたからよいようなものの、あのまま逸らしてしまっていたかもしれぬのだ。本日は、僥倖《ぎょうこう》に感謝せねばならぬ。わしは下手くそよ」

と言ったものの、心中はおだやかではない。

それだけ言うのは、よほど腕におぼえのある者だろう。あるいはなにか遺恨でもあるのか。

「どなたかな、いまの御仁は」

馬廻衆のなかから、ひときわ大兵の武者が、馬を進めて前に出た。天を突き刺す水牛角の兜が、猛々しい。

「わしだ、わしだ」

声に聞き覚えがある。

「いやいや、みごとみごと、感服つかまつったわ」

「メルゲン！　生きていたのか」

「おまえこそ、よう生きておった」

二人の男の顔が、くしゃくしゃになった。

生きていた。抱き合った。言葉にならない再会。生き残った者にしかわからない。

「父上」

養子の元長もいる。

「見ぬうちに逞《たくま》しゅうなった」

「父上こそ、よくぞご無事で」

「わしはな、しばらく信長殿に陣借りよ」

メルゲンが言った。

「言葉が達者になった」

「そんなことより、白鷹をよく見せてくれ」

メルゲンが右手に韘《えがけ》をはめ、からくつわを据《す》えた。

体軀があるだけに、堂々とした据えぶりだ。

舐めるように見つめている。

「やはり、違うか……」

「なにと違う？」

「最初、遠くから見たとき、わしが連れてきた白鷹ではないかと思った」

「連れてきた？　白鷹を連れてきたのか」

「兄鷹《しょう》の三塒《とや》（三歳）だ。こいつは、弟鷹《だい》の若だな」

「白鷹を連れてきただと？　そんな話は聞いておらんぞ」

「逸らした鷹だ。家次なら話すか？」

家次は首を振った。いない鷹の話をしても仕方がない。鷹はおのれの拳にいなければ意味がない。

「難破したとき逸らした。賢い鷹だ。この島のどこかに渡っているだろう」

「賢い鷹なら大丈夫だ。きっと生きている」

「こいつと番《つがい》にして、子を産ませたいな」

「それはいい。見つけよう。必ず見つかる」

「こいつで狩りをしたか？」

「まだだ。だが、そろそろ初鳥飼《しょとりかい》をしてもよい時期だ」

初めて狩りをさせることを、初鳥飼と鷹匠は呼ぶ。

信長が、やってきた。

「よくぞ仕込んだ。さすがに天下一の家次である」

「おそれいりまする」

「そろそろ狩りにもつかえよう」

「初鳥飼をいたしましょう。からくつわ、あれだけのことのあとでも落ち着いております」

「三千騎を勢子《せこ》につかって、獲物を追い立てるか」

「それは無理な注文」

家次の眉が、つり上がった。

「むきになるな。家次は、白鷹のこととなるとすぐに爪を出すわ」

信長がよい顔で笑った。

三千騎は、岐阜に先発させた。警護の馬廻衆だけが残った。

初鳥飼は、鷹の気が散らぬよう黄昏時にする。夕刻。小谷山の東にある池に行った。

小さな池だが、あたりの林が五位鷺《ごいさぎ》のねぐらになっている。

五位鷺は、飛ぶのが遅く鷹に初めて摑ませるのにちょうどよい。いつもここで仕込みをするので、人と鷹が隠れる柴垣がつくってある。そっと近づいた。信長が、からくつわを据《す》えている。

あたりがほのかに薄暗くなっている。池のほとりの数本の銀杏《いちょう》が、五位鷺のねぐらになっている。葉の落ちた寒々しい枝に、ざっと百羽。あたりがすっかり闇になるまで、啼きながら、木から木、枝から枝に飛びうつる。その騒がしいこと。

からくつわは、信長の拳で、じっとしている。

――出来上がっている。

家次は、あらためてからくつわを見つめ直した。

甘い鷹なら、五位鷺の啼き声にうわついて、眼が泳いでいるはずだ。出来上がった鷹は、周りの騒ぎに動じない。自然体でほごれていながら、いつでも飛び立つ準備ができている。獲物を見ていても、眼光は静かだ。静かだがけわしい不動顔。たくさんの五位鷺のなかで、どれが摑めるかを、冷静に観察しているのだ。枝にとまっている五位鷺は狙いにくい。居心地のよい枝をもとめて隣の木に移る鳥がいる。それを摑ませる。

「やからで寄せましょう」

水禽は、人ならあまり警戒しない。家次が農夫を装って、天秤棒の前と後に空桶を担いだ。前の荷には、鳥隠しに、筵《むしろ》を垂らした。信長とからくつわは、その陰に隠れて五位鷺のねぐらに近づく。これがやから寄せだ。十間までそばに寄った。

五位鷺は、鷹に気づいていない。

「あれを」

家次が、低声《こごえ》で言いいながら、柴束《しばたば》を担いで動かした。飛び立つ寸前の鳥がいた。

信長が静かに左腕を返し、からくつわを空中に投げ出した――。

からくつわの姿勢がくずれた。信長の「返し」がよくなかった。

鷹を据えた拳は、いちばん後ろにひいたところで、一呼吸おくべきなのだ。その呼吸のあいだに、鷹は羽を割って飛び立つ体勢をつくる。体勢ができないうちに空中に投げ出されると、どうしても羽ばたきがもたつく。飛翔がおくれる。

鷹に気づいた五位鷺は、白い腹を見せて、枯れ葭《よし》の藪に逃げ込んだ。

「駄目か」

信長がつぶやいたと同時に、からくつわがぐいぐい羽ばたいて上昇し、五間の高さに上がった。

身を翻《ひるがえ》して首を下に転じた。木の葉が舞うがごとくゆらりと枯れ葭《よし》の藪に降りた。その瞬間、騒がしかった樹上の五位鷺が、ぴたりと啼きやんだ。

「おっ。鉾《ほこ》を突いたぞ」

やから寄せの図

信長が、駆けだした。家次も走った。

葭をかきわけた。いた。

「やりおったわ。それも、頭《かしら》を割っておるぞ」

からくつわが、五位鷺の首と嘴《くちばし》を摑んでいた。嘴の間に、返籠《かえるこ》（外爪）を挟ませている。

割《わ》り頭《かしら》というわざだ。反撃されないように嘴を摑んでいる。

五位鷺が、もがいている。灰色の翼と白い腹。もう逃げられない。

「鉾《ほこ》を突きおった。頭《かしら》を割りおった。初鳥飼でな。いや、たいした鷹よ」

信長が、驚いている。鉾を突く——。いったん高く飛び上がり、反撃する鷺の間合いをはずして摑みかかるわざだ。熟練した鷹でなければ、こんな完璧な狩りはできない。

「よくぞここまで仕込んだ」

「それがしの力ではございません。網懸《あが》けの鷹にござれば、それがしが捕まえる以前、すでにみずから狩りを学んでおったはず」

「なんにしても手柄じゃ。よくやった」

信長は、機嫌よく笑っている。

「あんな狩りは初めてみた。賢い白鷹だ」

メルゲンも、真顔で驚いている。

「韃靼の名人も、ああはいかぬか」

「われらの狩りは、狐や兎を狙います。水禽の狩りは、こちらに来て初めて見ましたが、なかなか絶妙でござるな。浅井の鷹はすべて仕込みがよかったが、これほどの狩りはいたしませなんだぞ」

「いちばん驚いているのは、それがし。狩りの天稟《てんぴん》を存分にそなえた鷹でござれば、これからが楽しみなことかぎりなし」

家次は、呼子を吹いた。吹きながらからくつわに近づいた。五位鷺の翼の下を策棒《ぶちぼう》で破り、二本の指で心臓を抜いた。

からくつわは、喉を鳴らして心臓《まる》を呑み込んだ。

けわしかった顔が、おだやかな菩薩顔になっている。

箔《はく》濃《だみ》

一

小林家次は、岐阜に着いた。鷹匠たちとからくつわ、浅井の六据《もと》の鷹が一緒だ。これから岐阜に住む。名実ともに信長の家臣となる。

繁華な岐阜の町。嶮《けわ》しい金華山《きんかざん》の麓に信長の居館がある。金華山は、稲葉山《いなばやま》ともいう。かつては斎藤道三《さいとうどうさん》の居城であった。岩の多い堅固な山城だ。麓の館には千畳敷の広間と岐阜の町を眺める四層の高楼。

——鄙《ひな》とあなどって来たが。

豪気。繊細。清冽。信長の人格がそのまま建築になったかのごとき居館であった。館の者たちは、みな顔が引き締まっている。

到着を報告すると、小姓が、落ち着き先の鷹部屋に案内した。

「上様は、からくつわが早く来ぬものかとご執心でございましたぞ」

新しい天地だ。世辞であってもうれしい。

山陰に、ずらりと鷹部屋がならんでいる。脇に鷹匠たちの長屋。

「これはまた、鷹部屋がたくさんございますな」

元長が言った。元長は、養子のくせに、不思議に養父と血脈の通じるものを感じていた。自分にも、鷹狂いの血が流れている。そう思っていた。

「鷹が五十据《もと》、鷹匠が百人もおるのだ。これぐらいの広さはあるだろう」

浅井家の鷹部屋では、家次の采配《さいはい》ですべてを処してきた。鷹匠頭である鷹師としてそれができた。

織田家は巨大だ。鷹匠組が五組あった。それぞれ鷹師が組頭として差配している。五人の組頭は同格で、信長の直轄だ。天下一と呼ばれたが、家次は新参者だ。組頭として六つめの新しい組をつくることになる。

人の世の渡り——。自分には、いちばん縁遠い世界だと思っていた。

家次は、鷹ばかり見てきた。人間はおもしろいが、鷹はもっとおもしろい。鷹を飼い、合戦に出る。それで万事がすんでいた。

これからは、織田家の家中に組み込まれる。

——窮屈だ。

思わぬでもない。

だが、鷹がいる。からくつわがいる。苦楽をともにしてきた弟子たちがいる。それでい
い。それ以外に、家次が欲しいものなどなにもなかった。

「鷹を部屋につないで、餌を喰わせろ」

小谷から岐阜は一日の行程だが、鷹を思いやって二日かけた。鷹は、籐籠《とうかご》のなかで緊張をしいられていた。部屋の架《ほこ》につないで、休ませてやる。

からくつわは、家次が拳《こぶし》に据《す》えてきた。馬に揺られても、落ち着いていた。近江から関ヶ原にはいると空気が変わった。雲が重く、寒気が強い。雪があたりを覆っていた。山のあわいを抜けると、美濃の平原は雪がなく明るかった。天地の出来具合が違っているらしい。

鷹部屋の水舟《みずぶね》に水をはった。新しい鷹部屋だ。杉板が薫《かお》る。気持ちがよい。鷹道具の荷をほどいていると、小柄な男がやってきた。

「鹿島平助《かしまへいすけ》と申し、上様から鷹組をひとつ任されている者。小林殿のご高名はつとに聞きおよんでおりますゆえ、こちらに移られたのを好機に、ぜひともご指導をたまわりたい」

「恐縮でござる。本来ならば新参者のこちらがご挨拶にうかがうところ」

「天下一の鷹匠がなにをおっしゃるか。越していらしたばかりで、餌に不自由があってはなりませぬゆえ、鶉《うずら》と雀をお持ちいたした」

後ろに控えていた小者が、籐の籠を四つ差しだした。啼《な》き声。生きた雀と鶉がぎっしり入っているらしい。

「かたじけない。なによりの品」

「お気にめされるな。それより、からくつわを捕らえられたとか。ぜひ拝見したいものと夜も眠れずにおりました」

気のいい男だ。鷹匠には偏屈者が多い。同役に気鬱《きうつ》なのがいては迷惑だと案じていた。からくつわは、二日の旅でも別状はない。戸を開いて、見せてやった。

「みごとな雪白。まことにこのような白鷹がおるとは……」

鹿島平助が唸った。

部屋の前にいると、組頭たちがやってきた。いずれも腕におぼえのある鷹匠たちだが、小林家次の名は、岐阜にまで知られていた。

その家次が伝説の名鷹《めいよう》からくつわを捕らえ、連れてきたのだ。

一目見ただけで、鷹匠たちがざわめいた。全身の羽が美しい。居ずまいがよい。大勢が覗いても、泰然と身じろぎもしない。

「さぞや、すばらしい狩りをいたしましょうな」

「あれだけの大きさなら、速さも格別でござろう」

口々にささやき合っているところに、見覚えのある顔があらわれた。

「これは……」

吉田多右衛門家久《よしだたえもんいえひさ》。甲斐の禰津松鷗軒のもとでともに放鷹術を学んだ兄弟子だ。烏《からす》に似た男。油断のならない男。

「お久しゅうございまする」

「うむ。久しゅう会わなんだが、達者そうだな」

「多右衛門殿も、ご健勝でなにより。いつ、こちらに来られました」

「この夏だ」

「では、信玄公はやはり」

武田信玄は、三方原で徳川家康を破り、上洛をめざしていた。ところが、三河まで来ていながら、軍を退《ひ》いて甲斐に戻った。

死んだのだ――。

と、噂が流れていた。間諜たちもその情報を伝えてくる。

「残念ながら、天命尽きられた」

「松鷗軒様は？」

「息災よ。あいかわらず頑固だがな。案ずることはない」

「それで……」

「わしは、勝頼殿とは馬があわぬゆえにな、織田家に駆け込んだのさ。おぬしの評判は高いな。近衛殿がおぬしを買って、あちこちで吹聴なさっておいでだ。それに今度は、からくつわを捕らえたとか。さぞや鼻高々であろう」

吉田家久の言葉に刺《とげ》がある。こういう男だった。

「わしも、眼の保養をさせてもらおうか」

部屋を覗いた。眼を細め、眉間に皺を寄せた。

「なんじゃ」

「……とは？」

「たしかに、大きな白鷹だが、これは、からくつわではない」

鷹匠たちがざわめいた。

ざわめきのなかに、信長があらわれた。小姓を数人したがえただけで、左手には、もう鞢《えがけ》をはめている。

「家次はおるか」

「ここに」

「からくつわを飛ばすぞ。よいな」

「むろんのこと」

「いかがした」

信長が、空気の緊張に反応した。聡《さと》い男だ。

「この白鷹のことにございます」

吉田家久が言った。

「申せ」

「拙者の見るところ、これは名鷹からくつわの末裔ではござらぬ」

「ほう。家次とは違う見立てだ」

「からくつわと申す白大鷹は、たしかにおりまする。二条関白が書き残されたとおり『神術諸能のすぐれたること、記するにいとまあらず』というほどの鷹。まさに、天下人《てんかびと》にふさわしい大きく優美な鷹で、首尾三尺は、誇張ではありませぬ。しかし、この白鷹とは別のもの。真のからくつわならば、仁、義、敬、勇、智の五常をそなえ、品格、たたずまいの高貴さがまるで違い申す」

「そのほうは、からくつわ、見たことがあるのか」

「むろんにござる。この小林家次が甲斐を去ったのち、松鷗軒とともに、この眼でしっかと」

「小林も、かつて甲斐で見たというぞ」

「あれはべつのもの。あとで本当のからくつわを見つけ、松鷗軒も、不分明を恥じておられました」

「いまは、どこにおる。そのからくつわ、まだ、甲斐におるか」

「おるはずにござる」

信長が、眉を曇らせた。

家次は、なにも言う気になれなかった。

「小林は、なんと弁ずるか」

「これ以外に、からくつわはおらぬものと存ずる」

「ふむ」

「眼の前におらぬのに論じてもはじまらぬ」

口を挟んだのは、信長についてきたエルヒー・メルゲンだ。

「吉田殿は、その本物のからくつわ、捕らえて連れてこられればよい。韃靼で可汗《ハーン》の鷹と申し珍重されているのは、まさにこれと同じ白鷹。これを偽物と断じる鷹匠がいるなら、その者こそまさに偽物よ」

信長が瞑目した。考えている。うなずいた。

「韃靼人の申すのが道理である。吉田、そのからくつわ、捕らえてまいれ」

吉田家久の眼が、宙に泳いだ。とまどっている。

「いえ、拙者は出奔《しゅっぽん》した身にござれば、甲斐での網懸《あが》けはかなわぬものと……」

「ならば、言うな。これが、からくつわである。あらためて、そう名付ける」

信長の不機嫌に、吉田は狼狽《ろうばい》している。

「川で鴨を捕る」

信長は、もう背中を見せて歩き出していた。

金華山下の長良川《ながらがわ》に出た。川が広い。ゆったりした流れに、鴨が三十羽ばかりいた。

鷹匠たちが、それぞれ藪の陰に隠れた。

「あれを」

信長が、家次を向いた。

鴨は、川の中ほどにいる。鴨は飛ぶのが速く、距離があると、鷹は追いつけない。追いつくには、よほどの加速が必要だ。

「釈迦に説法でござろうが、こんな場所で鴨は摑まぬもの」

吉田家久が言った。たしかにそのとおりだ。鴨を捕るときは、べつの小さな流れに、数羽いるところを狙う。それが常套《じょうとう》だ。群れに鷹が突っ込めば、一羽ものこらず飛び立ってしまう。愚かな鷹ならそうなる。

「どうだ、家次」

群れから離れて、三羽の鴨がいる。

「あちらを狙いなされ」

家次が、信長にからくつわを据《す》えさせた。

からくつわは、鴨を見つけても、じっとしている。

「忍縄《おきなわ》は？」

「不要。利口な鷹でござれば、けっして深追いはいたしませぬ」

ふつうなら、鴨の群の真ん中に飛び込まぬよう、五十尋《ひろ》の忍縄を結んでおく。

「そのまま羽合《あわ》せなされ」

信長が、藪の陰から出て、腕を返した。後ろにひいて、からくつわを空中に羽ばたかせた。あいかわらず「返し」が早すぎて、空中でもたついた。

三羽の鴨が気づいて飛び立った。羽ばたく。羽ばたく。川面に波紋が立つ。鴨の羽ばたきも強い。速い。必死に羽ばたいている。

からくつわは、強く飛んだ。翼が風を叩く。叩く。叩く。加速。半町（約五五メートル）ばかり飛んで追いついた。鴨を摑んだ。摑んだまままくるりと転じて、岸に戻ってきた。

鷹匠たちは、眼をむいた。あの姿勢からの加速。鴨に追いつく速さ。群れを驚かさない繊細さ。一等の鷹だ。

豪快にして繊細な狩りに、信長は満足した。

鷹匠組の面々は、伝説のからくつわが、名に恥じない狩りをするのに驚いた。

ただ一人、吉田家久だけが、いつまでも苦虫を潰した顔をしていた。

二

天正《てんしょう》二年（一五七四）、元旦。

岐阜の館は、年賀の人々であふれかえっている。柴田勝家、滝川一益《たきがわかずます》、丹羽長秀《にわながひで》、佐久《さく》間信盛《まのぶもり》、羽柴秀吉ら、各地で奮戦していた武将たちが岐阜に帰参している。千畳敷の居館に、直垂《ひたたれ》、烏帽子《えぼし》の武将たちが集《つど》い、にぎやかに新年を祝った。祝うに充分な収穫が、昨年はあった。

この一年は、織田家にとって、めまぐるしい年だった。

春、足利将軍義昭を追放。七月、天正に改元。夏は朝倉、浅井を殲滅《せんめつ》し、冬は大和の松《まつ》永久秀《ながひさひで》を降伏させた。畿内の足がかりは、これで充分にできた。つぎは、天下にあまねく武を布《し》く。ことのほかめでたい初春だ。

すでに他国からの年賀客が退席し、側近と馬廻衆ばかりの座である。盃の応酬がひとしきり。酔いが一座にまわっている。長年ともに戦場を駆けてきた仲間ゆえに、遠慮がない。曲舞《くせまい》や謡《うたい》が飛びだして、盛り上がった。

「そうじゃ。あれを持て」

めずらしく盃をかさねた信長が、小姓に命じた。

「あれ」という言い方に、妙な抑揚があった。小姓が三人、それだけで察して、立ち上がった。

戻ってきた小姓は、漆《うるし》塗りの三方《さんぽう》を捧げている。三人とも。三方には白い布がかかっている。

「披露せよ」

床の間に、新春を寿《ことほ》ぐ飾りつけがある。松。紅白の花餅。その前に、三つの三方がならんだ。

小姓が白布を取ると、大きな黄金があらわれた——。

金塊ではない。黄金の髑髏《しゃれこうべ》。小林家次は末座にいたが、空虚な眼窩が自分を睨んでいるように見えた。髑髏は黒漆《くろうるし》に塗られ、金箔《きんぱく》を丹念に貼って箔濃《はくだみ》に仕立ててある。

「よい仕立てをなさった。晒《さら》したままでは浮かばれませぬ。それならばなによりの供養でござろう」

祐筆の武井夕庵《たけいせきあん》が言った。髑髏の箔濃は、真言立川《しんごんたちかわ》流の秘法だと蘊蓄《うんちく》を披露した。

晒してあった髑髏なら、浅井久政、長政親子に、朝倉義景のものだ。家次は、息が詰まった。主君の髑髏。どんな顔で対面すればよいのか。

黄金の髑髏は、虚空をただよっているようで、もはや怨念も悲愴も感じられない。ただ、無常。正月の華やいだ飾りつけとの対比が、人の世の儚《はかな》さをきわだたせた。生あるものは、必ず滅する。あとに空虚だけが残る。

「一同」

ざわめいた座に、信長の声がひびいた。

「もって瞑《めい》せ。死ぬまでの命じゃ。存分に生きよ」

「さよう、さよう。ああなってはもうおなごと遊べぬぞい」

羽柴秀吉が、おどけた声で言った。

「たわけ。人の髑髏《しゃれこうべ》と思うな。おのれの姿じゃ」

信長の叱責が天啓に聞こえた。人は死ぬ。生きて死ぬ。ずっとそう思ってきた。それだけが、家次の信条だった。生きて死ぬ。そのあいだにおのれをつらぬく。それ以外に、大事などあるものか。

「小林家次はおるか」

「ここに」

「浅井親子の髑髏、そのほうに任せる。供養するがよい」

「かしこまった」

「小林とは、浅井の鷹師か」

座の誰かが口にした。

小林家次の名は、近衛前久が織田家で吹聴していた。信長の武将たちは、その名を覚えていた。ただの鷹師というより、天地自然の精気を読む達人として名が広まっている。

「知らぬ者は見知りおけ。あの者が天下一の鷹師小林家次よ。名鷹からくつわを網懸《あが》けして、狩りができるまでに馴養しておる」

岐阜に着いたばかりの家次は、まだ先任の鷹師しか知らない。側近や馬廻衆のだれかれから、高名を誉められるのは面はゆい。

「からくつわをあそこまで馴養した褒美じゃ」

信長は、家次に華麗な拵《こしら》えの太刀、脇差と黄金二十枚をさずけた。

「そのほう、鷹の道を精進することまことに殊勝である。以後、名乗りに鷹の字をもちいるがよい。天下一鷹師の誉れぞ。鷹の一字をつけ、さよう……、家鷹《いえたか》と名乗れ」

鷹匠組のほかの四人の鷹師たちは、みな我がことのようによろこんだ。

ただ一人、吉田家久だけが、唇の端を嚙んでいた。

三

金華山山麓の陽当たりのよい高台に、庵《いおり》がある。

小林家次、いや、家鷹は、朝夕、からくつわを拳に据えてその脇を通る。

どんなに日和《ひより》のよい日でも、障子の開いていたことがない。縁先は、塵《ちり》ひとつなく掃き清められている。寂として物音ひとつしない。

住んでいるのは、お市の方だというが、ついぞ見かけたことがない。

——髑髏《しゃれこうべ》供養のこと、おしらせせねば。

思っているうちに、日が過ぎた。

小春日和の朝。いつもの据《す》え回しに山道を登ると、めずらしく拳のからくつわが啼《な》いた。

——はて。

木の間隠れに庵の障子が半分だけ開いているのが見えた。

近づいたが、覗くのははばかられる。

通り過ぎようとしたとき、女が縁先にあらわれた。小谷の城で見覚えのある侍女。あの落城のなか、どうにか生きのびていたらしい。女が家鷹に気づいた。

「小林様ではありませぬか」

「おお、懐かしい顔だ。生きておったか」

「はい。ここでもお方様にお仕えしております」

「息災でなによりだ」

「小林様は、いつこちらに？」

「つい十日ほど前だ」

「あの……」

なにか言いたげだ。

「いかがした」

「お方様は、ずっと部屋のなかですわっておいでになるばかり。朝夕の勤行《ごんぎょう》のほかは、ただただうつろにお過ごしでございます。なんぞお慰めする手だてはございませんでしょうか」

「それがしなどが、僭越《せんえつ》でござろう」

「いえ、おりふし物語りなさるのは、小谷のお城のことばかり。昔語りでもしていただければ、お気持ちも晴れましょう」

昔語り——と、女は言った。落城はわずか五カ月前のことだが、あの城での暮らしは、たしかにはるかな昔に思える。

「無用のことでござろう」

「えっ」

「お方様はまだお若い。過ぎたことより、これからのことをお考えなさるがよろしかろう」

「落飾《らくしょく》して、尼になると仰せです。この現《うつ》し世《よ》に未練はないとおっしゃって……」

得体のしれない怒りが湧いてきた。家鷹の顔が、真っ赤に染まった。

「甘えておいでなのだ」

つい、声を荒げてしまった。

「織田家の庇護があればこそ、そんなことが言うておられる。子供を抱えて今日の糧《かて》もない身であれば、なんとなさる」

「どなたなの？」

奥で声がした。懐かしい声。お市の声。なんと甘い響き。

「鷹師の小林家次様です」

「まぁ。それならば、障子をおあけなさい」

侍女がからりと障子を開くと、お市がすわっていた。純白の袿《うちかけ》。喪に服しているのだ。やつれた顔が、家鷹を見つけて明るく光った。

「ひさしぶりですね、家次」

「おひさしゅうござる。鷹を据えておりますゆえ、ご無礼」

それ以上、互いに言葉がなかった。見つめ合っていた。拳にからくつわを据えているので、礼をとれない。立ったまま見つめていた。男と女であると、あらためて思った。

「白い鷹。真っ白ですね」

「からくつわと申します。小谷にて網懸けいたしました」

「そう……」

白鷹に見とれている。家鷹を見ているのかもしれない。

「その褒美に、お館様から鷹の一字をいただき、家鷹と名乗りを変えました」

「そう……」

とぎれとぎれの二人のやりとりに、侍女が小さく笑った。

「なんです？　どうしました」

「失礼いたしました。でも、おかしくて」

「なにがです」

「お方様は、ずっと暗い顔をしていらしたのが晴れ晴れなさっておいでだし、小林様は、怒っておいでだったのに、なんだか気を抜かれたみたいで……。小林様、さきほどの勢いで、お方様を元気づけてくださいませ」

照れた。顔が赤く染まった。お市と侍女が笑った。家鷹も笑った。心の垣根がくずれた。

「茶々様らは、いかがなさっておいでですか？」

「お館のほうで暮らしています。そうね、いつかまた雀鷹《すずめだか》でも飛ばしてもらおうかしら。茶々は、あの鳥が好きだったから」

「用意しておきましょう」

小谷での、平穏な日々が思い出された。言わねばならぬことがある。

「お方様」

「はい」

「殿と大殿の遺骨。織田殿よりそれがしがおあずかりいたしました」

お市の眉が曇った。

長い時間をかけて、ゆっくり瞼を閉じた。愁いが瞼ににじんだ。

「わたくしが……回向《えこう》いたします」

泣き顔だ。なぜ、泣き顔が、こうまで美しいのか。

「髑髏のみにござれば、ご覧にならぬほうがよろしかろう」

「しゃれこうべ……」

「それがし、朝に晩に花と水を手向《たむ》けております。いずれ、小谷に運び、寺に納めましょう」

墓は小谷の寺にすでにある。遺髪がはいっているはずだ。

「いえ」

首を振った。

「それなら、鳰《にお》の海に沈めてください。別離の夜、そんな話をしました。沖の深い深い水底なら、現《うつ》し世《よ》のわずらわしさも訪れまいと」

お市が、うつむいた。長い黒髪のかかった肩が小さく震えている。

「それはよい。もはや現世の争奪とは無縁の楽土に旅立たれた身。石の墓より、よほど自《じ》儘《まま》じゃ。それがしもいずれあの海の底に沈めてもらいましょう。あそこなら、獲物の水禽がようけおるゆえ、退屈はすまい」

お市が顔を上げた。かすかに微笑んだ。お市の顔をこれほど美しいと思ったことはなかった。

「いつか、わたくしもそうしてもらおうかしら」

頭を下げて、歩きはじめた。鳰の海の底で、お市とともに眠れるなら、そこが極楽であろう。それ以上の場所はない。金華山を登りながら、温かく満たされていた。

左拳のからくつわが、甘えた声で啼いた。

口餌を喰らわせると、さらに甲高く啼いた。啼き声が、朝の金華山にこだました。

塒《とや》入《いり》

一

「奈良《なら》に行く」

信長が言った。言い出せば、すぐに駆けだす男だ。もう馬にまたがって鞭をくれている。馬廻衆が目尻をつり上げてあとを追った。岐阜の館を駆けだして、伊吹山の麓で息を入れたとき、そばについていたのは、エルヒー・メルゲンだけだった。

「さすがに馬が巧みであるわ」

「お館を抜かしてよいならば、それがし、すでに京に到着しておりましょうな」

言うだけのことはある。たしかにメルゲンの疾駆はみごとだった。人と馬の筋肉がひとつになって躍動している。草原の民。地の果てまで駆け、さらにまた地の果てまで。どこまでも、どこまでも駆け続けられる男だ。

「奈良になにがござる?」

「蘭奢待《らんじゃたい》よ」

　路傍の石に腰をおろし、竹筒から水を飲んでいた信長が、それを差しだした。野生児の顔。メルゲンは、受け取って飲んだ。水が喉をよろこばせた。春。暦は三月。汗がにじむ陽気だ。

「らんじゃたいとは、なんだろうか?」

「唐《から》渡りの香木よ」

「それをどうする」

「切るのだ」

「香木のために、わざわざ奈良まで行くのか」

「東大寺《とうだいじ》という寺が奈良にある。正倉院《しょうそういん》という蔵があってな。帝の許可がなければあけられない。帝にそれをあけさせるのだ。その蘭奢待を切るのも勅許がいる」

「おもしろい。困惑した帝の顔が見たいものだ」

　馬廻衆が、ようやく追いついた。汗がしたたっている。形相がゆがんでいる。

「鍛錬せいッ」

　言い捨てると、信長は、もう馬にまたがって駆けだしていた。

　近江の佐和山《さわやま》城と永源寺《えいげんじ》城で二晩泊まった。三千騎の武者が結集した。船で坂本に渡った。

京での宿は、今出川《いまでがわ》の相国寺《しょうこくじ》だ。突然の上洛にもかかわらず、境内から門前まで、公家や町衆、各地からの国侍たちであふれかえった。

信長は、京都所司代村井貞勝《むらいさだかつ》を内裏に遣いさせた。

「東大寺正倉院の勅封《ちょくふう》を解き、蘭奢待を切り取りたい」

蘭奢待は、聖武《しょうむ》帝の時代に唐から伝えられた香木。別名、黄熱香《おうねつこう》。帝以外で切り取った者は、ただ一人、足利八代将軍義政《よしまさ》のみ。百年も昔のことだ。

信長の申し出に、内裏は騒然となった。

その日のうちに、勅使が来て、従三位《じゅさんみ》参議の職を信長にあたえた。正四位下《しょうしいげ》弾正忠から、公卿へ、ひとっ飛びの出世だ。

信長は、蘭奢待に固執した。

十日たって、勅使大納言《だいなごん》日野輝資《ひのてるすけ》と中納言《ちゅうなごん》飛鳥井《あすかい》雅教が、相国寺にやってきた。

開封の綸旨《りんじ》が出たのだ。

翌日、信長は、三千騎を率いて奈良にはいった。京の都を焼け野原にした信長だ。奈良の国衆や町衆は、山城《やましろ》との国境の木津《きづ》まで彼を迎えに出た。興福寺門跡《こうふくじもんぜき》などは、わざわざ宇治まで出迎えた。

寺に満ちあふれた僧兵が見守るなか、正倉院第三倉の扉が開かれた。

蘭奢待をおさめた六尺の長持《ながもち》は、近くの多聞山《たもんやま》城に運ばれた。御成《おなり》の間にしつらえた舞台で、大仏師が、一寸八分切り取った。

信長は、さっそく小さなかけらをひとつ青磁の香爐《こうろ》に薫じた。

妖艶とも芳醇とも甘美とも言いがたい薫香がただよった。一座の衆が、鼻孔をひろげた。

「これは、また……」

メルゲンがつぶやいた。

「なんだ」

信長が問うた。メルゲンが、めずらしく赤面した。

「いや、故郷のおなごの肌を思い出した」

どっと笑いが起きた。

「韃靼には、よほどよいおなごがおるらしい」

「なに、こんなに肌が薫るのはその女だけだ」

さらに大きな笑いが起こった。

東大寺の僧侶や大仏師たちが、苦い顔で一同を睨んでいた。

京の相国寺に戻ると、信長は、茶会を開いた。茶頭は千宗易。大勢の公家や有力な町衆を招いた。

惜しげもなく蘭奢待を薫じた。

床《とこ》には、牧谿《もっけい》とならび称される南宋《なんそう》水墨画の最高峰玉澗《ぎょくかん》筆「萬里江山」（大河と山の絵）。

長盆に、天下一の名器と評判の高い初花肩衝《はつはなかたつき》の壺と、青磁茶碗天下三名物のひとつ安井《やすい》の茶碗がならべてある。数寄者《すきしゃ》にとっては、腰が抜けるほどの道具立てだ。安井の茶碗に、信長は、三千貫の銭を払った。現在の貨幣価値に換算すれば、ざっと三億円か。

信長は始終、機嫌がよかった。自分の力を満喫していた。

メルゲンは、信長を頼もしく思った。

信長なら、この島の諸国を統一して、明国に派兵するだろう。それができる男だ。

——俺の遺恨をはらしてくれるのは、この男だ。

そう思えば、メルゲンの体の芯が、沸騰しはじめるのだ。

二

夕餉《ゆうげ》をたらふく食べると、メルゲンは、相国寺の庭に飛びだした。東山《ひがしやま》の嶺に浮かんだ満月に向かって、奇怪な雄叫びをあげた。

春宵。満月の悩ましい光が、男のなにかを狂わせたらしい。

「なにごとだ」

馬廻衆が駆けつけると、エルヒー・メルゲンは、褌《ふんどし》一本の姿で、天に向かって咆吼《ほうこう》していた。叫んでいるのだが、よく聞けば、嫋々《じょうじょう》として韻律《いんりつ》がある。韃靼の謡《うたい》のようなものらしい。

「力が余ってかなわぬ。だれぞ相撲《すまい》せんか」

「勝手な真似をされては困る。お館様の御陣所であるぞ」

「この男、精が余っておるようじゃ。白拍子《しらびょうし》でも呼んできてやれ」

馬廻衆が笑って囃《はや》したてたが、メルゲンは意に介さない。

「相撲せんか」

と大声で呼ばわり、ときに、天に向けて地がとどろくほどの雄叫びをあげた。

騒ぎを聞いた信長があらわれた。

ことの次第を聞くと、信長が甲高く叫んだ。

「篝火《かがりび》を焚け。相撲せよ。酒を持て」

禅寺の庭に、砂が盛られた。藁《わら》縄で丸い土俵がにわかにつくられた。

信長は、広縁に陣取った。

腕に自慢の馬廻衆のなかでも、相撲の得意な二十人ばかりが、褌姿になった。篝火が焚かれ、土俵をかこむ一座に濁り酒がふるまわれた。

メルゲンは、両腕を大きく開いて、鳥がゆらりと滑空するように、土俵のまわりを舞った。

「なんのまじないだ」

信長がたずねた。

「鷹の舞いにござる。鷹の力をわが身に宿しまする」

メルゲンが、土俵のまわりを舞うあいだに、馬廻衆のなかでも、いちばん屈強な若武者が飛びだして、四股《しこ》をふんだ。

「弥三郎《やさぶろう》、負けるな」

「負ければ馬廻の名折れぞ」

声が飛んだ。

互いに六尺の大男である。両者とも堅太りで、肩、胸、二の腕の筋肉が盛り上がっている。メルゲンの左肩には、槍で突かれた五寸ばかりの傷跡が、皮膚をひきつらせて痛々しくのこっていた。

行司役の武者が仕切ると、音をたてて、肉体がぶつかり合った。

四つに組んで、動かなくなった。

互いの筋肉ははち切れんばかりに顫《ふる》えている。前にも後ろにも、微動だにしない。それでいて、顔は、見る見るうちに血潮が満ちてきた。二人の力士が全力を出しきり、力が均衡しているのだ。

メルゲンの体が、ずるずると相手の下に入りこむ。力が尽きたのか。相手の武者は、ここぞとばかり、メルゲンの背中を押し倒そうとした。倒れない。すさまじい背筋だ。

メルゲンは、相手の太股《ふともも》を両手で抱え込み、勢いをつけて起きあがった。相手は、空中高く舞い上がり、地響きをたてて、あおのけに転がった。武者の顔が、屈辱にゆがんでいる。

喝采《かっさい》と賞賛が、メルゲンに浴びせられた。

「韃靼流じゃ。みなの者、気を引き締めよ。なかなかの相撲達者であるぞ」

信長が大声で言った。

メルゲンは、疲れたようすもない。

「つぎは、誰かな」

「いま、一番」

転がっていた若武者が飛び起きて、土俵に飛びこんだ。

「よせよせ、弥三郎」

声が飛んだが、武者はきかない。

「よろしかろう。今度は、三つ数えるあいだに勝負をつけよう」

満座の歓声。弥三郎の眼が、憎悪に燃えている。

仕切り直して、飛びかかってきた。メルゲンは、いきなり突き手を連続して、たちまち土俵から追い落とした。

歓声が、どっと湧いた。

メルゲンが、拳を振りあげた。さらに歓声が湧いた。

「織田の馬廻はこの程度か」

「ほざきおるわい。倒せ倒せ」

メルゲンが、弥三郎を起こそうと手を差しのべた。

弥三郎は横を向いて、一人で立ち上がった。

二人目の武者が飛びだした。

今度の男は、俊敏そうだ。

仕切りからすぐに、突きをかましてきた。足を取られるのを警戒している。韃靼の相撲のわざが、日本の相撲のわざと違うことが、わかったのだ。

激しい突きの連続に、メルゲンが後ずさった。

勢いをつけて、相手は突き出しにかかった。

土俵際で身をかわすと、メルゲンは、相手の腰を抱きかかえ、大きく投げ飛ばした。

三番、四番、五番とつづけざまにメルゲンが勝った。六番目の武者に張り手をくらわされ、カッとなったメルゲンは、相手を突き飛ばそうとしたが、体をかわされてふらついたところを前のめりにはたき込まれ、土がついた。

「あっぱれな相撲ぶりである。五番もつづけて勝つなど、前代未聞」

信長が、盃をとらせた。

「六番目をしくじって悔しゅうござる」

「韃靼でもさぞや大勢勝ち抜いたであろう」

「五人抜き、十人抜きは果たしましたが、わたしなどより強者は、いくらでもおります」

「いや、それにしても痛快である。それ、つづけて取り組め」

馬廻衆たちが、にぎやかに騒いだ。春の宵のなまめかしい風と満月に、みな浮き立っていた。

何番かの取り組みを見物し、メルゲンも大きな盃を呷《あお》りながら歓声をはりあげていたが、やがて、座をはずして引き込んだ。

井戸端で水を浴びた。汗と砂をながした。若草色に銀糸をあしらった袖なし羽織を着こみ、帯に扇子を挟んだ。

「お供いたします」

小林元長が言った。

「よい。一人で歩きたい。火照《ほて》った体を冷やしに行くだけだ」

相国寺の南門を出ると、あたりは、まだ焼け野原の多い上京《かみぎよう》である。満月に照らされた焼け跡は、幽界でもあるかのようだ。

メルゲンは、月に向かってそぞろ歩いた。

都。

春の満月。

めずらしく、感傷的な気分になっていた。

酔いにたゆたい、蹌踉《そうろう》と歩いた。

左肩の古傷がうずいていた。

傷がうずくたびに、思い出す。

美しい恋人チャスン・ゴアのこと。

ここまでの長い旅のこと。

——許せない。許してはいけない。許せば、俺は人でなくなる。

許せないのは、バハーン・ナギだ。韃靼の王アルタン可汗の孫。

もう一人、漢人王崇古だ。古宣大総督。明の北辺防衛軍司令官。

バハーン・ナギは、美しいチャスン・ゴアに惚れていた。何度もしつこく口説いた。ゴアは相手にしなかった。

チャスン・ゴアは、脆弱《ぜいじやく》な可汗の孫より、エルヒー・メルゲンを選んだ。メルゲンは、万軍を指揮して漢人と戦う勇者だ。

バハーン・ナギは諦めきれず、ゴアを略奪して出奔した。

ナギは、南に奔《はし》った。メルゲンは、犬を走らせた。あとを追った。三日間、鞭をふるって駆けつづけた。

ナギは、明の城塞に投降した。古宣大総督王崇古の砦《とりで》だ。

「ゴアを返せ」

門前で談判した。

「一人の女がどうした。おまえら韃靼人は、何十万の漢人を殺戮し、拉致したか」

城壁から怒声が飛んできた。そのとおりにちがいない。

門は閉ざされたままだ。城壁は高い。馬にまたがり一人で駆けつけたメルゲンには、なんとするすべもなかった。

「女を返せ。俺の女だ」

厚い門の前で、叫びつづけた。

罵声とともに、矢と石つぶてが飛んできた。

「俺の妻を返せ」

「母を返せ」

漢人も血が滾《たぎ》っている。やられたら、やり返す。憎悪が憎悪を生む。戦いが戦いを生む。憎しみは、漢人のほうが強いかもしれぬ。矢の届かない距離までひきさがった。

――出直して、手勢を連れてくるか。

そう考えはじめたころ、門が開いた。

「女を返してやる」

城壁の上で大声がした。

開いた門から、馬が駆けてきた。背に人。チャスン・ゴアの赤い服だ。またがっているのではない。鞍に荷物のように載せられている。

駆けつけると、心臓が凍った。首がなかった。馬から飛びおりて抱きしめると、血が熱かった。殺されたばかりだ。

服の裾がめくれて、白い脚がのびていた。内腿に白い液が垂れている。凌辱されたのだ。服を直そうとして、股間に紙が挟まれているのに気がついた。広げた。血で乱暴に書きなぐってあった。

美人喜悦嘯（美人は喜悦して嘯《うそぶ》き）

春情赴無限（春情を求めること限りなし）

王崇古の署名があった。怒りが頂点に達すると、全身が氷より冷ややかになるのだと、そのとき、初めて知った。全身の血が冷えきって、世界そのものが凍てついた。

「忘れものだ」

城壁の上から、なにかが放り投げられた。卑しい笑い声がはじけた。

駆け寄ると、血に濡れたゴアの首だった。眼をむいて苦悶の顔。土にまみれて汚れていた。

口に紙が突っ込んであった。開く。

請不棄我（わたしを捨てないで）

——殺されただけなら、忘れたかもしれない。

いまとなって、メルゲンは、そう思い返す。

ゴアには気の毒だが、ときにあることだ。凌辱されて殺される。めずらしくもない女の死に方だ。弔《とむら》ってやれば、いつか、忘れただろう。

——あの侮蔑は許せない。

思い出せば、また、体の芯が冷たく凍てついた。許してはいけない冒瀆《ぼうとく》。

凍てついた心の芯は、復讐を思うと沸騰してくる。凍てつき、沸騰する。メルゲンの心は、それをくり返すうちにざらざらとささくれ立っていた。

空を見上げた。月は、どこでも同じに見える。月があれば、ここが地獄ではなく、この世だということがわかる。

満月を追うように歩いていると、細い川を越えた。堀川《ほりかわ》だ。

月に雲がかかり、暗くなった。

メルゲンの背後で、気配がした。

刀の柄《つか》に手をかけた刹那、人が、勢いをつけて、背中に突進してきた。

メルゲンは、酔っている。

とっさの判断で、右に転がった。

かろうじてかわした。小袖の脇がざっくり切れた。

「つまらんぞ。よせ」

酔眼にも、襲撃者の正体はすぐにわかった。相撲で最初に二番つづけて大負けした若武者弥三郎だ。

弥三郎は、黙したまま刀を振りおろした。

転がって避けた。弥三郎の動きを見切る余裕があった。

「よせというに。相撲の勝敗などなにごとでもないであろう」

立ち上がろうとして、足がふらついた。

若武者が、がむしゃらに刀を振るった。

左肩に激痛がはしった。地面に転がった。

「許しがたい。負けたのが口惜しいのではない。貴様の辱《はずか》しめが許せぬ。三つ数えるうちになどと……。織田馬廻衆の名折れだ」

——そうか。俺は、こいつを侮蔑してしまったのか。

新鮮な驚きだった。

「許せ。悪気はない」

若武者が、眼をつり上げた。

「許さぬ」

踏み込んできたところを、足で払った。若武者が倒れ込んできた。ごろりと回転して、武者にのしかかった。手の刀をもぎとって、放り投げた。

「悪かった。謝ろう。酒でも呑まぬか」

「殺せッ」

「なぜだ」

「分《ぶん》が立たぬ」

「つまらぬ」

その言葉に、若武者の目尻が、さらにつり上がった。

興ざめして、メルゲンは立ち上がった。

若武者が立ち上がり、脇差を抜いた。

「まだ懲《こ》りぬのか」

気合いとともに、若武者が、脇差をおのれの腹に突き立てた。ギリギリ絞って、一文字に切り裂いた。止める暇もなかった。そのまま前に倒れると、刃が背中に突き抜けた。血が黒く大きな溜まりとなって、満月が浮かんだ。

しばらく見つめていた。痙攣《けいれん》していた体が、動かなくなった。

——報《しら》せねばなるまいな。

私闘のはての自害だ。信長に報せねばなるまい。

いまたどってきた道を、引き返すことにした。

しばらく歩いていると、意識がぼうっと霞んできた。

手でさぐると、腹から腰までべっとり血で濡れていた。

肩の傷が深手で、思ったより血が流れていた。

意識が遠のいた。

——死ぬかもしれない。天に帰るのか。

気が遠くなって、そのまま道に倒れ込んだ。

……………。

……。

………むぅ。

気がついたのは、褥《しとね》のなかだった。

肩の傷が痛んだ。前の傷と同じ肩胛骨《けんこうこつ》だった。

右手でさぐった。治療がほどこされ、晒《さら》し布が巻いてある。

あたりを見た。広く清潔な座敷だ。静まりかえっていて、人の気配がまるでない。

褥から這《は》い出して障子を開くと、午後の陽をあびた小さな庭があった。緑の濃い苔と石がたくみに配置されている。

「誰か、いないか」

声をかけたが、返事はない。

庭の脇の廊下を行くと、こちらには広い庭があった。

一面の杉苔。奥の生け垣の手前に、菩提樹が枝をひろげ、いくつもの石が埋め込まれている。石は荒波の寄せる海岸を連想させた。

それだけの控えめな庭だが、眺めていると不思議に落ち着いた。

庭に面した部屋の障子が、両側に開かれていた。

絵が見えた。

惹きつけられるように板敷きの間にはいった。

正面に小さな仏像。灯明がともっている。

ぐるりのふすまに墨絵が描いてある。ひとつづきの絵柄だ。

右手は、春だ。巨大な梅が、ふすま四枚にわたって枝をひろげている。梅花は満開。水辺で、鴨があそんでいる。雄渾《ゆうこん》な筆致。繊細でありながら、力強い躍動感、存在感があふれている。

正面には夏の渓流。

左のふすまは秋から冬だ。鶴が地をついばんでいる。さむざむとした冬の沼沢に雁が舞い降りてくる。空気が清冽に引き締まっている。

エルヒー・メルゲンは、茫然と立ちつくし、ふすま絵を眺めた。

草原の国韃靼にも季節はある。夏は草の緑が深く、冬は、すべてを凍てつかせる北風が吹く。

——違う。まるで違う。

ふすま絵は、メルゲンがこの国にきてからずっと感じつづけていた四季のうつりかわりのあでやかさを、あますところなく表現していた。

——これが、大和だ。

部屋の中央で、メルゲンは、しばらく立ちつくしていた。

「すわりなさい。その絵は、すわって眺めるように描いてある」

野太い声に振り返ると、頭をまるめた老僧が立っていた。

「失礼しました。誰かいらっしゃらないものかと思い、奥の座敷から出てまいりました。わたしは……」

「承知しておるよ。メルゲン殿、まずはすわって絵をご覧なさい」

勧められるままに板敷きの中央に片膝を立ててすわった。

ふすまの絵が迫って見えた。この国の豊かな四季にとり囲まれていた。鶴や雁の啼き声が聞こえてくる。絵のなかに、ここちよい緊迫感があり、生命の息吹が感じられる。

老僧を振り返った。

「すばらしい絵師だ。堪能させていただいた」

「この絵師は、まだ三十を越えたばかりでな。これを描いたときには、二十四だった」

「名は？」

「狩野永徳《かのうえいとく》という」

「忘れられぬ名になりそうです」

メルゲンは、もう一度ふすま絵を眺めてから、老僧に頭を下げた。

「すっかりお世話になったようです。ここは、どこでしょう」

「紫野《むらさきの》大徳寺《だいとくじ》の聚光院《じゅこういん》という塔頭《たっちゅう》だ」

僧は、笑嶺宗訢《しょうれいそうきん》と名乗った。老いてはいるが、眼の奥に強い光がある。

宗訢は、のちに、逸話をのこしている。

信長の葬儀のときの話だ。秀吉が、信長の嗣子《しし》を冷酷にあつかった。宗訢は、僧衣に短刀を隠し、その場で刺殺するつもりだった。弟子が気がつき、無理に退席させた。秉炬《ひんこ》焼香（棺に火をつけるしぐさをする）の役をつとめる宗訢なら、秀吉を確実に殺害できる距離にいた。このとき、宗訢七十八歳。年老いてなお、熱い血を滾らせた禅僧であった。宗訢は、大徳寺第百七世でもある。

「号の喝雲《かつうん》のほうが呼びやすかろう。世話をしたのはわたしではない」

廊下で足音がした。あわてている。女か。

「喝雲様。メルゲン様がどこかへ……」

方丈《ほうじょう》を覗いたのは、若い女だった。

「こちらでしたか」

初めて見る顔ではない。千宗易の堺屋敷で見かけた顔だ。宗易にはあちこちに何軒も家があり、それぞれに妻《おんな》がいる。子も、あちこちで生まれた。その一人を、手もとに呼んだのだと聞いた。黒く大きな瞳が印象にのこっていた。あわてぶりを見られたのが恥ずかしいのか、女は頰を染めてうつむいた。

「堺の千宗易殿の娘伽羅《きゃら》殿だ。ゆうべ、宗易殿が、ここへ来る途中、道に倒れているあなたを見つけ、連れてきたのだ」

「宗易殿が、わたしを、ここへ」

「さよう。宗易殿は、この聚光院の檀越《だんおつ》でな、愚僧の俗弟子でもあるゆえ、しばしばこちらにやってくる。この庭も、永徳の下絵をもとに、宗易殿が工夫してくれた」

庭のしっとりとした品格となじみやすさには、宗易も寄与していたのだった。

「いまはどちらにおられる」

「所用があり、京屋敷に戻りました。それより大丈夫ですか、起きたりして」

伽羅が心配そうに顔を覗きこんだ。

「いたって丈夫なたちで、ご心配にはおよびませぬ」

「さよう、愚僧が診立《みた》てたが、血の筋が切れて、失血したのだ。血が増えれば、本復するだろう」

「ご造作《ぞうさ》をおかけした」

「父の京屋敷が近くにありますので、そちらに移ってご養生なさってはいかがでしょう」

伽羅が言った。

「ここでもよいぞ。奥の離れ座敷なら気兼ねはいらぬ。いつまで逗留なさってもけっこう。伽羅殿に看《み》てもらうがよい」

「いたりませんが、お世話させていただきます」

伽羅の笑顔には、世界を甘く溶《と》かす力があった。

「よしなに」

メルゲンは、それだけ答えた。

宗訴が、信長宛の書状を代筆して、相国寺に届けさせた。

小林元長がすぐにやってきた。使番の野々村正成《ののむらまさなり》も一緒だ。

「だから、お供いたしますと申しあげましたのに」

元長が泣きそうな顔をして言った。

「大事ない。案じるな」

野々村が、弥三郎の死骸はすでに発見されており、私闘のすえの自害と見られていた、と話した。信長からの見舞いの餅を積み上げた。

「ゆっくりご養生なされよ、との仰せでござった」

「かたじけない」

「わたしがお世話させていただきます」

元長が言った。メルゲンは首を振った。

「その必要はない。野々村殿、元長のこと、よしなにお願いしたい。そろそろ一人前の扱いを受けてもよい歳だ」

元長は、野々村とともにしぶしぶ引きあげた。

あとに、静寂とたっぷりの時間がのこった。

メルゲンは、聚光院方丈で、日がな一日過ごした。晩春の陽ざしが、のどかだった。松の枝に風がさざめき、時折、小鳥が啼いた。庭を眺め、飽きるとふすま絵を眺めた。そして、黒光りする廊下で腕枕をして、よく眠った。いくらでも熟睡できた。

そんな日を数日過ごした。

ゆるりと、全身がほぐれていた。

ゴアの死体を抱きしめた日から、メルゲンの血は、凍てついているか沸騰しているか、どちらかだった。

――疲れていたのだ。

そう気がついた。

「こんな静けさは、初めてだ」

「退屈でございましょうに」

「いや、退屈なものか。気を失って気がついたら、別世界にいた」

伽羅が笑っている。

「おたずねしても、よろしゅうございますか」

「なんなりと」

「メルゲン様は、なぜ、この国にまいられましたか？」

「韃靼王の国使としてだ」

「それは、父からうかがいましたが、伽羅には、そうは見えません」

大きな眼で見つめている。勘のよい正直な女だ。

「さて、見えぬと言われても困る……」

「メルゲン様は、なにか、べつの強い想いをお持ちでしょう」

「強い想いとは……」

「たとえば、恋とか」

メルゲンは、言葉がなかった。黙って伽羅を見つめた。

「失礼しました。ぶしつけなことをうかがって」

「かまわぬが、なぜ、そんなことを思った」

「わかりません。ただ、そんな気がしただけです」

顔つきは清楚だが、潑剌《はつらつ》とした女だ。自分に似ているかもしれないと、メルゲンは思った。

話が途切れた。風が吹いて、高い松の枝がそよいだ。

伽羅には、話しておきたい気がした。

「強い想いがあるよ」

「………」

「友への想いだ」

「お友だちでございますか？」

「左肩に古い大きな傷があるのを見たか」

「はい、手当てのとき、この傷で、よくぞ生きていたものと、宗訴様が驚いておいでした」

「韃靼でのことだ。心の臓ぎりぎりに槍を突かれて死にかけた。血が桶に二杯も流れたそうだ。それを助けてくれた友がいる」

　伽羅がうなずいた。

「ヌルハチという男だ。アイシンギョロ・ヌルハチという名の女真族《ジョシン》の若者だ」

「女真族……」

「明の北に住む者たちだ。海に近いところに住んでいる。韃靼を出立《しゅったつ》したわれらは、そこを通ったとき、李成梁という漢人の軍勢に襲われた。われらはわずか七十騎ほどで、さんざんいたぶられた。深手を負って森に逃げ込んだわたしは、野宿していたヌルハチに出会った。ヌルハチはな、すぐ、どこかから、牛を連れてきた」

「牛でございますか」

「そう、四本足のあの牛だ。たぶん、盗んできたのだろう。牛の手足を縛ると、ヌルハチは、剣でざっくり、腹を裂いた」

「それは古くから伝わる医術なのだ。大怪我をして血を失った人間を、裂いた牛の腹に入れる。首だけ出してな。牛の腹の熱い血が、命を長らえさせるのだ」

伽羅の顔があおざめている。

「みごとに助かって、このとおりだ。ヌルハチに会わなかったら、わたしは死んでいた。なんでも知っている利口な若者でな、白鷹に狩りをさせて暮らしていた」

「信じられません」

「ほんとうだとも。こんなことで、嘘はつかない」

「じゃあ、どんな嘘をおつきになるの？」

メルゲンは、笑った。

「わたしは、そのヌルハチと約束したのだ。それを果たさねばならん。そのために、この国に来た。わたし自身の役目など、たいしたことではない」

約束の内容を伽羅はたずねなかった。

黄昏が近い。すこし冷えてきた。

「お休みになりますか」

「それより、茶を所望したい」

「かしこまりました」

「まあ、おそろしい」

伽羅が先に立って、奥の茶室に行った。

四畳半の茶室は宗易が数寄を凝らした造りだ。低い天井に網代《あじろ》がはってある。

小さな障子窓からの薄明かり。すわっているだけで、こころがしっとりしてくる。

茶を一服飲むと、メルゲンの心のなかで、複雑にもつれていた糸がほぐれた。

——俺は、いまここにこうしている。

それが、ひどく満ち足りたことに感じられた。

釜の湯が、松籟のごとく静かに鳴っている。

伽羅の端正な顔が、ひどくいとおしいものに見えた。

「そなた」

「はい」

「言い交わした男はいるのか」

伽羅がうつむいた。

「いえ」

消え入りそうな声だ。

「ならば、わたしのそばに来てくれぬか」

「なぜでございます」

「なぜだろう……?」

そんなことを聞かれたのは初めてだったし、自問したのも初めてだった。

「なぜだか教えていただかねば、おそばに寄るわけにはまいりませぬ」

言葉で女を口説いたことはなかった。伽羅は、言葉をもとめている。

「メルゲン様は、お国に大切な方がいらっしゃるのではありませんか？」

メルゲンは、あらためて伽羅を見つめた。

女の大きな瞳が、メルゲンを見つめていた。

「なぜそう思う？」

「女の勘でございます。あたっておりますでしょう」

「ああ、いた」

「ほら、やはり。ならば、そのお方に、誠をつくされたほうがよいのではありませんか」

「もういないのだ」

「えっ」

「死んでしまったのだ」

「それは……。失礼なことを申しました」

「昔のことだ。いま、わたしの眼には、そなたしか映っておらぬ」

膝で伽羅ににじりよった。小さな肩を抱き寄せた。

伽羅は、うつむいて首を振った。

「ただきみしさをまぎらわすためのお伽《とぎ》のお相手なら、お断わりいたします」

きっぱり言い切った。

「いまのわたしには、そなたしかいない」

「いまだけでございますか？」

メルゲンはたじろいだ。芯の強い女は、惚れ甲斐がある。

「これからずっとだ」

伽羅が小さくうなずいた。

メルゲンは、伽羅の顎《あご》に指をかけて、上を向かせた。抱いていると肌がよく香った。

伽羅は、瞼《まぶた》を閉じた。頬をかさねた。薄く柔らかく温かい。

唇を吸った。甘い。何度も吸った。かぐわしい。血が昂った。戦いの血ではない。恋の血だ。この国の言葉で、なんと言うのか——。言葉の代わりに抱きしめた。伽羅が、メルゲンの肩にしがみついた。

「息がくるしい。おぼれてしまいそうです」

「おぼれなさい。わたしが助けよう」

「いや」

伽羅が身をかたくした。

メルゲンは、強く唇を吸った。うなじから白い耳たぶへ、首筋へと唇を這わせた。伽羅の息が荒くなった。

メルゲンの指が、裾を割って、絶妙な感触で動いた。しばらく腿のあたりをやさしくさすっていたが、伽羅のいちばん大切なところにしのび寄った。利口すぎる指先。静かに、おだやかに、やさしくじらすように撫でてくる。吐息が乱れた。体が火照って熱い浮力がついた。

「わたくし……」

伽羅が消え入りそうな声で言った。

「なんだ」

「殿方を存じませぬ」

メルゲンがうなずいた。

「教えてしんぜよう」

「だめ……」

「なぜ？」

今度は、メルゲンが理由をたずねた。

伽羅は答えない。

「大切にしてやる。これからずっとだ」

「ほんとうですか？」

「嘘はつかない」

「うれしい」

伽羅がささやいた。

そのあいだにも、メルゲンの指は動いていた。ゆっくり、静かに。伽羅の呼吸と波長をさぐるように動いていた。

小袖を脱がされた。湯文字《ゆもじ》をはぎとられた。ほの暗い茶室のなかに、白い肌をさらしていた。いつのまにか、厚く逞しい胸が目の前にあった。むだな肉がまるでない。

乳房をつかまれ、恥ずかしさに身悶えした。男がのしかかってきた。重さが嬉しかった。好かれている。大切にされている。伽羅の体から、熱いものがしたたっている。男も熱い。小気味のよい律動。喘いだ。嬉しかった。

やがて、伽羅の足の指先から頭の芯まで、真っ白い閃光がつらぬいた。

三

「尾羽が抜けよりました」

小林家鷹が長屋の小机で書き物をしていると、清六が戸口で声をかけた。

「おう。いま行く」

返事をして、立ち上がった。鷹の馴養法を書き留めていたが、続きはあとだ。

信長は京に行った。からくつわは換羽期《かんうき》に入るので、家鷹は岐阜で留守居をしていた。

これからすべての羽が新しく生えそろう秋まで、鷹部屋のなかだけで飼うのだ。

四月になるとすぐ、折目の羽が抜けた。翼の、人なら肱《ひじ》にあたる部分の風切羽《かざきりばね》だ。そこから翼の先端に向けて、順番に風切羽が抜けていく。

全部で十枚の初列風切羽が五、六枚まで抜けたあたりで、尾羽が抜け落ちる。それが、今日抜けたのだ。

鷹部屋に行くと、家鷹は、左拳《こぶし》にからくつわを据《す》えた。全身を眺めた。羽が抜けているので寸足らずに見える。どの鷹もそうなる。艶《つや》はよい。胸の竜骨をつまんだ。八分のころあいだ。

この時期、鷹は体力を消耗する。病気にもなりやすい。鷹匠は細心の注意を払う。

餌は、小さく刻んで板に載せてあたえる。そのほうが喰べやすい。羽がなかなか抜けない鷹には、蟬《せみ》の抜け殻の粉と甘草《かんぞう》を半量ずつ餌に混ぜてあたえる。用意はしてあるが、その必要はなさそうだ。からくつわに異状はない。このまま順調に羽が抜け替わるだろう。

「餌はいかがいたしましょう」

「これまでどおり、雀を十七羽喰わせろ」

鷹部屋を出て番小屋に帰るとき、吉田家久に出会った。同じ館にいても、顔を合わせるのはひさしぶりだ。

「どうだな。からくつわの様子は。羽が抜けたか」

からくつわの名を、粘るように発音した。

「なにも、おかげさまにて、尾羽が抜けはじめました」

「おかげさまなどと気をつかうことはない」

家鷹は、黙って会釈した。行こうとしたが、吉田が言葉をつづけた。

「話がある」

顎で、歩くようにうながされた。兄弟子は、いつまでたっても兄弟子だ。従うしかない。山陰まで行き、石に腰をおろした。

「おぬし、えらく信長殿のおぼえがめでたいようだな」

「目にかけていただいて、ありがたいかぎりでございます」

「ここの鷹匠たちも、みな、おまえの話をありがたがって拝聴しておるわ」

鷹匠は、みな気位が高い男ばかりだ。それが、不思議と家鷹の話を聞きたがった。信長は、我流で鷹を育ててきた。ここの鷹匠は、尾張か美濃の侍ばかりで、伝統的な手法にうとかった。諏訪流の奥義をきわめた家鷹は、彼らにとってまたとない師であったのだ。六人の組頭はみな同格だが、天下一と呼ばれた家鷹が、いきおいその筆頭のようになっている。先に家久が来ていたのだ。諏訪流の奥義は、彼もきわめている。人が寄ってこぬのは、人望がないとしか言いようがない。

「わしは、手助けが必要だ」

「なんなりとお手伝いさせていただきましょう」

「ありがたくて涙が出るわ。昔の恩を忘れておらぬか」

恩を受けた覚えはなかった。甲斐の松鷗軒の弟子のなかで、吉田家久は、一番年長というだけで、威張り散らしていた。冷徹な男。他人の痛みを忖度《そんたく》せぬ男。

「ざっくばらんに話そう。わしは、黄金を持っておる。おぬしに進呈しよう」

「黄金を?」

「さよう。甲州金だ」

吉田家久は、懐に手を入れると、革袋を取りだした。ずっしり重そうだ。家鷹が不審の眼を向けた。なぜ、そんなに金を持っているのか。信玄公崩御のどさくさで、くすねてきたにちがいなかった。

「受け取ってくれ」

「なんのためにでござろう」

「おぬしに、わしを、守《も》り立ててもらいたいのよ」

「それくらいのことでしたら、金などいただかなくてもさせていただきますのに」

「それはありがたい。わしはな、天下一になりたいのだ」

家鷹はあきれた。口がきけなかった。信長から、天下一と讃えられたのは、この俺だ。

「そこでだ、おぬしに黄金を進呈するゆえ、みなの前で一言いうてもらいたい。『まことの天下一は、吉田家久殿でござる』とな。むろん、わしは、それだけの鷹を育てるつもりじゃ。陸奥《むつ》に行って、たくさん鷹を連れてくる。おぬしがそんなことを口にせんでも、秋になれば、天下一の誉れはわしのものじゃ。それをな、早くはっきりさせたい。どうじゃ、おぬしとて、このわしに、技量がまさるとは思っておらぬであろう」

「まことの天下一は、師の松鷗軒殿と存ずる」

「もう高齢だ。一番弟子のわしが代わるべきだ。あの爺さん、あいかわらず頑固でいかん。勝頼殿ではいかに踏んばっても織田に滅ぼされるというのが、まるでわかっておらぬ」

「それと鷹のわざとはべつのこと」

「ふん、お館がおっての鷹のわざだ。そうではないか？」

吉田が、革袋から碁石ほどの金粒を五つ出し、家鷹に握らせた。

「受け取ってくれ」

家鷹は、すっと手を引き抜いた。

「ご遠慮いたしましょう」

「深く考えるな。べつに『吉田が天下一』などと口にせんでもかまわん。わしの前で、ちょっとな、一歩だけ退いてくれ。さすれば、わしの力、誰もが認めてくれよう」

「兄弟子。無用なことはやめなされ。兄弟子の技量のほど、それがし、よく存じておる。みなもすでに承知じゃ」

吉田が笑った。口の端がゆがんでいる。

「思い出したわい。おまえは鷹のあつかいもうまいが、それより人のあつかいがうまかったな」

家鷹は、答えず立ち上がった。

「いまのこと、しかと頼んだ。よいか」

家鷹は、会釈した。立ち去った。

――くだらぬ男だ。

腹が立つより、蔑《さげす》みが強かった。長いあいだ、鷹を相手に暮らしていると、人の勝手なふるまいにも腹が立たなくなる。相手を冷静に見つめ、観察する癖がついていた。ほっておけばよいのだ。どうでもよいことだった。若いころは、たしかに天下一に憧れた。しかし、鷹を相手のわざに、天下一など無用の称号だ。しだいにそう思うようになった。賞賛されるべきは、鷹匠より鷹なのだ。

番小屋に戻ると、清六がいた。

「二、三日留守にする。鷹たちの世話を頼む」

「どこに行かれます」

「近江《おうみ》だ」

家鷹は、馬の背にひとつだけ荷をくくりつけた。供はつけなかった。ゆっくり西に向かった。

――人の世などというのは、阿呆なものだ。

鷹を飼う男は、心の底から鷹が好きなのだと思っていた。自分はそれで満足だ。世の中には、ほかのものが欲しくて鷹を飼う男がいる。

その日は、関ケ原の寺に宿を頼んだ。荷をほどいて桐箱を取りだし、経をあげてもらった。

翌日、近江にはいった。浜に出て、漁師に小舟を漕がせた。鳰《にお》の海の沖に出た。小谷山《おだにやま》が見える。ひさしぶりの鳰の海だ。広い。空も、海も。比良の峰は、新緑がまぶしい。

桐箱から、ふたつの髑髏《しゃれこうべ》を取りだした。箔濃《はくだみ》の金が、鈍く光る。

捧げ持って、水に沈めた。久政殿。長政殿。ここが墓場だ。天と地のあわい。いちばん広い場所。ゆっくり眠られるがよい。

漁師に銭を渡し、口止めをした。老いた漁師は、髑髏の主を察したらしく、銭を受け取らなかった。互いに深く頭を下げた。

帰りは、小谷山麓をまわった。そばから眺めたかった。

山は、どっしり聳《そび》えていた。しかし、あるべきところに、あるはずの館がない。明るすぎる春の陽ざしが、空虚さをかきたてた。

——あれは。

小谷山の上空を鳥が飛んでいる。鷹か——。

家鷹は、鳩の羽根の束をつかんだ。鷹を呼ぶためにいつも持っている。

「ホォ——」

あらんかぎりの声で、家鷹は叫んだ。声が蒼天《そうてん》に朗々とひびいた。

鷹は小谷山の杉の梢にとまった。すばやく餌《えが》けをはめた。家鷹は羽根束を大きく振りまわした。

「ホォ——。ホォ——」

しばらくつづけると、鷹が気づいた。飛んだ。こちらに向かって降下してくる。濃い灰青色に見覚えがある。

——やはり、雲井丸だ。

見る見るうちに鷹が近づいて大きくなった。降下してくる。翼と尾羽を縦に広げ、ふわりと足を突き出した。家鷹の左拳をがっしり摑んだ。瞳の藤波模様は、まちがいなく雲井丸だ。

家鷹は、喉をつまらせた。失った過去が突然、蘇ったようだった。

雲井丸は、全身が汚れていた。風切羽や尾羽の何本かが無惨に折れていた。羽根束を、ついばんだ。肉はついていない。それでも、肉を探してついばみつづけている。

「腹が減ったか」

〈クゥー〉

雲井丸が啼《な》いた。

家鷹の眼に、じわりと涙がにじんだ。こらえた。泣くべきことではなかった。

「俺に、餌はない。餌は、自分で見つけよ。自分で摑め」

雲井丸が、首をかしげて、家鷹を見ている。眼に力がある。弱い鷹ではない。

「大丈夫だ。おまえには、生きていく力がある」

拳を返して、雲井丸を飛ばした。

風をつかむと、雲井丸は高く舞いあがった。

そのまま小さな点となり、やがて、春霞にまぎれて見えなくなった。

鶴《つる》取《とり》

一

「みごとだ。みごとであるわい。よくぞこれだけ面相のよい鷹をそろえた」

信長が、満面に喜色を浮かべている。

奥州からの鷹が岐阜に到着したのだ。

このところ、信長の覇業はめざましく進展していた。伊勢長島と越前の一向一揆を討伐し、長篠《ながしの》、設楽原《したらがはら》の合戦では、武田勝頼の軍勢に圧勝した。畿内の街道を整備して、瀬田《せた》大橋を新しく架け替えさせた。信長は文字通りの天下人になりつつある。

奥州の諸将も、信長に傾倒しはじめていた。

信長は吉田家久を奥州に派遣、鷹の献上を各地の国侍にうながした。吉田は、越後の上杉謙信のもとに立ち寄って武田戦の戦況を報じ、信濃、甲斐に出兵するよう要請した。奥州の鷹輸送に便宜《べんぎ》をはかってもらうように依頼。さらには、その鷹の何据《もと》かを謙信に贈る約束もした。数年前、謙信から信長に二番《つが》いの鷹が贈られていた。信長と謙信は鷹によって結ばれていた。

奥州の旅を終えて吉田家久が帰ってきた。

金華山山麓千畳敷御殿前に、台架《だいぼこ》がずらりとならび、五十据《もと》の鷹がそろった。

信長は、さきほどから、五十据の鷹の前を、何度も行ったり来たりしている。

今年生まれの若鷹や片塒《かたとや》（一歳）をはじめ、すでに仕込みが万端ととのった諸塒《もろとや》（二歳）、三塒《みとや》の鷹もいる。

「こいつはいい面だ」

信長が鷹を一据ずつ点検している。眼が鷹より輝いている。

鷹は、顔相と姿が大切だ。

古来、良い鷹は、虹彩の黄色が濃く眼光が清冽だといわれている。頭頂が平らで、鼻孔が大きい。嘴《くちばし》は黒く濡れたように潤っている。首のまわりの羽毛は、鶏卵ほどにふっくらしている。胸から腹の羽毛は、密生している。足の指が広がり、爪が大きく反《そ》っている。

悪い鷹は、頭の頂《いただき》が尖り、眼や鼻の穴が小さく、首が細い。醜い鷹は、狩りが下手で、癖が強い。それが一般的な見方だ。

ただし、それがすべてでもない。

「禰津神平の流れを正統にうけるわれらの流派では、鷹に十二顔ありと申しましてな。真《ま》顔《がお》、大鷲《おおわし》顔、小鷲顔、鷹顔、雀鷂《つみ》顔、雄《おんどり》顔、マシコ顔、蛇《へび》顔、鴡《みさご》顔、鵥《かけす》顔、鳶《とび》顔、鵙《もず》顔がある。このたび選んでまいりましたのは、みな狩りが達者な大鷲顔、小鷲顔、蛇顔、雀鷂顔ばかりでござる」

吉田家久が得意げに語った。語るだけの鷹を連れてきた。家鷹が見ても、よい顔相の鷹ばかりだ。それが五十据《もと》もならんでいる。これぞ天下一の光景だ。吉田の力ではあるまい。信長の威光が、これだけの良鷹を一度に集めさせたのだ。

「この鷹をご覧あれ。大鷲顔のたのもしさ。青嘴《あおばし》（嘴の付け根の蠟膜《ろうまく》）が太く短く、付け根がどっしりしておりましょう。強い鷹でござるよ。『鷹経』にも鷹は良相を尊ぶべきか、その術を尊ぶべきかの議論がござるが、なに、顔相がよくて力のある鷹を馴養すればこそ、良い鷹ができるのでござる。ただし、本来の鷹顔、真顔は、よさそうでいて案外良い鷹には仕込みにくいもの。それゆえに、それがしは選ばなんだ」

家久は能弁だ。鷹書の知識には、家鷹より精通している。「鷹顔」は、青嘴が細く詰まっているのをいう。嘴の根元も、太くはない。からくつわの顔だ。気品があり、均整がとれている。精悍だが、ふてぶてしい逞しさはない。調教は難しいが、良鷹に育つ顔相なのだ。

「この蛇顔は、よい鷹に育ちますぞ。嘴《くちばし》の根は弱く、青嘴《あおばし》も詰まっておりますが、なにしろこの首の長さをご覧あれ。しあみの強い狩りをいたしましょう」

家久の言葉にまちがいはない。それは、師松鷗軒が長年鷹を飼い、つぶさに観察して得た顔相鑑定法だ。織田家の鷹匠たちが、感心して聞き入っている。家久の思惑通りにことが進んでいる。

「あの男、面が気にくわなかったが、鷹をえらぶ眼はたしかだな。しかし、能書きをたれすぎるわい」

メルゲンが言った。韃靼《だったん》の国使は、信長に従軍して駆けまわっているので、日焼けしている。

小林家鷹は、苦笑した。

「能書き鷹匠になるな」というのが、師のいちばんの教えだった。放鷹術に、一子相伝の極意はない。「鷹のことは鷹に学べ」と師は教えた。人に教わってできる術ではない。自分の拳《こぶし》に鷹を据《す》え、五感をすべて開いて鷹を見よ――。そう教えてくれた禰津松鷗軒は、先の長篠の合戦で討ち死にしたとの風説が届いている。

五月の長篠合戦には、家鷹もメルゲンも出陣した。

からくつわは、ここ金華山の鷹部屋で塒入《とやい》りさせた。佐原清六が残って世話をした。戦場へは、藤花と大黒《おおぐろ》を連れていった。この二据《ふたもと》は、春先から暗い鷹部屋につなぎ、餌の量を加減して羽の抜けを遅らせておいた。夏も狩りができる通し鷹に仕上げておいたのだ。

信長は、両軍の激突にそなえ、設楽原に丸太を組んで馬防柵を構築した。

数をそろえた鉄砲隊が、武田の武者をさんざんに撃ち倒した。夜明けから二刻（四時間）も射撃をくり返し、武田方が逃げくずれたところで、騎乗して槍を抱え、馬防柵を飛びだした。

家鷹も飛びだしたが、武田の軍団と槍を交えるのは、さすがにつらかった。松鷗軒がおらぬものかと、眼を皿にして探したが戦場は広く、見つけられなかった。適当に駆けて、一度も槍を合わせなかった。その夜は、一人で泣いた。いくらでも涙が出た。泣いてかまわないと自分を許した。泣くのが人として正しいと思った。

松鷗軒討ち死にの風聞は、引きあげてから岐阜に届いた。

家鷹の心のなかで灯りがひとつ消えた。あといくつ消えたら、自分の番がくるのかと思った。

八月は越前に出陣して、一向一揆を鎮撫《ちんぶ》した。早く羽の生えそろった磐手《いわで》を連れていった。越前では、家鷹も槍働きをした。一揆衆を何人も突き伏せた。それが仕事だ。生きるためには仕事をする。

加賀《かが》まで進軍し、帰ってきたのは、九月の末だ。

留守の間、清六が鷹部屋の世話をしていた。

ひさしぶりに対面すると、からくつわは、羽がすべて抜け替わっていた。純白の雪白《ゆきじろ》だ。信長は、その美しさを絶賛した。

今日は吉田家久が五十据《もと》の鷹を連れて到着したので、からくつわに出番はない。家鷹は、すこしおもしろくない。

――妬心か？

そんなものが、自分にもあるのが不思議だった。鷹とともにいるだけで満足ではないのか、と自問した。満足なはずだった。それでも、人の世にいれば、妬心めいたものも芽生えてくるのだと知った。捨てているつもりでも、捨てきっていないのだ。

「この蛇顔を飛ばしてみよう。鳩を振れ」

ひときわ体の大きい鷹を拳に据えて、信長が言った。

「かしこまった」

吉田家久が、鳩をつかんで走った。鳩の翼の付け根に忍縄《おきなわ》を結んで振りまわした。

掛け声とともに、頭上に放り投げた。

信長が、腕を返して、鷹を飛ばした。

やはり、腕を返す羽合《あわ》せの呼吸が悪い。空中でよろめいた鷹が、体勢を立て直すのに、時間がかかる。鳩がよたよた飛んでいるところをやっと掴んだ。

「お館様は、羽合せの間合いが悪《あ》しゅうござる」

そう言ったのは、吉田家久だった。

「前に扇子を投げて練習なさったでござりましょう。あの呼吸で鷹をお投げくだされ」

それは、吉田家久の工夫だ。ひろげた扇子の要《かなめ》を持ち、一間先の的《まと》を狙って投げる。家久は、それを秘伝として信長に教えたらしい。諏訪流にそんな秘伝はない。羽合せは、あくまで鷹をつかって体得すべきだ。

扇子なら、どんな持ち方をされようとも放り出せば前に飛んでいく。

鷹はそうはいかない。腕をひくときに体勢をくずしていては、勢いよく放たれても、風をつかめない。

「吉田殿」

家鷹が言った。

「差しでがましいが、それがしの工夫をお話ししてよろしいか」

家久の顔があからさまにゆがんだ。

信長が振り向いた。

「申せ。聞こう」

「お館様の羽合せは、間合いが早すぎるやに思われます。腕をいちばん後ろにひいたところで、半拍の呼吸をおかれよ。されば、鷹が羽を割り、すぐに飛び立てる。いまのやり方では、鷹に飛ぶ準備のないまま放り投げているのと同じ。それゆえ初速がつきませぬ」

初速さえつけば、鷹はすばらしい瞬発力を発揮する。それを引き出してやるのが、鷹匠の腕だ。

信長は、薄い顎髭を撫でた。

「道理かもしれん。試してみよう。家鷹、鳩を振れ」

「かしこまった」

信長が、また、蛇顔の鷹を拳に据《す》えた。

家鷹が、鳩を大車輪に振って、頭上に投げ上げた。信長が、一呼吸おいて羽合せた。鷹は一本の矢となって飛び、さきほどよりよほど手前で鳩を摑んだ。

「この間合いか」

「さよう。その呼吸でござる」

「よく見きわめた。褒美じゃ」

信長が、行縢《むかばき》の腰から脇差を抜いて差しだした。朱の鞘《さや》があざやかな逸品だ。家鷹は、手を出しかねた。

「どうした。なぜ手を出さぬか？」

誉められたのが、嬉しくないわけはない。誉められた者がいれば、妬む者がいる。それもまた自然の節理か。

「ありがたきしあわせ」

苦いものを呑み込むつもりで、家鷹は脇差を受け取った。

二

京への隊列は、ゆるりと進んだ。畿内とその周辺で、頑強に抵抗している敵は、摂津石《せっついし》山《やま》本願寺ばかりとなった。信長の覇業は、着実に進展している。

こたびの上洛は、越前での戦勝報告が目的だ。急ぐ旅ではない。すでに、正親町《おおぎまち》帝から権《ごん》大納言任官の沙汰が届いている。夏、長篠戦勝の報告に上洛したときは断わった。官位を喜ぶ犬ではない。自分の代わりに、織田家の宿老たちを任官させた。今度は自分が受ける。右近衛大将《うこんえのたいしょう》あたりの官を同時に求めるのもよいと考えている。内裏は、ときに恫喝《どうかつ》しておかなければ、すぐに人を軽んずる。やくたいもない奴らだが、まだ利用の価値はある。

行軍の途中、しばしば放鷹した。

連れているのは、先日、岐阜に到着した鷹。吉田家久が集めてきた五十据《もと》のうち八据と鷂《はいたか》三据。からくつわと藤波など小林家鷹の部屋の六据。エルヒー・メルゲンは、加賀で捕らえた犬鷲を据えている。

この秋のことだ——。

越前から加賀に出撃して、空を舞う犬鷲を見つけたメルゲンは、驚愕して、「あいつを捕まえる」と言った。まず、兎を捕まえた。小高い山の上に、樹木のない草原を見つけ、小さな杭を打って兎をつないだ。一間四方の四隅に二尺の杭を打ち、目の粗《あら》い霞網《かすみあみ》を張った。

隣の峰に腰をおろして、じっと罠《わな》を見つめていた。二日目に兎が動かなくなったが、そのままにしておいた。

四日目、犬鷲が舞い降りてきた。兎を狙って網に足をとられた。その瞬間、メルゲンは峰の藪をかき分けて走った。駆けつけ、暴れている鷲に抱きついて押さえた。

「ここに鷹部屋はないぞ」

家鷹が言った。陣所では台架《だいぼこ》に鷹をつなぐ。敵陣に向けて大緒《おおお》をつなぐ作法がある。

「そんなものはいらんさ」

メルゲンは、陣所の脇に杭を二本打って横木を結び、頑丈な架《ほこ》をつくった。罠にかかるのを待つあいだに、牛の革で、目隠しの頭巾《ずきん》をつくっていた。桃型兜のかたちで顎紐《あごひも》がついている。すっぽりかぶせると、鷲がどんなに暴れてもはずれることはない。鷲に足革をつけて縄を架に結び、そのまま三日間ほっておいた。鷲は暴れたが、やがておとなしくなった。四日目に、メルゲンの手から兎の肉を喰った。メルゲンは鷲の両翼をそれぞれ紐で縛った。風切羽が広がらないので、いくら羽ばたいてもほんのすこししか飛べない。兎の毛皮に藁《わら》を詰めた疑似餌《ぎじえ》を紐につけ、振りまわして狩りの訓練をする。

京への軍列のなかに、その犬鷲を連れたメルゲンがいる——。

重さは二貫（七・五キロ）を軽く越えている。厚い鹿革の韘《えがけ》を右手にはめて据《す》えているが、馬上、長時間の行軍では重すぎて腕がもたない。先が股になった木の枝を鞍《くら》にくりつけ、それに腕を載せて支えにしている。

鷹が高貴と優美を具現した鳥なら、犬鷲は、野性の逞しさと気骨を凝縮した鳥であった。茶色い羽は野太く、足の指と爪のふてぶてしさは、鷹の比ではない。摑む力の強さは、兎の背骨など、ひと思いに砕くほどだ。それでいて大きな眼は鷹より繊細で注意深い光をたたえている。野分《のわけ》と名づけたのは信長だ。

岐阜を出て垂井《たるい》で泊まり、関ヶ原を抜けるあたりで早朝から狩りをした。

「鷲は、三里先の鼠を見つけるというが、まことか」

信長が、メルゲンにたずねた。

「まことでござるとも」

「そんな狩りを見たいものだ」

「しかし、そんなに遠くの獲物を摑んでも、こっちが駆けつける前に、鷲が喰い終わってしまうのでな。近くの獲物しか狙わぬことにしておるのだ」

メルゲンが笑った。

小高い丘を見つけて、信長とともに馬で登った。

下から三十人の勢子が、杖で薮を叩きながら丘を登ってきた。

兎が跳びだした。メルゲンは、じっと動かない。

勢子がさらに薮を叩くと、狐が跳びだした。丘の草むらを跳ねるように登ってくる。距離はたっぷり五十間。

メルゲンは、犬鷲の頭巾をはずした。重いので羽合《あわ》せはしない。鷲がめざとく狐を見つけ、二度羽ばたいて、すぐに滑空した。太い爪を突き出して、狐に摑みかかった。

「しまった」

メルゲンが言った。

狐がまだ走っている。摑みそこねたのだ。

「賢い狐は、鷲に摑まれそうになると、尻尾を上げるのだ。鷲は、それを頭とまちがえて摑む。尻尾なら、摑まれても、狐はすり抜けられる」

「見苦しい」

低声《こごえ》だが、はっきり聞こえた。吉田家久がつぶやいたのだ。

「なにを言うか。失敗もあるわい」

「摑みそこねたことを言うているのではない。そのあとのことよ」

地面に降りた鷲は、荒々しく羽ばたきながら声をあげて啼《な》いている。口惜しいのだ。鷹ならば、そんな仕草は、野卑なものとして嫌われる。

「まだ馴養が行き届かぬか」

信長が言った。

メルゲンが頭上で兎の足を振った。

「カァ――ッ」

叫ぶと、鷲が戻ってきた。拳にとまった。

〈アァ――〉

拳を摑んで啼《な》いている。羽ばたいている。怒っている。昂奮して兎の肉をついばむ。メルゲンが革頭巾をかぶせようとしたとき、逃げた狐が勢子に追い立てられて、また藪から跳びだした。

「出たぞ」

信長が言った。

メルゲンが、日本の流儀で腕を大きく返して、鷲を空中に放りだした。すぐに滑空した。あやまたず、狐を摑んだ。

その日、信長は、からくつわと、おろちと名付けた吉田家久の蛇顔の鷹を交互につかった。からくつわは、雉《きじ》を三羽と鴨を二羽摑んだ。おろちは、雉を一羽と鴨を五羽摑んだ。吉田の鷹と家鷹の鷹で、都合三十二羽の獲物があった。

おろちは、思いのほか切れのよい鷹だった。体が大きく、なにより粘りがある。飛び方も、獲物の摑み方も豪快だった。

家鷹は、おろちを愛でる信長を見て、小さな妬心をおぼえた。

午後は馬に鞭をくれて、佐和山城まで駆けた。鳰《にお》の海を見おろすどっしりした山城だ。日が暮れるまでに着いた。

夜。腹一杯に飯を食べると、メルゲンは外につないだ鷲のようすを見に出た。山頂の本丸から、鳰の海がよく見える。十日の月が中天にかかり、湖水のさざ波が金色に光っている。

犬鷲は、軒の下の架につないであった。首を真後ろに回転させ、背中につけて眠っている。

鷲を見ていると、どうしても韃靼のことが思い出される。犬鷲をつかうのは、西のカザフ人だ。鷲のことは、カザフ人に教わった。

「めずらしく湿った顔をしておるぞ。韃靼のおなごでも思い出したか？」

家鷹が声をかけた。

「つまらんことを言うな」

狩りをしていれば、人の世のことはすべて忘れられる。天と地のあわいを鳥とともに駆けていれば、生きる力が全身にみなぎる。

だが、夜となれば、心が冷える。体が冷える。

温まるにはどうすればよいか。女が温めてくれるか。

「家鷹」

「なんだ？」

「一度聞きたかったことがある」

「かまわんぞ。聞いてくれ」

「元長は、養子というていたが、おぬしの本当の子ではないのか？」

「なぜ、そんなことを思った」

「顔がよく似ておる」

「まことに養子だ」

家鷹が横を向いた。湖水のきらめきを見つめている。

「おぬしは偏屈者で、女には一切、触れぬそうだな。稚児《ちご》も抱かぬ。なぜだ」

「ほっておけ」

「願をかけているのではないかと、元長が言っておった」

「そんなこともあった」

「あった……とは、昔の話か」

この韃靼人になら、話したい気がした。聞かせたい気がした。

「俺はな、若い頃、甲斐でからくつわを見つけて女色《によしよく》を断つ願をかけた。いつか、からくつわを拳に据えて狩りがしたかった。それだけのことだ」

「願いはかなったな」

「ああ、かなった。普賢、観音、不動、毘沙門四仏のおかげよ」

「それでも女人に触れぬのか」

家鷹は黙った。肌に触れてみたい女はいなかった。世の中にただ一人をのぞいて。その女の肌に触れることは、死ぬまでありえないはずだ。ならばそれでよい。

――触れるなら、あの女だけだ。

それで人の世のなにかがくずれるのなら、くずれてもよい。ちかごろ、そんなことを思うようになった。心を練っているつもりでも、欲が消えたわけではない。封じ込められた煩悩は、地の底の溶岩のように、静かに滾《たぎ》っているのかもしれない。

「俺も、願いがあるよ」

メルゲンが言った。

「どんな願いだ」

「韃靼の軍勢が、南に攻め込むところを見てみたいのだ。さぞや壮観だろう」

「いつ、攻め込む」

「さて、あと何年で兵を挙げるか」

「総大将は、アルタン可汗《ハーン》殿となるのか？」

メルゲンは、首を振った。

「アルタン殿は、すでに高齢だ。べつの若い可汗が指揮をするだろう。たぶん、大将は、ヌルハチだろう」

「どんな男かな」

「まだ若いが、頭のよい男でな。あいつなら、絶対にうまくやる」

メルゲンは、ヌルハチに助けられた話をした。牛の腹を裂いて、瀕死の重傷だった自分を入れて蘇生させてくれた話だ。

「あいつを助けるためにも、ぜひとも、倭が明国に討ち入ってほしいのだ。あいつも白鷹を飼っていた。軍列の先頭に、白鷹を据えていくだろう。大和の軍勢も、からくつわを先頭に立てていけ。両方から挟み撃ちだ。これは見物だぞ」

そんな話をする時のメルゲンの眼は、どこか茫洋としていた。なにを見ているのか。すでに失ったものにすがりついている眼だ。

――この男は、どうしてそんな眼をするのだ。

家鷹は、韃靼人の過去に思いをめぐらせないわけにはいかなかった。

翌々日、京に入った。

妙覚寺に到着すると、人があふれていた。勅使、公卿をはじめ、播磨《はりま》の赤松《あかまつ》、小寺《こでら》、但《たじ》馬《ま》の山名《やまな》、飛騨《ひだ》の三木《みき》など、各地の国侍や有力商人たちが、戦勝の賀を述べに訪れた。なかでも信長をよろこばせたのは、奥州から来た伊達《だて》家の使者だった。吉田家久に鷹の献上を求められていたが、支度が遅れた。長旅の末、岐阜に着くと、信長はすでにおらず、京まで追ってきたのだ。

鷹匠は、菅小太郎《かんのこたろう》と名乗った。名の通り小男だが、眉が太く濃く意志が強そうだ。黒と鹿毛の駿馬のほかに、鶴取《つるとり》を二据《もと》献上した。

台架《だいぼこ》に据えた鶴取は、灰青色の羽が美しく、どっしりした大鷲顔だ。

「それがしもな、これまで何百何千と鷹を見てきたが、これほどの鶴取はまずおりませぬ。これぞまことに天下一の鷹でござろう」

吉田家久の鼻が、先日にもまして高い。

鶴取の鷹は、文字通り鶴を捕る俊敏果敢な鷹である。鶴は、鷹よりはるかに大きく、反撃して鷹を突き殺すこともある。その鶴をたくみに摑むように、特別に調教されている。

獲物は、種類によって逃げ方も反撃の仕方も違う。大きな獲物を狙うなら、鶴取、真鶴取、鴻取《こうとり》(白鳥)のように、その鳥だけを狙うように仕込んだほうがよい。獲物の習性に通じるので狩りが上達する。からくつわのように、どんな獲物でも捕る鷹は、乱取《らんどり》と呼ぶ。

果敢な鶴取に育つのは、百据二百据の大鷹のなかで、一据いるかどうか。それほど稀少な鷹なのだ。

「重畳至極。鷹野に出るのが楽しみだわい」

信長は、明から買い入れた虎皮五枚、豹皮五枚、緞子《どんす》十巻、絹二十反、黄金二枚を返礼として持たせた。

菅小太郎に、信長の鷹を見せた。

吉田組の鷹と、小林組の鷹が、ずらりとならんでいる。

からくつわを見て、菅小太郎が、あっと声をあげた。

「いかがされたかな」

家鷹がたずねた。

「いや、これと同じ白鷹を前に見かけたと思うたが、違った。これは、弟鷹《だい》でござるな」

「さようだ」

「それがしが見かけたのは、兄鷹《しょう》らしゅうござった」

「どこでだ?」

メルゲンが身を乗りだした。

「伊達公の御領内で、一度だけ、木の枝にとまっているのを見かけ申した。真っ白であの大きさ。面妖な鷹ゆえ、神の遣いか、あるいは幻で見たのかと思っておりましたが、いや、こんな弟鷹がおるならば、まさしく夫婦でござろう」

「それは、きっと難破のときに逸《そ》らした俺の白鷹だ。捕まえに行きたい」

メルゲンが、いきさつを話した。

「しかし、いまはどこへ消えたか。また見つければ、きっと捕まえましょう」

菅小太郎が、胸を叩いて約束した。

メルゲンは、すぐにでも奥州に旅立ちたい顔をしていた。

三

十一月十四日。京に岐阜からの早馬が着いた。

武田勝頼の軍勢が美濃に侵入したというのである。五月、長篠、設楽原の合戦では敗退したが、武田家が壊滅したわけではない。反撃を狙っている。場所は、東美濃の岩村《いわむら》城。

勝頼の軍勢が城を囲んでいる。

その日の亥《い》の刻（午後十時）に京を駆けだした信長は、翌日、岐阜についた。ただちに嫡男信忠を岩村城に急行させた。

信忠は奮戦し、大将首二十一、侍首千百余りを挙げた。武田の軍勢を追い散らした。頼もしい戦いぶりだ。

降伏して、赦免された武田方三人の武将が、岐阜にやってきた。厚情に礼を述べるためだ。信長は、三人を長良川の河畔で磔《はりつけ》にした。

岐阜に凱旋《がいせん》した信忠を、信長は上機嫌でむかえた。

信長は、信忠に、織田家の家督を譲ると宣言した。稲葉山の城主となって、美濃と尾張を治めよと言った。

「父上はいかがなさいます?」

「近江に城を築いてそちらに移るわ」

そう言うと、さっさと茶道具だけまとめて、佐久間信盛の屋敷に移った。

突然の宣言に、家臣団はざわめいた。凡庸な人間は、いまの安寧を守りたい。新天地の希望には、障害と不安がつきまとう。

鷹部屋に信長があらわれた。小姓を引き連れている。一つひとつの部屋を覗いて、鷹のようすをたしかめてから、鷹匠を集めた。

「年明けとともに、近江に城を普請する。仮屋敷は、一月中にできあがるであろう。鷹匠組は、いまの六組をあらためて、東と西の二組に分ける。屋敷ができたらすぐに移れ。東は吉田家久が頭となって差配せよ。西は小林家鷹が頭となれ。互いに競って精進せい。そこでよい鷹を育てたほうを、まことの天下一と呼ぼう」

信長は、白鷹からくつわが気に入っていた。どこの狩りでも、必ずからくつわを据《す》え、ほかの鷹を試すことはなかった。

吉田家久が、陸奥の鷹を連れてきて、信長の眼がそちらに向いた。蛇顔のおろちは、切れのよい狩りをした。馴養も申し分なく行き届いている。鶴取は、まだ鷹野で試していないが、きっとよい狩りをするだろう。いずれも吉田家久が集めてきた鷹だ。

岐阜への鷹の献上は多く、家鷹も三据《もと》あずかっている。天下一と呼ばれるためには、さらに多くの鷹を飼育せねばなるまい。それには、鷹を捕まえ馴養するわざとは、また違った手練手管《てれんてくだ》が必要になるだろう。

――違う。

若い頃、たしかに天下一の鷹匠になりたかった。天下一と呼ばれたかった。ただし、名声が欲しかったのではない。鷹の心を天下でいちばん知っている男、天下でいちばんたくみに鷹をあやつる男になりたかったのだ。それだけの欲求だった。

――業腹だ。

口惜しさもある。信長は、かつて、家鷹を天下一と呼び、名前に鷹の字まであたえたのだ。それに値するだけ、鷹の道に精進もした。鷹の心を知ることにおいて、人後に落ちるつもりはない。なぜ、いまさら、天下一を競わねばならぬのか。

天下一は俺だ――。家鷹の腹で、なにかがはじけた。負けたくない。負けん気は鷹より強い。頑固さでは、誰にもひけをとらない。

これまでの組頭たちを、東西それぞれの部屋にふりわけると、信長は立ち去った。

西の家鷹の組には、鹿島平助と羽田宗光《はねだむねみつ》が組み込まれた。二人ともまだ若い。吉田家久の組には、年長の組頭がふりわけられた。

「急な話だ」

家鷹がつぶやいた。

「お館様は、いつでも突然駆けだされます」

尾張の生まれで、代々織田家に仕えている鹿島は、信長の性格をよく知っていた。それでいて古参風を吹かさないのがありがたかった。家鷹の術を素直に賛嘆している。

「お館様は、まるで巣鷹《すだか》だな。面化《めんけ》が強いわ」

家鷹が言った。鹿島が笑った。面化が強いというのは、鷹の気性が激しいということだ。巣鷹には鷹匠にさえ攻撃を仕掛ける鷹がいる。

雛から鷹匠が育てた巣鷹は、ひとりで生きたことがない。保身を知らない。獲物を狙って、どこまでも追いかける。自分の能力の限界を越えて無理な狩りをすることがある。狩りで傷つきやすいのは巣鷹だ。

自分の力だけで狩りをしたことがあれば、鷹は、無理をしない。傷つけば、もう狩りができないことを知っている。それは死を意味している。限界を知らない鷹は、翼を傷つけて死ぬことがある。雁に反撃されて命を落とすこともある。

「まことに」

うなずいた鹿島の眼が、不安を語っていた。凡人は、自分を守るしか生きるすべがない。

四

「これはまたすばらしい狩場に城を築かれますな」

小林家鷹が言った。

「わしの城だ。いつでも狩りができなくてどうするか」

信長が言った。

近江、安土《あづち》。なだらかな山が半島となって湖水に突き出している。三つの峰がゆるやかに湖水に映えている。あたりは、砂嘴《さし》で区切られた内湖で水深が浅い。葭《よし》が茂り、水禽が多い。半島の付け根は、水路が複雑に入りくんでいて、要害としてまたとない。東西南北、水陸どちらから攻められても、やすやすと逃げられる。信長も、案外、身を守るすべを知っている。

まだ、城はない。いまは山があるだけだ。これから山を削って城を造る。よい城ができるだろう。

またとない立地。またとない天地。またとない金城湯池《きんじょうとうち》ができあがるだろう。

山麓に仮屋敷ができている。鷹部屋がふたつある。山の東と西。家鷹は、西の鷹部屋に落ち着いた。

人も鷹も増えた。鷹が三十据《もと》。人が六十人。小頭を三人おいた。佐原清六、鹿島平助、羽田宗光。養子の元長は、メルゲンにしたがって馬廻衆に参じている。あいつはあいつでうまくやるだろう。

鷹匠は、一人一据しか鷹を飼えない。毎日、朝と夕方、二里の据《す》え回しをする。若い見習は、餌差《えさし》だ。餌にする鳩や雀、鶉《うずら》を捕まえる。鷹道具を作り、手入れする。犬を飼うすることはいくらでもある。鷹には、けっして手を抜けない。

信長は、前にもまして忙しい。いつも鹿革の行縢《むかばき》姿で、城普請を指図している。積み上げた材木に腰をおろして絵図面を描いているのを見かけたことがある。山頂に、天を突き刺す壮麗な天主閣を描いていた。信長の志がほとばしった建築だ。

時折、鷹部屋に来る。

「人が飼う鷹は、野の鷹とくらべて、どうしても飛ぶ距離が短かろう。鍛錬がたりねば、飛ぶ力が落ちてしまう」

信長が言った。

「それはたしかに」

家鷹が答えた。丸嘴《まるばし》を飼い、夕方には野で鷺《さぎ》を摑ませるが、たしかに羽ばたきの力は、野性の鷹より劣るだろう。

「ならば、こうしてな、ほれ」

信長は、拳《こぶし》に据《す》えたからくつわを地面におろしてから、左手に持った口餌《くちえ》の鶉《うずら》の羽ぶしを高々とかかげて見せた。

「ホッホッ」

からくつわは口餌を見上げ、羽ばたいて、頭上の拳まで飛び上がった。

一口ついばませ、口餌をはずした。

信長は、からくつわをまた地面におろし、頭上高く羽ぶしをかかげた。

「ホッホッ」

からくつわが飛び上がる。

口餌をはずし、また地面におろす。信長は、これを十回以上もつづけた。からくつわは、飽きもせず拳に飛び上がっては、羽ぶしの肉をついばんだ。

「これを毎日二百回くり返しおこなえ。さすれば翼が鍛錬され、速く飛ぶようになろう」

家鷹は、腕を組んで唇を嚙《か》んだ。

「どうした」

「妙案とは存ずるが、まずは、ほかの鷹で試されてはいかがか」

信長の気持ちはよくわかる。家鷹も、若い頃は、速く強く飛ぶ鷹をつくりたかった。若い鷹匠は、みなそう考える。雄々しく、勇ましい鷹。それがよい鷹に見える。

「なぜだ？」

「鷹の力は、みかけではございません。強すぎる鷹は、獲物をさらってどこぞに飛び去ってしまいます」

信長の眼が納得している。思い当たることがあるのだ。それでも、試さねば気がすまない。そんな顔をしている。

「それにくわえ、かまいすぎると、いずれ鷹が飽きて、獲物を追わぬようになります。そうなれば、もとの鷹には戻りませぬ。無理につくろうとしてもろくな鷹は育たない。鷹の自儘《じまま》にさせつつあしらうのが放鷹術の要諦と存ずる」

信長の顔がけわしくなった。

「できぬというのか」

怒っている。とり繕《つくろ》うつもりはない。鷹のことでは、譲れない。家鷹は首を振った。俺は水になりきれない。

「できぬとは申しませぬ。からくつわにさせる前に、ほかの鷹で試されるのがよろしかろう」

しばらく家鷹を睨んでいた信長が、舌を鳴らした。

「わかった。吉田の鷹にさせよう」

不機嫌な顔のまま、信長がきびすを返した。

「お待ちくだされ」

信長が立ち止まった。

「なにごとも無理押しはなさるまいぞ。無理に押せば……」

「わしに説教か。家鷹も偉くなったとみえる」

振り返りもせずそう言って立ち去った。

五月。信長は、大坂に出陣した。

家鷹は、安土に留守居を命じられた。

吉田家久が、通し鷹を据《す》えて参陣した。

数年来攻め立てている石山本願寺がなかなか落ちない。

いくつもの付城《つけじろ》を築いて包囲させているが、摂津石山の丘は地の利があり、門徒衆は死を怖れない。中国の毛利から兵糧《ひょうろう》が運びこまれている。膠着《こうちゃく》状態が続いていた。信長は自ら出馬して白刃をふるい、陣頭指揮をとった。

乱戦のなかで、信長は足に被弾した。

浅手だったのが幸いだった。

五

夏を安土の鷹部屋で過ごしたからくつわに、美しい純白の羽が生えそろった。安土の鷹部屋に、秋の気配がおとずれている。広い空に鰯《いわし》雲が浮かび、水路沿いの葭《よし》がさわやかな風にそよいでいる。

家鷹は、新しい餌合子《えごうし》を削っていた。

桑の木を楕円型に削り、なかをくりぬいて、蓋《ふた》をつける。きれいに磨いて、漆を塗って仕上げる。鷹匠はこれに餌を入れて、腰につけた革の覆いに挿《さ》して携帯している。右手だけで器用にあつかい、蓋と胴を小気味よくカッカッ鳴らして鷹を呼ぶ。

桑の木をきれいな楕円に削るには、集中力がいる。家鷹は、指先の感覚を研ぎ澄まして、小刀に力をこめた。

風にのって、女たちの声が聴こえた。

家鷹は、顔を上げた。聴きおぼえのある声だ。

あでやかな小袖の群れ。水路沿いの道を、女たちがやってきた。

お市と娘たちだった。侍女たちがついている。

立ち上がって会釈をすると、遠くで、お市がまぶしそうに微笑んだ。おだやかな顔をしている。こちらにやってきた。

「ごきげんうるわしゅうござる」

「摘《つ》み草にきたのですが、母様《かか》がお疲れになったの」

茶々が言った。小谷落城のときは、まだ子供だったが、いまは少女めいている。赤子だった江《ごう》が、達者に歩いている。

「ひさしぶりに鷹を見とうなりました」

お市が言った。

お市は、ふだん山上の二の丸にいる。よく晴れて気持ちがよいので、野歩きにおりてきたのだと言った。侍女が、木陰に緋毛氈《ひもうせん》を敷いた。そこに腰をおろした。

「白の御鷹は塒入《とやいり》ですか」

「いえ、すっかり羽が生え替わりました。ご覧にいれましょうか」

お市がうなずいた。清六に台架《だいぼこ》を用意させ、家鷹はからくつわを据えてきた。

「まあ美しい」

「ほんに、白絹よりもまだ白い」

「胸の毛は、雪のよう」

女たちが、讃えた。

「大きな鷹はいいや」

茶々が言った。眼がつり上がっている。ほんとうに怖いのだ。

「雀鷹《すずめだか》はいないの？」

「おりますとも」

清六に言いつけて、雀鷹を据《す》えてこさせた。小長元坊《こちょうげんぼう》。雀よりわずかに大きいだけだが、それでも肉食の猛禽だ。公家の中には、凝った鷹道具を誂《あつら》え、観賞用に飼う者もいる。

黒く大きな眼がくりくり愛らしい小さな鳥だ。清六が飛ばすと、頭上近くをぱたぱたと舞い、女たちがはしゃいだ。

お市は、瓜実の顎が細くなっていたが、清楚な美しさはますます透明感をましている。韓紅花《からくれない》の小袖の襟に覗く肌はどこまでも白い。薄い唇は濡れた花びらか。眼には愁いをふくみ、黒い瞳が娘たちのはしゃぎぶりを静かに見つめている。

家鷹が、毛氈《もうせん》の脇にひかえた。

「わたくしはあれからずっと、夢のなかにいるようです。とても悪い夢」

お市が、おだやかに言った。「あれから」というのは、小谷城を落ちてからのことであろう。家鷹は言葉がみつからなかった。片膝をついたまま黙ってひかえ、娘たちを見ていた。清六が羽ぶしを振って、小長元坊をあしらっている。

「夜、褥《しとね》にはいると、そのままずっと眠りつづけたいと願っています。毎晩毎晩。でも、朝は必ずくるのね」

　お市が、家鷹を見つめた。

「あなたは、ちっとも変わりませんね」

「そうでしょうか」

「いつも鷹と遊んでいるから？」

「遊んでいるわけではござらぬ」

「そうかしら」

「鷹を飼うのは……」

　と、言いかけて言葉に詰まった。

なぜ鷹を飼うのかなど、考えたこともなかった。鷹はいつもそばにいた。考える必要などなかった。

「遊んでいるのではないの？」

　お市がはかなげに笑った。

「ああ、そう。鷹に遊んでもらっているのね」

　そうかもしれない、と、家鷹は思った。

「さようさよう。鷹に遊んでもらうのが、それがしのお役でござれば、たのしく遊んでもらっております」

また市が笑った。

「おかしな人。あなたのような人がいつもそばにいてくれれば、わたしも気持ちがやすらぐでしょうけれど」

家鷹の胸が熱く火照った。

言葉が体を燃えたたせるものであることを、家鷹は強く感じた。生まれて初めて恋を告げられた娘でも、これほどは昂《たかぶ》るまい。

「いつなりとも、ここにおいでください」

そう言うのがやっとだった。

「ありがとう。うれしく思います」

お市の黒い瞳が、潤んでいた。お市もまた、胸が火照っているのか。

「わたくしは尼になるつもりでした」

家鷹はうなずいた。そんな思いになるのは当然だ。

「でも、兄に、とめられました。いつか、しかるべき相手にふたたび嫁ぐように言われたのです。わたくしは、自分で自分のことが決められませぬ」

家鷹はうなずくしかなかった。しばらくうつむいていた。

顔を上げようとしたとき、女たちの叫び声がした。

見れば、離れた草むらで、鷹が地面に伏せていた。

雀鷹を摑んで、ついばんでいる。雀鷹の胸の羽が散って、赤い肉が見えている。

清六がいない。間抜けな鷹匠は、どこでなにをしているのか。見習の若者が二人、茫然と立ちつくしている。

――吉田の鷹だ。

東の鷹部屋で仕込みの最中に逸《そ》らしたのが、こちらまで飛んできたにちがいない。

茶々が泣いている。初も江も泣いている。

「泣くのはやめなさい」

冷ややかな声に振り返ると、お市が、すべての感情を消した顔で立っていた。

「強いものは、わがままです。それを覚えておくのです」

お市は、ゆっくり顔を上げて天を仰いだ。

目尻からながれた一筋のしずくが、秋の陽ざしにきらめいて光った。

六

「京に上りますゆえ、からくつわの支度をせよと、お館様の仰せにござる」

小姓が鷹部屋に来て告げた。

「こたびは、ことに贅《ぜい》と趣向を尽くして御鷹山猟《おたかやまがり》の装束で参内《さんだい》いたしますゆえ、吉田殿のお指図にしたがい、万端ととのえられますよう」

黙礼して、去った。

——なにが悲しゅうて。

人もなげなあの男の指図を受けねばならないのか。しばらく腹が立っていた。やがて、考えなおした。

——俺が負けたのだ。

吉田家久にではない。信長にでもない。俺は、俺に負けた。

——腹を立てたら、負けだ。水になったつもりで堪忍して生きよ。鷹のことだけではないぞ。世の中すべからく、最後に勝つのは我慢した男だ。

若い頃、禰津松鷗軒《うぬぼ》に何度もそう諭された。松鷗軒は、家鷹にことに眼をかけてくれた気がする。自惚れかもしれない。自惚れを持たせてくれるほど、かわいがってくれたと思っている。

信長に反論した自分を恥じた。

自分の気持ちを殺せなかった自分を恥じた。

よかろう。明日は今日と違う日だ。変わってみせる。変わればよいのだ。堪忍。大丈夫だ。人は鷹より御《ぎょ》しやすい。

翌朝、東の鷹部屋を訪ねた。

吉田家久が、蛇顔のおろちを据えていた。

家久の顔は、蛇に似ていた。鷹は、鏡だ。飼っている鷹匠に似る。神経質な男が飼えば、神経質な鷹ができる。鷹揚《おうよう》な男が飼えば、鷹揚な鷹ができる。

逆に、鷹匠が鷹に似ることもある。強い鷹なら、そうなっても不思議ではない。

「装束は、古式どおり狩衣《かりぎぬ》に指貫《さしぬき》、脛巾《はばき》に浅履《あさぐつ》だ。内裏参内にあたり、お館様は白の御鷹を据えなさる」

「白の御鷹と申しますと」

「おぬしのからくつわしかおらぬであろう。見世物にはよい鷹じゃからな」

腹は立たない。信長は俺の鷹を選んだ。からくつわを据えるのだ。

「しかと承《うけたまわ》った」

吉田の顔がゆがんでいる。

やはり、天下一の名鷹は、からくつわしかおらぬ。すばらしい山猟《やまがり》行列になるだろう。絢爛《けんらん》たる行列のなかでも、からくつわはひときわ衆目を集めるだろう。

安土から上洛した。

すさまじい出迎えの数。これまで以上だ。公卿たちは、大津まで来ていた。

軍列は、いつにも増してきらびやかだ。沿道には、人があふれている。信長のすぐ後ろに、馬上の家鷹がからくつわを据えている。白の御鷹からくつわは、ひときわ群集の眼を集めた。年寄りのなかには、白く神々しい姿に、手を合わせて拝む者がいた。

京の二条に、信長の新屋敷ができていた。そこに到着した。おびただしい人間が、信長に会いに来た。熱狂。追従。実利か、安堵か。なにを求めてやってくるのか。家鷹には、おろかな人々に見えた。そう思ってから首を振った。

——なにを驕《おご》っている。俺とて覇者につきしたがう一人にすぎない。

謙虚に身を引き締めた。驕りからは、破滅しか生まれない。

信長は、内裏《だいり》に出向いて、従二位右大臣に任官した。

その翌日、華麗な装束を身につけた行列が、内裏に向かった。

なにしろ、手にした狩杖まで、漆塗りに金箔銀箔を濃《だみ》したあでやかさだ。そろいの頭巾《ずきん》は、耳から襟足まで覆う狐の毛皮。狩衣は、青麴塵《あおきじん》、花色、檜皮色《ひわだ》、紫、とりどりの色に、鳥、雲、花、草などの文様をあしらった典雅なもの。行縢《むかばき》は、鹿革あり熊革あり。信長は虎革をはいている。

第一段の弓衆が百騎。みな虎革の靫《うつぼ》を背負っている。

第二段が織田家の宿老たち。京都所司代村井貞勝らの吏僚が拳《こぶし》に鷹を据えている。鷹は、えりすぐりの十四据《もと》だ。

真ん中に、信長がからくつわを据《す》え、すぐ後ろに小林家鷹、そのあとに吉田家久がつきしたがった。

鷹を据えた宿老たちの前後に、小姓衆と馬廻衆が、ひときわきらびやかないでたちで隊列を組んだ。おのおの意匠を凝らした水干《すいかん》姿で、紅《くれない》あり、縹《はなだ》色ありと絢爛豪華このうえない。

行列が都大路を進むと、沿道の群集は眼を見張った。こんなたいそうな行列は、これまで誰も見たことがない。王朝絵巻よりさらに華麗ないでたちで、天竺や南蛮の兵でも、かくまで美々しくは装えまい。

行列が内裏にすいこまれた。

御鷹山猟の一行は、小御所から局《つぼね》のうちまで、内裏をくまなくまわったうえで、紫宸殿前にあらわれた。

紫宸殿の奥の御簾《みす》のうちから一同を眺めた正親町帝は、度肝を抜かれた。

——信長め。なにを見せつけるつもりか。

貧窮する内裏にとって、目の前の壮麗な行列は、恫喝にもひとしい。金と力。その双方を備えているのは自分だといわんばかりの行列だ。

古来、鷹狩りは、帝王の遊戯であった。

仁徳帝の百舌野《もずの》の狩り以来、特殊な職能集団鷹甘部《たかかいべ》がおかれ、歴代の帝は覇王の特権を楽しんだ。

鷹狩りは、ただ自然のままの荒蕪《こうぶ》の原野を駆けておこなうのではない。

鳥の多い狩場にあらかじめ禁制を布いて民間の狩猟を禁じ、ただ一人帝王が悠然とそこに遊ぶのだ。

まさに覇王だけが享受できる特権だ。

それを信長が、正親町帝に見せつけにきた。

正親町《おおぎまち》帝の網膜に、信長の据《す》えた白鷹が突き刺さった。首筋に脂汗がながれた。

白鷹など、いまの帝には絶対に縁のない代物《しろもの》だ。人の世の頂点に立つ者だけが拳に据えられる特別の鷹だ。

――おのれ、信長。

帝は、歯がみせざるを得ない。

この夏、信長は、仁和寺宮《にんなじのみや》法親王に内裏の清涼殿《せいりようでん》で不動護摩《ごま》を焚かせた。

対本願寺戦での信長の戦勝を祈願させたのだ。清涼殿での護摩だけに満足せず、信長は帝に勅命を出させ、各地の社寺でも同様の調伏《ちようぶく》祈願をさせた。

本願寺は勅願寺である。帝の長寿を祈って宝算《ほうさん》祈禱をしている本願寺に対して、逆に調伏を仕掛けさせられたのだ。

つい先日、信長はもう一度調伏祈願の護摩を焚き、各社寺に勅命を出すように迫ってきた。

正親町帝は拒絶した。

「そのような調伏をたびたび重ねることは御意にそわず……」

武家伝奏勧修寺《かじゅうじ》晴豊《はれとよ》は、帝の意向をそう伝えた。宮中で護摩を焚いて勅願寺を調伏するなどということが、本当は一度たりともあってはならなかった。

「ご高齢ゆえに長時間の護摩が負担ならば、退位なされればいかがか」

信長は、逆にそう切り返して譲位を迫った。

この年、正親町帝は六十歳。退位してもよい年齢であった。後継者には誠仁《さねひと》親王がいる。信長は誠仁親王を新帝にすえ、傀儡《かいらい》にしたがっている。

信長は、どことも知れぬ安土などという山に、内裏と同じ間取りの清涼殿を築き、帝を迎える準備があるという。

――誰がそんなところに行くものか。

御簾のうちから山猟の行列を見ていた帝は、渋い顔で唇を嚙んだ。

信長は、帝から天盃をたまわった。山猟《やまがり》の一行は、菓子をたまわった。帝の腹のうちはどうあれ、そういう形をつけねば、おさまるものがおさまらない。

行列が内裏を去ると、正親町帝は、ひどく不機嫌だったが、怒りをあからさまにすることはなかった。おのれを殺して堪忍することにおいて、この帝は誰よりも長けていたかもしれない。

七

内裏を出た山猟の一行は、鴨川《かもがわ》を渡り東山山麓に向かった。武家伝奏勧修寺晴豊、甘露《かんろ》寺経元《じつねもと》、それに、近衛前久《さきひさ》が招かれて同行した。

信長は、ちかごろめずらしく晴れやかな顔をしている。帝の顔はこわばっていたにちがいない。そう思えば、さらに顔がほころぶ。

東山慈照寺《じしょうじ》そばの丘陵から、鴨川までひろびろした畑が見わたせた。ところどころに枯れた萱《かや》の藪《やぶ》がある。獲物がひそんでいるだろう。

天を覆う雲が厚い。空気が冷え切っている。まもなく雪が舞うかもしれない。

信長は、蛇顔のおろちを据えた。やはり、白鷹からくつわは、帝を牽制する道具にすぎなかったのか。

「どこを狙うか？」

信長が、吉田家久にたずねた。

「あの藪がよろしかろう」

吉田家久が右手をかかげ、親指と人差し指を広げた。勢子の一団が鶴翼《かくよく》にひろがった。

信長は、その右の小高い丘に立った。鷹を据えた者が右端に立つのは、鷹野の定法だ。そのほうが、鷹を獲物にかからせやすい。

鶴翼にひらいた勢子が、金銀を貼り混ぜにした贅沢な狩杖《かりづえ》で、藪を叩いていく。ただ藪を叩いているだけなのに、無言の隊列には、合戦にのぞむほどの緊迫がみなぎっていた。信長の後ろで見まもる三人の公家は、息が苦しくなった。背中がこわばった。

「いかがされました」

たずねたのは、公家応接役の明智光秀である。

「いや、弓をぎりぎり引くほどすさまじい気迫ゆえ、驚いたまで」

「ただの勢子ではござらぬ。ふだんは馬廻として駆けまわる一騎当千の者たち。世にこれ以上の勢子はおりますまい」

勧修寺晴豊がうなずいたとき、草むらから黒い影が飛び立った。

「雉《きじ》！」

短い叫びが左翼の勢子からあがる前に、信長は、拳のおろちを羽合《あわ》せた。おろちが飛んだ。雉が枯れ藪すれすれに飛んでいく。逃げる。速い。おろちは、翼より胴が沈んでいる。追いつけない。逃げ切った雉が、遠くの林に飛びこんだ。

信長が鼻を鳴らした。晴れやかだった顔が突然くもった。

「どうした。鍛錬させなんだのか？」

「させておりましたところ、あまり餌を喰わずに肉色《しし》が上がりませなんだ」

吉田が困惑している。

雛を摑ませるには、数日前から餌を増やし、肉色をいちばん高くしてのぞむ。肉色がついて体力がなければ、雛に追いつけない。空中で翼より胴が沈んでいたのは肉色が低すぎるからだ。羽ばたく力が弱いと胴が沈む。

「べつの鷹を試そう」

信長が振り返った。家鷹の拳のからくつわを見つめている。視線が横にそれた。

「鶴取《つるとり》はどうだ？」

吉田にたずねた。

「太郎丸も次郎丸も万全でござる」

吉田が答えた。伊達から献上された鶴取のうち、弟鷹《だい》を太郎丸、兄鷹《しょう》を次郎丸と名付けた。弟鷹は大きな体で獲物を圧倒し、兄鷹は機敏な動きで獲物を摑む。どちらもまちがいなくよい鷹だ。

「麿《まろ》には、からくつわを試させてたもれ。二の矢を放ちたい」

近衛前久が言った。最初の鷹が摑みそこねたとき、あらたに放つ鷹が二の矢である。

「ご随意に。されど、その白鷹は存外、狩りのおもしろみがござらぬ。あやまたず獲物を摑んでしまうゆえに、狩りの醍醐味が味わえぬ」

「それはまた贅沢な悩みじゃ」

「せっかく鶴取を飛ばすなら、大物を狙いたい。鳥見はどうだ？」

「向こうの白川《しらかわ》のほとりに黒鶴が一羽、白鷺が二羽おります」

吉田家久の弟子が答えた。京に鶴は多くない。鳰《にお》の海から、比叡の峰を越えて、迷ってきたにちがいない。

「黒鶴とは、またとない獲物である。ぜひにも摑ませよう」

一行が馬に乗って移動を始めると、厚い雲から雪が舞いはじめた。黒かった大地が見るうちに白く染まっていく。

「鶴取ともなれば、これくらいの雪は、なにほどでもなかろう。のう、家久」

馬上の信長が言った。鶴取を据えた吉田の顔が青い。おろちの失態がこたえているのだ。

「むろんでござる。奥州の産なれば、吹雪のなかでも狩りをいたします」

馬をおりた。向こうの細い流れに、白鷺が二羽いる。牡丹《ぼたん》のごとく大きい雪がしきりと舞っている。木立の陰から、白川に近づいた。

「黒鶴はどうした？」

「いずこかに飛び去りました」

鳥見の男が答えた。

「たわけ」

信長が、手の策棒《ぶちぼう》で男を打擲《ちょうちゃく》した。

「鶴を逃がしてどうする。獲物の値打ちを知らぬ鳥見じゃ」

「白鷺がおるならそれでよかろう。麿はそれでよいぞ」

激昂した信長を、前久がとりなした。顔がいやがっている。信長の怒りを怖れている。

信長は鳥見の男を蹴倒してもまだ、蹴り続けている。

吉田の拳の太郎丸が、信長の剣幕に驚いて羽ばたいた。

「お館様、御鷹が驚いております。そやつは叱責しておきますゆえ、どうかお鎮まりあれ。ささくれた心で鷹をあつかえば、鷹もまたささくれてまいりますぞ」

吉田が言った。そのとおりだ。吉田が正しい。信長は蹴るのをやめた。まだ不満顔だ。

信長が、太郎丸を拳に据えた。さすがに鶴取はもう落ち着きをとりもどしている。

「この木陰でよろしかろう。鷺が首を垂れて流れをついばんだところを羽合《あわ》せなされ」

吉田が言った。雪のなかをゆっくり歩いていた鷺が首を垂れた。

「それ、いま」

信長が太郎丸を空中に放った。太郎丸は、木と藪の陰に隠れつつ飛んで、いきなり白鷺の前に飛びだした。賢い鷹だ。

驚いた白鷺が身をかわした。太郎丸は四、五間の高さに上昇し、鉾《ほこ》を突いてゆるやかに舞い降りた。嘴での反撃の間合いをはずし、鷺の頭を摑んだ。雪のなかの鷺猟は、ひときわ風情があった。

「よい鷹じゃ。家久は、ほんによい鷹をつくった」

信長は満悦だ。

吉田の弟子が、太郎丸を据え上げに走ったとき、風が強く吹いた。雪が舞って、あたりが見えなくなった。

「わしが行こう」

家久が言った。呼子《よびこ》を吹きつつ、太郎丸に近づいた。拳に据え上げようとしたとき、さらに激しい突風が吹いた。太郎丸が耐えかねたように羽を割った。家久の韘《えがけ》の指から、足革がするりと抜けた。舞い上がった。飛ぶ。向こうの木立の梢に風と雪を避けて逃げ込んだ。吉田家久が、舌を鳴らした。鳩を手に歩きだした。太郎丸を呼び戻さねばならない。

「この雪はたまらぬ。これではもう狩りもできぬであろう」

近衛前久が言った。

「そんなことはござらぬ。からくつわは、蝦夷《えぞ》よりはるか北の極寒の地で生まれた鷹でござるゆえ、こればかりの吹雪ならば当たり前のように狩りをいたします」

家鷹は、吹雪のなかでの狩りをすでに試していた。からくつわなら、風雪をいとわず獲物を摑む。こいつはそういう鷹だ。逆境ほど真価を発揮する。

「おもしろい。飛ばせてみよ」

「しかし、獲物がおらぬな」

前久が言った。

「いや、あそこを見よ」

信長が指さした先に、黒鶴がいた。めざとい男だ。黒と呼ぶがじつは灰色だ。雪のなかで目立つ色ではない。黒鶴は突然の吹雪を避けるように、首を曲げて一本足で立ち、藪の陰でじっと耐えている。

降りしきる雪のなかを、藪や木立に隠れつつ、黒鶴に近づいた。木陰に立った。

「風の呼吸を読みましょう」

風は、同じ強さで吹き続けることはない。強く、弱く、呼吸をしている。飛びやすいときを狙う。からくつわの眼は黒鶴を凝視している。睨む。睨む。飛ぶのを待っている。獲物に集中している。

「静かに羽合《あわ》せなされ」

信長が、拳を返して、からくつわを飛翔させた。

からくつわは、雪舞のなかを羽ばたいた。木陰に沿って飛び、獲物の直前で高く飛び上がった。

黒鶴が気づいた。空に向かって甲高く啼いた。

雪とともに、ゆらりゆらりとからくつわが舞い降りる。黒鶴の長い嘴《くちばし》が、からくつわを狙っている。長い首がしなって突きかかる。

賢い鷹がたくみにかわす。爪が鶴の頭に摑みかかる。鶴も賢い。羽ばたいた。かわして逃げた。飛び上がった。

からくつわの足が伸びて、後から黒鶴の頭を摑んだ。鶴が、墜《お》ちた。雪が舞い上がった。暴れる。暴れる。鷹の爪が、鶴の頭を押さえている。外爪の返籠《かえるこ》が、嘴に挟まっている。鶴はもがくしかない。鷹よりはるかに大きな鶴が、鷹に押さえられた。

信長は言葉もなくその光景を見つめていた。雪が降りしきり、あたりは一面の銀世界になった。

吉田家久は、鶴取の太郎丸を見失った。日暮れてもなお、鷹匠たちは松明を手に、雪のなかを探しまわった。

信長は怒った。激昂ぶりは、はた目にも見苦しいほどだ。

翌日の夕刻、越智玄蕃《おちげんば》という大和の国侍が、二条邸を訪れた。鶴取太郎丸を据えている。太郎丸は北からの吹雪にのって大和まで飛んでいったのだ。足革に織田家の五つ木瓜《もっこう》紋が焼き印してあった。

信長は玄蕃に駮《ぶち》の馬と一重ねの着物をあたえた。さらにたずねた。

「望みの儀があればなんなりと申せ。遠慮はいらぬぞ」

玄蕃は長年のあいだ闕所《けっしょ》となっていた知行地の復旧を願い出た。一万二千石の広大な土地だ。

信長はそれを許し、安堵の朱印状をくだした。

「禍福は天にあり」と、信長の記録者太田牛一《おおたぎゅういち》は書き残している。

病鷹《やみだか》

一

三河国吉良《きら》は茫漠とひろがる沼沢地である。

三河湾にそそぐ矢作川《やはぎがわ》は、しばしば氾濫《はんらん》して網目のごとき水路をつくった。川、沼、湿原、潟が複雑に入りくみ、葭《よし》や萱《かや》が茂る。その茂みに鳥たちが巣を営み、雛を育てる。鶴、鷺、雁、鷭《ばん》、鴨、白鳥。鳥たちが水辺に群がれば、それを餌とする猛禽がやってくる。

「鶴と雁が増えましたな」

小林家鷹が言った。幔幕《まんまく》のうちの床几《しょうぎ》で、信長と側近がくつろいでいる。徳川家康がいる。その周囲に信長の兵三千騎。家康の兵二千騎。

鷹狩りは、壮大な軍事調練でもある。大将の采配ひとつで大軍が移動する。戦場を想定して、窪地や丘などをすべて視野に入れておく。風を読む。鷹の場所を決める。

ここでの猟は、三度目だ。

月日がながれた。からくつわは、すでに六塒《むとや》。狩りがますますたくみになった。鷹は二十年から三十年生きる。まだまだ壮年だが、狩りのわざはすでに老練の域に達している。

信長のおぼえはめでたい。どこへ行くにも、からくつわを据《す》えている。羽の雪白は、ますます冴《さ》えきっている。落ち着いた鷹。すばらしい鷹。信長は、あらためて天下一の称号をあたえた。鷹と鷹匠小林家鷹に。

吉良の沼沢地は鶴と雁が多く、またとない猟場だ。獲物が去年より増えている。

「わしの言うたとおり集まってきたであろう」

「たしかにお館様のもくろみどおりでござった」

信長はここでの猟に先立って、吉良を包囲するように鉄砲隊を配置した。はるか遠くの三河の内陸から、鉄砲を射放《いはな》ちつつ吉良に向かって進ませた。鳥を驚かせ、猟場に追い集める算段だ。鉄砲隊の演習にもなる。地元の百姓たちにも、藪を叩いて鳥を追い立てさせた。

——そんなことで鳥が集まりはすまい。

家鷹は、心のうちで冷笑した。効果はなかろうと考えた。

吉良に来てみると、たしかに去年より鳥が多い。気のせいではない。見かけた鳥について、家鷹は忘れない。数を書き留めてもある。増えていた。信長が正しかった。

「おぬしは、鷹と獲物しか見ておらぬであろう。わしはな、天下を俯瞰《ふかん》しておる。たまには、恐れ入ったか」

「まこと、ご叡慮の深さ、恐れ入りました」

「世辞は家鷹に似合わぬ。鷹野のことで、一度家鷹をへこましてやりたいばかりに妙案を思いついたわ」

「それがしなどには思いもつかぬ奇想でござりますな」

温厚な顔でうなずいたのは徳川家康だ。三河は徳川家の領地だ。

「奇想とは心外。練りに練った戦略であるぞ」

信長が笑った。今日はすでに鶴を三羽捕った。機嫌はすこぶるよい。

「それにしましても、今年はことのほか静かでござるな」

徳川家康が言った。北東の空を見ている。甲斐の方角だ。

吉良で鷹狩りをするのは、獲物が多いからばかりではない。軍勢を三河に入れることが、甲斐への牽制となる。織田の木瓜《もっこう》紋と徳川の葵《あおい》紋の幔幕がならんで張ってあるのを、武田の諜者は見つけるだろう。それだけでもよいのだ。武田は近いうちに必ず殲滅《せんめつ》する。吉良での放鷹が、その伏線になる。

このところ、吉良にかぎらず、信長は各地で放鷹三昧に明け暮れている。安土城付近の長光寺山《ちょうこうじやま》や伊庭山《いばやま》、京の東山、北野《きたの》、賀茂《かも》、西山《にしやま》、あるいは山崎《やまざき》や箕面《みのお》、本願寺攻略の鉄船を見に堺に出かけたときでさえ、その途路、鷹を放った。

獲物は内裏に献上した。正親町《おおぎまち》帝の渋い顔が瞼《まぶた》に浮かぶ。鶴をもらっても喜ぶはずがない。信長から届く鶴は、脅迫状に似ている。力の誇示そのものだ。鶴を捕ることができるのは、王者だけなのだ。王者は信長だ——内裏に届いた鶴が、無言のうちにそう語っている。

信長は、越前征伐のあと家臣の鷹狩りを禁じた。

「鷹をつかうべからず。但し、足場をも見るべきためにハしかるべく候。さも候はずバ無用に候。子どもの儀は子細あるべからず候事」

そんな文書を出した。「足場をも見る」とは地勢踏査のことであろう。軍事目的以外、遊興のための鷹狩りを禁じたのだ。

ちなみに言う。古代より鷹狩りの禁令は数多く出されている。奈良朝の元正《げんしょう》帝、聖武帝、称徳《しょうとく》帝、光仁《こうにん》帝、平安朝の桓武《かんむ》帝、清和帝らが禁令を出した。仏法によって殺生をきらったばかりではない。鷹狩りに熱狂して民の田畑を荒らす貴人、官人が多かったのだ。鷹を飼う男は、鷹に夢中になる。すべての俗事を忘れて狩りに熱中する。

鎌倉幕府でも、源頼朝《みなもとのよりとも》が仏法に帰依したため神社の贄鷹《にえ》以外の放鷹を禁じた。違背する者は厳罰に処したが、鷹好きの男たちは神官に誼《よしみ》を通じて狩りに耽《ふけ》った。鷹にはそれだけの魅力がある。のちには徳川五代将軍綱吉《つなよし》の生類憐《しょうるいあわれ》みの禁令。それ以外の時代、力のある武士たちは、みな放鷹を楽しんだ。

徳川家康――。

家康もまた、鷹狩りに熱中していた。

竹千代《たけちよ》と呼ばれ、人質として他家で暮らしていた少年時代、家康には鳥にまつわる話が二つ伝わっている。

尾張の織田家に人質として囚《とら》われていた六歳か七歳のときだ。熱田《あつた》の町人が黒鶫《くろつぐみ》を持ってきた。鶫は人の声を真似て啼く。子供の退屈しのぎに捕らえてくれたのだ。竹千代の付き人たちは鶫をおもしろがった。

籠の鶫をしばらく見つめていた家康が言った。

「この鳥は、おのれ自身の音色を持っていない。人間でも器用な者は大きな智恵がない。大将たる者、おのれの智恵のないものはもてあそばないものだ」

家康はその鶫を返してしまった。

その後、今川家の人質となって駿府《すんぷ》で暮らしていたとき、夢中になって鷹を仕込んだ。人質の少年は、鷹とあそぶことでしか、鬱積した苦渋をはらうことができなかった。

鷹はよく逸《そ》れて、隣家に飛びこんだ。

隣家の主人孕石主水《はらみいしもんど》はあまりにしばしば鷹が飛びこんでくるので腹を立てて罵った。

「三河の小せがれは、鷹狂いで呆《あき》れはてたやつだ」

のち、天正九年の遠州《えんしゅう》高天神城の合戦で、孕石主水は徳川軍の捕虜となった。家康の前に引き出された。

「おまえは、むかし、呆れはてたやつだと俺のことを罵った。俺には用のない男だ」

そう言って腹を切らせた。侮蔑への怨みの深さは並大抵ではない。人質の暮らしが、それだけ憤懣《ふんまん》に満ちたものだったのかもしれない。

その家康は、駿府から吉良に先に到着していた。信長をむかえる準備を調えていた。周到な男。万事ぬかりのない男。なにかを手に入れるためには、じっと待たねばならないことを知っている。じっと待っていれば、いつか必ず風が吹く。あの巨大な今川家でさえ、十二年待っていたら瓦解した。

家康は、小林家鷹が据えているからくつわを賞賛した。

「またひときわ白さが冴えたようでござるな」

鷹好きの人間ならば、千金を払ってでも手に入れたくなるのが白鷹だ。現在の話でいえば、斑《ふ》のない純白の白鷹は、一億円の高値でもアラブの富豪が欲しがる。稀少価値は、いまも昔も変わらない。

狩りに出た——。

信長は、鳥見たちを斥候《せっこう》に出した。

鳥見衆は百姓姿。勢子たちは冬枯れの沼沢地にとけこむ地味な胴丸と具足、陣笠、陣羽織をつけている。内裏の度肝を抜くための京での放鷹と、軍事演習をかねた三河での放鷹とでは装束が違う。

「からくつわをよこせ」

信長が鞢《えがけ》の陰で羽ぶしを振ると、からくつわがひらりと渡った。

鳥見たちが戻って報告する。鶴、鷺、鴨、雁……。

「雁はどれほどおるか」

「ざっと二千羽が群れております」

信長がうなずいた。

雁は、もっとも近づきにくい獲物だ。警戒心が強く、群れとなって鷹を撃退する。

鳥見の武者が先導した。騎乗のまま川を何本か渡った。向こうに灰色の海が見えた。草の多い干潟に真雁《まがん》の群れがいる。大きな群れだ。真雁は草や水草を好む。木陰で馬をおりた。

群れを見つめた。褐色の羽に白い筋。黄色い嘴《くちばし》。草をついばむのに夢中になっている鳥もいれば、首を伸ばして遠くを警戒している鳥もいる。

雁には、腰を低く沈めて必ず風下から近づく。風下から群れの右手にまわる。信長は、からくつわを南蛮洋套《マント》のうちに隠した。家康は、地味な焦げ茶の羽織に鷹を隠した。

鷹を隠すのは、雁に見つからないためだが、鷹をはやらせないためでもある。鷹がはやって飛びかかれば、群れがそっくり飛び立ってしまう。

信長、家康、家鷹、それに大津長昌《おおつながまさ》、菅屋長頼《すがやながより》、堀秀政《ほりひでまさ》らの近習が駆けだした。拳に据《す》えた鷹を、袂《たもと》に隠している。雁の群れに向かって突進した。すばやく、できるだけそばまで近づく。

雁が気づいた。騒ぎつつ、群れがかたまろうとしている。いまにいっせいに飛び立つだろう。それが雁の習性だ。機をのがさず、力強く羽合《あわ》せなければ、雁は摑めない。

「いまこそ」

家鷹がおさえた声で鋭く叫んだ。信長が力強くからくつわを空中に放った。家康が千歳《ちとせ》を放った。近習がそれぞれ拳の鷹を放った。

雁の群れが飛び立った。黒い竜巻に見える。けたたましい啼き声。羽ばたきの音。からくつわが雁を摑んだ。家康の千歳も近習たちの鷹も雁を摑んだ。摑んで舞い降りた。潟の周辺部は乾いている。賢い鷹たちは、戻ってきてそこに降りた。

「いそぎ据え上げますぞ」

藪の陰に隠れていた手明《てあ》きの鷹匠たちが数人駆けだした。

雁の群れは、黒い柱となって天空に舞い上がったが、数百羽が地上に舞いもどった。仲間を助けに来たのだ。

雁を掴んで潟に降りた鷹に、雁の群れが襲いかかる。

羽ばたきでの攻撃だ。雁の羽ばたきはすさまじく強い。家鷹が育てた鷹にも、雁にはたき殺されたのが何据《もと》かいる。

鷹匠が駆けつけて雁を追いはらった。勇敢な雁は鷹匠を襲った。策棒《ぶちぼう》を振りまわした。

雁たちは飛び去った。

潟のはずれにいたはずのからくつわがいない。

「すさまじい雁どもだ」

家康が言った。家康の鷹千歳は、雁をしっかり掴んで潟のはずれにいた。首を突き出し、怒って啼《な》いている。

「からくつわはどこだ」

さっきは、雁を掴んですぐ手前まで戻ってきていたのだ。それが見えない。

「あそこにおります」

鹿島平助が指さした。見れば、潟の泥が盛り上がっている。泥ではない。鷹だ。からくつわが泥にまみれて地に倒れていた。泥に足をとられながら駆け寄った。羽をたたんでいる。抱き上げると、ぐったりと首が垂れた。足場のよいところまで帰った。桶に水を汲んでこさせた。布に水を浸して全身の泥をぬぐってやった。

突然、からくつわがむくりと首を上げた。起きあがろうとして羽ばたいた。脳震盪《のうしんとう》を起こしていたのだ。足革をつかんで拳に据えた。泥と水滴をはねとばしながら、大声で啼いた。

「生きておったな」

「強い鷹でございます。やすやすとは死にませぬ」

拳に据えて全身を調べると、風切羽が二本折れていた。夏に抜けた羽が保存してある。あとで継いでやればよい。

さすがに昂奮している。体がこわばっている。大きな眼が休みなく動き続けている。掛け声をかけながら口餌《くちえ》を見せた。最初は見向きもしなかった。

「口惜しいな。雁はああいう鳥だ。今度は警戒しろよ」

家鷹が言った。からくつわがようやく口餌に喰いついた。

老練な鷹だ。つぎに雁を狙うときは、群れから離れて着地するだろう。泥がまだついている。神聖な白が穢《けが》された。それを怒っているようだ。

からくつわは、休ませることにした。幔幕のうちの台架《だいぼこ》にとまらせてつないだ。

「次郎丸をよこせ」

信長が、鶴取《つるとり》の兄鷹《しょう》の名を口にした。この鶴取を陸奥から献上させた吉田家久は、雪中での狩りで鷹を逸らし、信長の勘気をこうむったままだ。いまは安土で留守居をしている。

　あれ以来、鶴取は家鷹の鷹部屋で飼っている。安土の鷹部屋は、家鷹が元締めとなってすべてを差配している。天下一の鷹師は小林家鷹だ。吉良への一行を見送った吉田は、苦い顔をしていた。

「ただ獲物を摑ませるより興を高めたい。右府《うふ》殿、鷹を競わせませぬか」

　家康が言った。

「それは一興だが、それこそただ競わせても能がない。なにかを賭けよう」

　信長の言葉に、家康が考えている。

「では、それがしの鷹が勝てば、白の御鷹からくつわをいただきとうござる」

　一同が家康の顔を見つめた。笑ってはいない。

　信長が眉を上げた。

　家康の顔を見すえた。

「あれが欲しいか」

「まさに天下一の名鷹でござる。鷹好きとしまして、ぜひにもわが拳に据えたい鷹でござる」

「負ければなにを差しだすか」

「三河一国」

「なんじゃ、ざれごとか」

「大まじめでござる」

一同が緊張した。家康の鷹匠小栗久次《おぐりひさつぐ》の顔が強くこわばった。家鷹には、家康が本気に見えた。家康は、石橋を叩いても渡らぬ慎重な男だと聞いていた。よほど鷹に自信があるのだろう。それだけ鷹匠を信頼しているということだ。

「しかし、それでは賭けがつり合わぬ」

「三河一国では、ご不足か」

「遠江《とおとうみ》とあわせて二国。からくつわほどの名鷹ならその値打ちはあろう。その賭け、二国なら受けよう」

家康が首をひねった。考えている。

「二国ともに失えば、家臣どもが路頭に迷いまする。その賭け、ご辞退せねばなりますまい」

家康の眼が笑った。緊張の糸がほぐれた。

「では、小さなお願いの儀をひとつ賭けさせてはいただけぬか」

「どんな願いかな」

「天下一の鷹師小林家鷹に、ぜひともそれがしの鷹部屋を見てもらいたいと思っております。長くとは申しませぬ。ひと月でけっこう。わが鷹匠たちに諏訪流の奥義を伝えてもらいたい。鷹のことばかりは、田舎《いなか》流では眼が届きかねる」

「さて、その田舎流で勝負をいどむと言われるか」

「さよう。鄙《ひな》には鄙の意地もござればな」

「そこまで言われればこの勝負、受けねばなるまい」

信長が家鷹を見た。家鷹はうなずいた。賭けのことより、家康の鷹匠たちに関心があった。小栗久次は、鷹をよく知っている。鷹にいれこんでいる。そんなことは鷹を見ればわかる。小栗の鷹部屋で彼流の飼い方を見たかった。

ただ、気づいていないこともある。禰津の家には何世代にもわたって蓄積された口伝《くでん》があった。自分ならそれを教えてやれる。小栗の放鷹からも学ぶことがあるだろう。

「御意のままに」

「では、負ければどうする」

「それがし、二度と鷹を据え申さぬ」

家康が言った。

「これはまたよほどの自信だ」

双方の賭けがととのった。

「獲物はなにを選ぶか。鳥見はどうだ」

「白鳥がおります」

鳥見衆が報告した。

白鳥は真菰《まこも》ばかり食べる。真菰の詰まった腸は、そのまま腸詰めにして吸い物をつくる。またとない珍味である。

「白鳥がよい。徳川殿も異存あるまい」

「なによりの獲物でござる」

馬で駆けた。しばらく行くと広い池があった。鴨が七百羽。白鳥が三百羽。

信長は、次郎丸を据えた。家康は、安曇野《あずみの》を据えた。大鷲顔のよい鷹だ。胸の斑《ふ》がきりりとあざやかだ。白鳥は体が大きい。なみの鷹では怖《お》じ気づいて摑みかからない。

「向こう岸から小舟を出して水面を叩かせます。まもなく白鳥がこちらにやってきましょう。よろしいか」

家鷹が言った。

徳川家の鷹匠小栗久次が、気の毒なほど堅くなっている。真面目な男なのだ。

家康の拳の安曇野は、ゆったりほごれていながら、はやりもせずに、じっと前方を見つめている。よい鷹だ。まだ飛ぶ姿を見ていないが、強く無駄なく飛ぶだろう。

次郎丸もよい鷹だ。奥州ですでに調教されていた。悪い癖はなにもない。どちらが白鳥を摑むか。家鷹にも興がある。

小舟に二人の鷹匠が乗り、静かに竿《さお》をさした。

白鳥の群れに近づいたところで、竿で水面を軽く叩いた。数羽が飛び立った。残りの群れは、こちらに泳いでくる。水面に青空が映っている。そこに群れなす白鳥は美しい。飛び立った数羽が、また水面に舞いもどった。

小舟がさらに群れに近づいた。大きな音は立てない。おだやかに水面を叩く。群れがやってきた。まだ、こらえるべき距離だ。

「まだ。まだでござる」

家鷹が低声《こごえ》で言った。次郎丸と安曇野の両方が白鳥を摑めばよいのだ。それなら勝負なしの引き分けだ。群れを引きつけた。右手を挙げて、後ろの信長と家康を制している。静寂。水音だけが響く。

家鷹が右手を高くかかげ、一気に振りおろした。

横に並んでいた信長と家康が、鷹を放った。風をつかんで羽ばたく。強く飛ぶ。

白鳥が鷹を見つけて飛び立った。

飛び立つ群れの右手から、真ん中に飛びこむように鷹が摑みかかった。家康の安曇野の右足が白鳥の後ろ首を摑んだ。大きさが違う。白鳥は大きい。暴れ馬に飛びつく子供のようだ。振り落とされそうになりながら左足でしっかり頭を摑んだ。墜落しつつどちらも羽ばたいている。もつれ合うように池のほとりの地面に墜ちた。

次郎丸は、狩りの巧者だ。白鳥を追う。追う。群れを離れた一羽がいる。狙っている。追う。白鳥が木立を避けて左に飛んだ。木立を避けて、また元の進路に戻るはずだ。そうするにきまっている。

次郎丸は、そのまま木立に突っ込んだ。翼を窄《すぼ》め、右に左に立木を避けて木立を抜けた。直線の飛翔だ。白鳥の先まわりをする。白鳥の飛翔を読み切っている。木立を抜けたところで、出合いがしらに白鳥の頭を掴んだ。白鳥がもがく。重い。そのまま地に降りた。

すぐに据え上げに走った。

次郎丸は、爪で白鳥の首を掴んでいた。白鳥が暴れても、平然とよい顔をしている。狩りは引き分けだ。よい鷹が、よい狩りをした。これ以上望むことはなかった。

吉良での三日間の放鷹で、鶴二十三羽、雁六十一羽、鴨八十九羽が捕れた。もっとも狩りが多かったのは、からくつわだった。

それよりもっと大きな獲物を得たのは徳川家康であった。諏訪流放鷹術指南のため、小林家鷹を招聘《しょうへい》する承諾を信長からとりつけたのだった。

二

浜松《はままつ》の城は粛然としていた。小さいが小高い丘を抱き込んだ堅固な城で、野面積《のづらづみ》の石垣が力強く朴訥《ぼくとつ》な律儀さを感じさせた。安土城のような華麗さは、もとめるべくもない。三層の無骨な天守櫓《やぐら》と本丸だけが石垣で囲まれている。あとの家臣屋敷は、堀をめぐらせた平地に建っている。

家康は、贅《ぜい》を戒《いまし》め無駄を省く。折れ針を見つけてさえ、懐にしまう男だ。そして、いざとなれば黄金を鋳潰《いつぶ》して弾丸にする剛胆さがある。人質として虐《しいた》げられた体験があるだけに、人情の機微に通じている。内に秘めたものは、得体が知れない。底の見透かせない男だ。網懸《あが》けの鷹と同じで、けっして無理をしない。自分が傷つきそうなら諦める賢明さがある。

浜松の鷹部屋は、二の丸にあった。鷹匠頭の小栗久次を筆頭に三十人の鷹匠同心が、十四据《もと》の鷹を飼っていた。

小栗忠蔵《ちゅうぞう》久次は、三河国青野《あおの》生まれの孤児だった。青野で鷹狩りがあったとき雑役に召し出され、そのまま鷹匠となった。

色が浅黒く、賢明な農夫のように純朴な男だ。丹念に鷹とつき合っている。

武功がある。

三方原の合戦でのことだ。苦戦する徳川軍のなかで孤軍奮闘。武田軍から奪った馬を、譜代の最古参大久保忠隣《おおくぼただとも》にあたえて帰還させた。その功績に家康から金十両をたまわった。その後も合戦のたびに出陣した。ずっとあとのことだが、天正の末年、関白となった豊臣秀吉に召しかかえられ、伏見《ふしみ》城にいたことがある。鷹匠を抱えていない秀吉に家康が請われたのだろうが、当然、家康の諜者としての役目を担《にな》ったであろう。家康関東入封の際には、安藤彦四郎直次《あんどうひこしろうなおつぐ》とともに御鷹飼衆百五十人の大将として東上した。関ヶ原の合戦では、家康の側近として使番をつとめ、死のまぎわの寛永年間には、千八百七十石の知行持ちにまで加増されていた。

浜松の鷹部屋では、鷹匠同心たちが台架《だいぼこ》を据え、鷹をならべて迎えた。

家鷹は、一据《ひともと》ずつゆっくり鷹を見た。

どの鷹も、世話が行き届いている。よい鷹だ。落ち着いている。

なかに、落ち着かない鷹がいた。眼が泳いでいる。しばしば鷹匠の顔をうかがうように見る。甘い鷹だ。狩りに冴《さ》えがないだろう。若い鷹匠だ。自信がなさそうだ。

「この鷹を据《す》え回してみなさい」

若い鷹匠に言った。

韘《えがけ》の拳に鷹を据えると、鷹匠が歩いた。拳が不安定に上下に揺れている。

「それじゃあ神輿据《みこしず》えと同じだ。鷹が必死になって拳にしがみついている」

神輿据えは、吉田家久が考案した。

師匠禰津松鷗軒の流儀は諏訪流とも禰津流とも呼ばれるが、吉田は一派をなすつもりで吉田流を名乗っている。特徴のひとつが神輿据《みこしず》えだ。

神輿据えにも理屈がある。

鷹狩りの鷹は、いつも鷹匠が据えるわけではない。ふだんは鷹匠が調教し、狩場に出れば、貴人が据える。貴人の拳は鷹匠のようには安定しない。上下や前後に揺れてしまう。それに馴れさせるのが神輿据えの理屈だ。しかし、やはり鷹は落ち着かない。

若い鷹匠は、意識してそうしているわけではない。腕の鍛錬が足りず、ただ安定していないだけだ。諏訪流では拳の安定が絶対条件だ。拳が安定してこそ鷹が落ち着き、すぐに狩りのできる状態でいられる。

「水を入れた盃を拳に載せて野山を毎日一刻《いっとき》歩きなさい。一滴もこぼれぬように歩けるまで何日でも訓練するのだ」

「いくら口で言うてきかせても直らなんだのだ。さように鍛錬すれば、まことに拳がさだまるはずだ」

小栗が言った。正直な男だ。話す言葉に嘘も裏も感じられない。

つぎの鷹は、鼻のまわりに白い瘤《こぶ》状の肉腫《にくしゆ》ができていた。鷹匠はそれを気にして顔が沈んでいる。

「治りますか。これまでは、この病になれば、もう治らぬものと諦めておりました」

「鼻たけでござれば、川蜷《かわにな》、丁子《ちようじ》、鶏卵の生皮を干して粉にし、毎日、餌に混ぜて喰べさせればよろしい。なに、すぐに治る。案ぜぬがよい」

鷹が病んだときの調薬は、諏訪流の秘伝だ。門外不出を約束したが、これだけは師にそむいて破った。鷹が病んでいるのだ。救わないなどという法はない。

眼が白く濁っている鷹がいた。眼《め》わくという病だ。

「丁子と沈香《じんこう》を餌に混ぜたうえ、灸《きゅう》をすえるがよい。ここと、ここと、ここ」

家鷹は、鷹の喉と尾羽の付け根、足の股のまんなかを策棒《ぶちぼう》でさした。これも秘伝だが、こだわらずに教えた。

「そのうえで、塩と酢をあわせ、鳥の羽根で、朝ごとに拭くとよろしい」

「ありがたし」

その鷹を担当する鷹匠は、ふかぶかと頭を下げた。

鷹は、鷹匠のものではない。みなお館様のものだ。ここならば、すべての鷹は徳川家康のものだ。鷹匠はそれを飼育し調教しているにすぎない。そのため、病や不注意で死なせたりしたら、勘気をこうむるに決まっている。

鷹匠たちの心気は、なかなかおだやかではない。

家鷹は、一つひとつの鷹部屋を覗いた。水舟の水は清く、餌棚に血の汚れはない。床と壁の糞《うち》も、丁寧にこそげ落としてある。頭である小栗の実直な人柄がにじみ出たような鷹部屋だった。

「一据《ひともと》こまった鷹がおりましてな。ぜひともご指導たまわりたい」

一番端の部屋で、小栗久次が立ちどまった。部屋の戸の脇に、〈瀧倉《たきくら》〉と墨書した板がかけてある。陸奥南部《なんぶ》の鷹の産地だ。

「さて、どのような」

「片鴾《かたとや》（一歳）ながら荒い鷹で、姿はよいのですが、どうにも気がおさまらず、馴養できずに困じはてております。奥州の伊達公からご交誼《こうぎ》の徴《しるし》に贈られた鷹ゆえ、おいそれと放すわけにも、死なせるわけにもまいらぬ」

「巣鷹《すだか》か？」

「網懸《あが》けにござる。昨年、五分に落として喰い付かせ、夜据《よずえ》、軒据《のきずえ》、明け、昼だしまでは進みましたが、いっこうに落ち着かず、しばしば、激しく暴れます」

実直な小栗が丹念に調教しても暴れるのなら、そうとう性の悪い鷹だろう。

「とにかく、見せていただこう」

家鷹は、小屋の戸を二寸だけ開いて、なかを覗いた。

いきなり、騒ぎ立てるように鷹が啼きわめいた。

中央の架《ほこ》にとまって、翼を広げ、こちらを威嚇《いかく》している。灰色の羽は深い青みをおびている。姿の美しいよい鷹にはちがいない。鷲顔だ。力強い狩りをするだろう。

家鷹は、小屋にはいって、大緒《おおお》をといた。足革を握って、拳に据えたが、とても落ち着いてなどいない。家鷹の顔を嘴で攻撃してくる。荒い気性の鷹は多いが、この鷹は、荒いというより、物に狂っているのだ。

こういう鷹は、古来、時折あらわれたらしい。

「物に狂うことあり。諏訪祭をいそぎすべし。これは神よりおこりたる病にあらず。うちのけがれたる故なり。火をもよく清め、うちはらい第一朝夕諏訪を信ずべし」

諏訪流の秘伝書に、そう書いてあった。神頼みは、気休めにすぎまい。それだけの礼節をもって鷹に接すべしとの教えだろう。鷹の心のありようは、またべつのはずだ。

荒い鷹をおとなしくさせるための秘薬がないではない。

たけり草といもりの陰干し、かもしかの角を粉にして、夜に汲んだ沢の水で飲ませればよいと、秘伝書は教えている。しかし、ここまで物狂いの激しい鷹に、効果はあるまい。

他流の鷹匠に、銅の粉を餌にかけて喰べさせればよいと教わり試したことがあった。鷹はおとなしくなったものの、げっそりと力がなくなり、狩りをしなくなった。それでは意味がない。

物狂いの鷹は、無理に飼わず、空に放してしまうのが、ほんとうはいちばんよいのだ。

しかし、そうはいかない。鷹匠の鷹ではない。家康の鷹だ。

家鷹は、瀧倉を据え回してみた。声をかけ、口餌をあたえてみても、いっこうに落ち着かない。拳で羽ばたいてばかりいる。

「さて、どうするか……」

家鷹は思案した。

ひとつ、考えがあった。エルヒー・メルゲンから教わった韃靼式の荒療治だ。まだ試したことはないが、失敗してももともとだ。

「この瀧倉、しばらく任せていただけるかな」

「むろんのこと。この男が見ておる鷹ゆえに、手足としておつかいくだされ」

若い鷹匠だ。ほかの鷹匠たちと同じく実直な顔つきをしている。木島《きじま》と名乗った。

「よろしくご指導ください。わたくしには、もう手のほどこしようがありません」

心底疲れはてているようすだ。物狂いの鷹をなんとか馴養《くんよう》しようと必死になっていたのだろう。痛いほどそれがわかった。

「まずはたっぷり餌を喰わせることにする。ただし、鶉《うずら》の胸肉をぬるま湯で洗って、綿と羽毛を混ぜるのだ」

それなら、とりあえず満腹になるが、脂肪も栄養も少なく肉色《しし》はつかない。綿と羽毛は、毛玉として吐き出すので心配はない。

「それでな、当分のあいだ、昼も夜も眠らせずに据え回す」

「えっ」

木島の顔が驚いた。そんな調教は聞いたこともないはずだ。

「さような方法がござるのか」

小栗久次も驚いている。

家鷹はうなずいた。初めてだなどとは話さない。大丈夫だ。きっとうまくいく。根拠はないが、直感があった。こういう勘ははずれたことがない。

「昼も夜も据え回すゆえに、木島殿一人では手が足りぬ。あと二、三人は手明きの者に加勢してほしい」

「それはなんでもない」

小栗がうなずいた。家鷹に任せたのだ。疑問など投げかけるべきではない。そんな顔をしている。

その日の夕刻から、小林家鷹は物狂いの瀧倉を据え回した。

浜松城内でも人のいない静かな場所を選んで歩いた。

瀧倉は、拳でしきりに暴れている。まるで落ち着かない。羽ばたいて飛ぼうとする。足革に大緒《おお お》をつけて指に絡ませしっかり握った。飛び立つ心配はないが、しばしば拳を離れて落ちる。それをまたひきもどす。そんなことのくり返しだ。二刻《ふたとき》（四時間）歩いて、木島と交代した。

しんしんと冷え込む冬の夜据《よずえ》はつらい。家鷹は、鷹匠溜《だまり》の囲炉裏《い ろ り》に薪《まき》をたっぷりくべさせ、かじかんだ体を暖めた。やがて戻ってきた木島に、熱い雑炊《ぞうすい》を食べさせた。

「このまま、夜を徹して続けるのでござるか」

「そうだ。交代で寝るがよい」

そう言った家鷹は、わずかに仮眠をとっただけだ。若い鷹匠たちは一刻で交代させ、自分は二刻据えた。明け方、霜柱が立つほど冷えこんだ。瀧倉は、まだ元気がある。時折、羽ばたいて、家鷹の顔を嘴《くちばし》で突こうとした。

鷹匠を次々と交代させせて、一日中据え回した。夕刻になると、さすがに拳を摑む力が弱くなってきた。鶉の肉をまたぬるま湯で洗い、綿と羽毛を混ぜて喰わせた。綿と羽毛は、体内の脂を吸うはずだ。瀧倉は、てきめんに体力が落ちるだろう。

三日目の朝になると、据え回していても、安定感がなくなった。拳を摑む力も弱い。真っ黒な瞳孔と黄色い虹彩にとろりと靄がかかり、朦朧《もうろう》と眠たげである。羽ばたいて騒ぐ回数が極端に減った。拳の上でうつらうつらと眠ることがある。

「ホッホッホッ」

家鷹は、掛け声をかけ続けた。掛け声になじんでくれれば、それだけでも大きな進歩だ。

四日目。瀧倉は、朦朧としていて、拳をしっかり摑むことさえできなくなっていた。とまっているのがやっとだ。肉色は五分まで落ちている。腹が減っているだろう。

「振り替えをしてみよう」

夕方になって家鷹が言った。瀧倉に忍縄《おきなわ》をつけ、木島が三間離れて立った。

「ホッホッ」

木島が、背中を向けて左腕を突き出した。拳の陰で羽ぶしを叩いた。家鷹の拳の瀧倉が、羽ぶしを見込んだ。羽を割って木島の拳に渡った。木島が羽ぶしの肉を二口三口喰わせた。

距離をとった。今度は七間。家鷹が拳の陰で羽ぶしを叩くと、すぐに飛んできた。滑空のとき、胴体が沈んでいるのは、肉色が落ちて体力がないからだ。

しだいに距離を延ばして数回渡らせた。

「よかろう。すこし眠らせてやろう」

家鷹は、瀧倉を拳に据えたまま、鷹匠溜の板の間にあぐらをかいてすわった。左の拳は水平に突き出したままだ。鷹がすぐに首を縮めて眠った。家鷹もそのままの姿勢で眠った。あきれたのは、小栗久次だ。

「よくぞ……」

そうつぶやいただけで、若い鷹匠たちがうなずいた。そこまで鷹と一体になれる家鷹に、誰もが畏怖を抱いていた。

一刻ばかり熟睡すると、家鷹は夜据《よずえ》に出た。松明《たいまつ》を手につきしたがう鷹匠たちの顔に真剣みが増していた。瀧倉は物狂いがすっかり落ちたように、拳にとまっている。朦朧としている。まだ馴《な》れたわけではない。

夜明けに、鳩を地面につないで、丸嘴《まるばし》を飼った。

瀧倉は、鳩に飛びかかった。呼子《よびこ》を吹きながら近づき、鳩の脇を指で突き破って、心臓《まる》を喰わせた。落ち着いている。

先日まではすっかりべつの鷹になったようだ。

「まだ油断はできない。しばらくは、わたしが拳に据えたまま寝ることにする」

家鷹は、それから十日以上、瀧倉を拳に据えたまま眠った。

三

小栗久次配下の鷹匠たちは、みな実直で朴訥だったが、一人異風の男がいた。名を本多《ほんだ》正信《まさのぶ》といった。のちに、家康の右腕に出頭《しゅっとう》する男だ。三河武士の名門本多の庶流で、幼時から鷹匠見習として家康に近侍していた。二十六歳のとき、妻子を捨て、家康にそむいて、三河一向一揆にくわわった。根っからの門徒信者であった。

一揆勢に加担すること六年。加賀、越後にもまわった。信長の手で一揆が鎮圧されてからふらりと三河に戻った。家康の許しを得て、ふたたび鷹匠として召しかかえられた。知行わずかに四十石の薄禄だが、帰り新参としては、身にあまる待遇だった。

本多正信に、武功はない。

その代わり、奸佞《かんねい》な智恵があった。鷹よりはるかに人間の精神に通暁した男だ。

後年、家康はつねに正信を身近において、あらゆる話を一緒に聞かせ、この男の反応を見た。正信が眼を閉じてうなずかなければ、家康もうなずかない。正信がうなずけば、家康もうなずく。それほどこの男の嗅覚と判断を信頼していた。「君臣、相遇うこと水魚のごとし」といわれたほどの謀臣であった。関東入封後は、総奉行として江戸の町づくりを計画した。巨細《こさい》にかかわらず、智恵のまわる男だった。

正信は、鷹は嫌いではなかったが、鷹よりも人間が好きだった。人の心ほどおもしろいものはないと思っている。

そのため、ときに鷹の仕込みをなまけることがあった。

鷹の据え回しと称して出かけ、知人の家にあがりこんで語り合い、夕方、なにげない顔で戻ってくることがあった。

そんなときは、家鷹に必ず注意された。

「きょうは、一日木陰の家にいたのか。寒かったであろう」

などと、自分のいた場所のようすまでぴたりと言いあてるので、正信はぎょっとした。

「よい日和だったゆえ、川原での昼寝は気持ちがよいな。ああ、それでも、市場のあたりを半里は歩いたか」

そう言いあてられたこともある。

家鷹は、鷹のようすを見ていれば、係の鷹匠が、その日一日、どんな調教をしたかが、手にとるようにわかるのだった。

それを言葉にして説明するのはむずかしい。鷹の顔と姿が語っているのだ。毎日毎日多くの鷹を見ているうちに、そんなことまであやまたずにわかるようになった。

これには、本多正信も脱帽し、以後は、精を出して鷹を据えるようになった。

家康はしばしば鷹小屋を訪れ、自分でも鷹を据え回した。よく近くの鷹場に狩りに出かけた。

家康の狩りは、信長とはまるで違った。

派手さのない反面、ぜったいに無理をしない。

それでいて執念深く、獲物が自然と自分のそばにやってくるように、たくみに勢子を配置し、動かした。

家康の周到さ、無駄のなさは徹底していた。家鷹には、いささか驚異だった。

信長の放鷹は、軍事的な踏査、偵察の目的もあったが、生まれついて闊達な信長は、鷹とともに野を駆け、獲物を追うことがなによりも好きだった。

家康の放鷹は、より実用的だった。

家臣たちに、いつもこう説いていた。

「鷹狩りは娯楽のためにするのではないぞ。筋骨労働して手足を軽捷《けいしょう》ならしめ、風寒炎暑をいとわず奔走するによって病をふせぎ、遠き村に出て下民の疾苦《しっく》を知り、士風にもつうじることができる。さらに、家来どもの剛弱をみるにも最適である」

なにごとも物の用に立たなければ価値を認めない男なのだ。

実際に家康は、鷹野に出て農民の直訴を受けたり、荒廃した寺社を見つけては再興費用を出すことがあった。

——人の心をつかむのは、家康のほうが信長よりはるかにうまい。

家鷹はそう思った。

家鷹と交代して、瀧倉は木島が拳に据えて眠るようになった。見よう見真似でそんなことができるようになっていた。家鷹がつづけたかったが、それでは木島が育たない。わざを伝えるには、実際にやらせるのがいちばんだ。

木島がひと月近く拳に据えて眠ったため、瀧倉はすっかり落ち着いた。

瀧倉を据えて、狩りに出た。

もともと鷲顔のよい鷹だ。

狩りに出ると、一本の矢となって獲物を摑んだ。

「不思議なものだ」

雉を摑んだ瀧倉を見て、家康がつぶやいた。

「なにがでござろうか」

小栗がたずねた。

「家鷹が育てると、どんな鷹でも気迫と精気がみなぎるようじゃ。人馬がひしめいていようとも気をそがれることなく、まっすぐ獲物だけを見ている。まことに鷹らしいよい鷹を育てる男かな」

家康は、調教の調った瀧倉を褒め称えた。

「よくぞここまで仕込んだもの。さすが天下一の鷹匠であるわい」

満足げに微笑む家康の顔には、人の心を思いやる幅があった。信長には感じたことのない余裕だった。

家康から黄金十枚を拝領すると、家鷹はそれを小栗久次にそっくり渡した。

「わたしは、金よりもよいものを勉強させてもらった。これはみんなで分けてくれ」

本心だった。家康の人間的なゆとりに、家鷹は触発されるものがおおいにあった。鷹に接するときは、家康のように堪忍しなければならないと、自分を戒《いまし》めた。

四

安土山は、すっかり山容が変じた。小さな山だ。山麓から山頂にかけて、あらゆる場所が削平《さくへい》され、石垣が組まれた。家臣たちの屋敷がならんでいる。七層の壮麗な天主閣が天を衝く。信長はそこに住んでいる。山麓からは広い石段が組まれ、馬で一気に駆け上がれる。天主のすぐ下に厩《うまや》がある。その横に新しく小さな鷹部屋ができた。信長がことに気に入った三据《みもと》の鷹がいる。からくつわ、太郎丸、次郎丸だ。

朝、からくつわの据え回しをしようとした小林元長は、鷹部屋の架《ほこ》にとまったからくつわを見たとき、小さな異変を感じた。

「はて、どこか、おかしくござらぬか」

かたわらの佐原清六にたずねた。

「たしかに……」

どこがどうと、言葉で説明のできることではない。なんとなく居ずまいに力がない。鷹匠は、それを敏感に察知する。家鷹は、浜松の家康のところに行って留守だ。鷹師の留守に、事故でもあったら一大事である。

「据《す》えてみよう」

清六が、雀で誘って韘《えがけ》の拳にからくつわを据えた。

〈アー〉

めずらしくからくつわが啼いた。めったなことでは啼かない鷹だ。

まだ六塒《とや》だ。四塒、五塒の盛りを過ぎたとはいえ、老いたというような歳ではない。鷹は死ぬ前の日まででもしっかり狩りをする。

餌はいつも清六があたえている。へんなものを喰わせたおぼえはない。架につないであるので、むろん勝手に喰うことはできない。

部屋の床の糞《うち》を見た。病ならば、必ず前もって糞の状態が変わる。糞は毎日つぶさに見ている。昨日までなんの変化もなかった。液状の白と固形の紺が混じった健康な糞だった。

今日の糞は、と見れば、白いはずの色が濁った灰色だ。赤錆めいた色が混じっている。固形の部分は剣のごとく尖っているのが健康だが、切れが悪く丸い。もし、これが一文字になっていれば、二十日のうちに死ぬと言われている。

――病持ちだ。

清六はつい騒ぎそうになる心をおさえて思案した。こんなとき、家鷹ならどうするか？

――鷹は、現《うつ》し世《よ》の頂にいる鳥。その鷹もまた死す。死して、虫たちの餌となる。それで森羅万象の輪廻《りんね》がまわっている。

家鷹がいつか言っていたそんな言葉がふと浮かんだ。

――不吉な。

いつか死ぬのは仕方がない。しかし、すくなくともからくつわにとって、それはいまではないはずだ。

「病でしょうか？」

元長が言った。

「だろうな」

清六は、歯がみした。毎日据えていた鷹の病さえわからぬとは、情けなかった。

「二、三日ようすを見てこのままならば、浜松に書状を送ろう。わしらでは手に負いかねる」

からくつわを部屋に戻そうとしたとき、数人の小姓らが天主の石段を駆けおりてきた。

「お館様、鷹野にお出かけでござる。支度めされよ」

小姓が言い終わらないうちに、信長がやってきた。軽快な革袴《かわばかま》をはいて、歩きながら鞢《えがけ》をはめている。部屋で鷹を据えるつもりだ。

「なにかあったのか」

敏感に空気を察して、信長が言った。

「からくつわのようすが、おかしゅうございます」

「どれ」

信長が拳を突き出した。清六がそこにからくつわを据えさせた。

信長の拳で、からくつわはうずくまっている。やはり、力がない。信長が、眉間に皺《しわ》を寄せて見つめている。

「病か?」

「さように存じます。しかし、これまでなんの兆候もございませなんだゆえ、判じかねております」

「悪い物でも喰わせたか」

「さようなことはございませぬ。むろん、われら以外の者が喰らわせでもいたしましたらべつでござるが」

「まさか、誰かが忍びこんで……」

元長がつぶやいた。ありえないことではない。鷹部屋の引き戸に鍵はない。元長と清六は、ほか三人の若い鷹匠と鷹部屋の脇の番小屋で寝起きしているが、夜半は見張りが立つわけでもない。

「めったなことを言うな」

清六が元長を叱った。

「飛ばしてみよう」

天主石垣下の広場に移った。信長がからくつわを据えている。

清六が羽ぶしを見せて掛け声をかけた。

からくつわが清六の拳に渡った。滑空に力がなく胴が沈んでいる。肉色は七分。力のないはずはない。

「家鷹を呼び返せ」

信長が言った。言ってからしばらく考えていたが、やがて口を開いた。

「ここの鷹部屋は、しばらく吉田に見させよう。吉田にそう伝えろ」

清六と元長の顔が曇った。大きな屈辱だった。家鷹が留守のあいだに、とんでもない失態をしてしまった。

「そろそろ韃靼人が戻ってくる。すでに岐阜をたってここに向かっておる」

エルヒー・メルゲンは、昨年から奥州に行っていた。日本への洋上で難破したとき逃がした白鷹が、奥州にいるらしいとの報せがあった。探しに行ったのだ。それが見つかったと報せてきた。意気揚々と戻ってくることだろう。

「韃靼の白鷹は兄鷹《しょう》だ。からくつわと番《つが》わせれば、よい雛が得られると思うておったが、これではその季節までもつかどうかあやういな」

そう言うと、信長は鶴取太郎丸の支度を命じた。安土山のすぐ北にある伊庭山に狩りに出るのだ。

「そのほうらは、からくつわを見ておれ。供は吉田に命じる」

清六と元長は、崖から蹴り落とされた気分だった。

五

小林家鷹が、浜松の家康のところから馬を駆けて安土に戻ったのは、それから八日後だ。からくつわは山麓の西の鷹部屋におろされた。日ごとに力が抜けていくようだ。換羽期でもないのに、尾羽が二本抜け落ちた。

旅装もとかず鷹部屋に入った家鷹は、じっとからくつわを見つめた。

力が抜けているのはあきらかだ。架にうずくまるようにとまっている。鋭かった眼に光がない。うつろに澱んだ眼で、家鷹を見ている。

家鷹は、言葉がない。

「日ごとに衰えてまいります」

うなずいた。

床の糞《うち》を見た。今朝の糞だ。膝をついて顔を近づけた。濁った灰色だ。錆びた色にも見える。血か。指先で糞に触れた。指を擦って粘りをたしかめた。粘りが強い。指を鼻先に近づけた。腐臭。臓腑がただれているのではないか。

拳に据えた。

腹に触れた。指を、羽毛のあいだに滑り込ませる。

湿っている。健康なら乾いている。

「糞は、それまでなんの変化もなかったのだな」

「毎日見ておりましたが、八日前まではなんの兆候もございませなんだ」

「しかとさようか。大切なことだ、まちがいないな」

清六が返答に窮した。

「まちがいございません。お待ちください」

元長が、鷹部屋を出て木箱を持ってきた。

「不審に思いましたので、掃き溜めに捨ててあった前日までの糞《うち》を取り残しておきました。こちらが、七日前からのもの。前日までの糞は、あるいは太郎丸、次郎丸のものも混じっているやもしれませんが、すくなくとも、これ以上みょうな糞は掃き溜めにはございませんでした」

家鷹がうなずいた。上出来だ。眼で元長を褒めた。言葉はかけなかった。言葉にすれば、清六が傷つく。

糞《うち》を見た。浅い木箱に、へぎ板で細かく仕切りがしてある。土と埃《ほこり》にまみれて乾いた糞が整然とならんでいる。一目で違いがわかった。八日前からの糞は、日ごとにならべて日付が書き付けてある。あきらかに前の日のものとちがって濁った灰色だ。赤い錆めいた色さえ混じっている。今日の糞よりひどい。それまでの糞は、白と濃紺が混じってなんの異状もない。いたってすこやかな色をしている。

「病気ならば、しだいにすこしずつ変わるもの。一日ではっきり変わったりはせぬ」

「ならば……」

「これと同じ状態になった鷹がいた。甲斐の松鷗軒の鷹部屋でのことだ」

「どういうことでございますか？」

「毒を喰わされたのだ。餌に包んでな。信玄公がいたく気に入っておいでだった鷹だ」

「毒……」

「水銀だ。腑《はらわた》が腐る。すぐには死なぬ。人と同じで手足が痺れ、衰えて死ぬ」

「誰がそんなことを？」

家鷹は首を振った。

「推測はした。証拠がなかった」

「まさか……」

元長が眉をひそめた。

「言うな」

家鷹が低声《こごえ》で叱った。

「やるときは、やる。時期を待て。それまでは、気配を見せるな。じっと動くな」

そう言った家鷹の眼は尖っていた。どんな鷹よりも鋭い眼光があった。狙った獲物だけを見ている眼だ。鷹を飼っていると、人は鷹に似てくる。

部屋の外で、人の気配がした。

「人が来た。からくつわは病だ。それだけだ。よいな」

家鷹がつぶやいた。低声《こごえ》だが、力強い断言だった。

「帰っているのか、家鷹」

エルヒー・メルゲンの声だ。去年の夏、奥州に出かけた。半年ぶりに帰ってきた。奥州遠野孫次郎麾下《とうのまごじろうきか》の鷹匠石田主計《いしだかずえ》とともに白鷹を連れてきた。

部屋の外に、白鷹を据えたメルゲンがいた。

白鷹は、文句なくすばらしい。からくつわに勝るとも劣らぬ純白だ。居ずまいよくメルゲンの右の拳に据えられている。ふつうの大鷹よりはるかに大きい。凛々《りんりん》と気迫がみなぎっている。若くはないが、それだけにどっしりした風格と落ち着きがある。まさに、可汗の狩りにふさわしい鷹だ。

メルゲンが笑っている。眼の光が強い。ギラギラしている。がむしゃらに白鷹を探したのだろう。痩せて頰がこけている。

「からくつわは、気の毒だ」

家鷹はうなずいた。からくつわについて言うべきことはなにもなかった。

「その白鷹はよい鷹だな。なんという名だ」

「鷹に名などない。鷹は鷹だ」

韃靼では、鷹に名前をつけない。以前にそう聞いた。忘れていたことを恥じた。やはり、心がおだやかではない。

「韃靼では、鷹をキヤホウと言う。そう呼べばいい。据えてみてくれ」

メルゲンが右拳の白鷹を差しだした。家鷹が左の拳に据え替えた。鞢《えがけ》を摑む爪の感触に力があった。羽の色艶も申し分ない。

「からくつわを据えさせてくれ」

家鷹がうなずいた。

清六が部屋の架から据えてきた。メルゲンが据え替えた。

「まだ力がある。死にはせぬ。体が痺れているだけだ」

家鷹が眼を開いた。家鷹と同じ見立てだ。

「やはりそう思うか」

「韃靼で俺は鷹の生まれ代わりだと言われていた。鷹のことならなんでもわかるさ。こいつは、春になれば、卵を産むだろう。この白鷹と番わせよう」

「そこまでできようか」

そう思いたい。楽観はできない。

「できるとも。薬師山《やくしやま》に放せばよい。この白鷹が巣をかけるだろう」

鋭角の楔《くさび》形で鳰《にお》の海に突き出した安土山の、いちばん北の峰を薬師山と呼ぶ。側近菅《すが》谷《や》九《く》右衛《え》門《もん》の屋敷があるだけで、周囲は自然のままの雑木林になっている。あそこなら営巣地にふさわしい。まわりは静かな湖水だ。邪魔ははいらない。餌の水禽はいくらでもいる。

メルゲンの白鷹《キヤホウ》とのあいだに雛が生まれれば、立派な白鷹にそだつだろう。

家鷹は、メルゲンの拳のからくつわを見た。

拳にうずくまったからくつわは、茫洋とした眼で家鷹を見ていた。

六

〈ケケッケッケッケッケッ〉

メルゲンの白鷹《キヤホウ》が啼《な》いた。四月。安土山の緑が鮮やかに萌《も》えている。湖水が春の陽光に銀色にきらめいている。交尾期だ。発情している。

〈ケッケッ〉

からくつわが応えて啼いた。数日前から雄の白鷹《キヤホウ》が呼びかけ、からくつわが応えている。二据《ふたもと》の啼き声がぴたりとそろえば、雄が雌の背中に乗る。今日あたり、交尾しそうな気配だ。

薬師山の櫟《くぬぎ》の梢に、木の枝を組んで巣の台めいたものをつくってやった。白鷹《キヤホウ》が小枝をあつめて、居心地のよい巣をつくりあげた。からくつわをそこに入れた。

からくつわの衰弱はわずかながら日ごとに進行している。かろうじて飛ぶことはできるが、あまり飛びたがらない。交尾できるのか、卵を産むのか、まだよくわからない。

白鷹《キャホウ》は、あたりを飛びまわり気ままに狩りをしている。獲物を巣に投げ込めば、からくつわが喰べる。時折、メルゲンが呼べば、拳に舞い降りる。また空を舞い、啼き声をあげる。巣のまわりの枝から枝を気ぜわしげに飛びうつっている。

「啼き声がかさなってきたな」

メルゲンが言った。すこし離れた木に、はしごをかけて登りやすくしてある。はしごからさらに数間高い枝に横木を縛りつけ、巣の見張り場所をつくった。家鷹とメルゲンは、枝に登って向こうの巣を眺めている。

「無理かと案じたが、これならなんとかなるかもしれん」

家鷹は、最悪の事態を想定していた。いつもの癖だ。鷹を飼っていれば、どんな事故があってもおかしくない。狩りをしていて、摑みかかった兎が六尺も飛び上がって激突し、翼の骨を折る鷹もいる。鷹については、どんなことでも起こり得る。そう考えておく習慣ができている。

〈ケッケッケッケッケッ〉

〈ケッケッケッケッケッ〉

声がかさなった。

「やっ、いよいよだ」

わざとらしく下卑《げひ》た眼をしてメルゲンが笑った。

白鷹《キャホウ》が、巣に飛びこんだ。からくつわの背中に乗りかかる。

〈ケッケッケッケッケッ〉

〈ケッケッケッケッケッ〉

互いに啼き交わして、白鷹《キャホウ》はすぐに飛んだ。近くの枝にとまった。

鷹が番《つが》うのを見るのは、家鷹も初めてだ。

「あんなに早いと、人間の女ならなんとぼやくかな」

メルゲンの冗談口に、家鷹はすくわれた。そのまま巣を見つめていると胸が詰まって涙が出そうだった。

鷹たちがまた啼いた。

「まただ。おぬしの白鷹《キャホウ》は、相当な好き者だな。飼い主に似たか」

その日のうちに、白鷹《キャホウ》とからくつわは、二十一度交尾した。

翌日も、その翌日も啼き声を重ね合い、十数度から二十度にわたって番いつづけた。

三日目に、からくつわは淡い水色の卵を産んだ。

卵を産んでからも、二据《ふたもと》の白鷹は日に十度以上番った。

五日目と七日目、十日目に、からくつわはそれぞれひとつずつ卵を産んだ。

四つめの卵を産んだ日の夕方、からくつわがぴたりと啼かなくなった。

〈ケッケッケッケッケッ〉

白鷹《キヤホウ》がいくら啼いても応えない。

家鷹の全身の肌に粟がたった。

あわてないように、見張り木からおりた。

櫟の木にはしごをかけて登った。

高い枝にある巣を覗いた。

からくつわが、じっとうずくまっている。卵を抱いて温めている。

「どうした。もう力がないか」

眼が澱んでいる。ここ数日で、生きる力を消耗していた。それでも、眼が家鷹にすがっている。命を残したいのだ。そう訴えているように、家鷹には思えた。

腰の餌合子《えごうし》を右手で持って、蓋《ふた》を開いた。

鶉《うずら》の胸肉を小さく刻んで喰べやすくしておいた。

からくつわは、ついばまなかった。

家鷹は口中に唾液をためた。

顔を近づけた。唇と嘴《くちばし》を合わせると、からくつわが家鷹の唾を飲んだ。

燃え滾《たぎ》る夕陽が比良の峰に沈むとき、白鷹《キヤホウ》がひときわ高く啼いた。

メルゲンが白鷹《キヤホウ》を呼んだ。白鷹《キヤホウ》は、おとなしく韃靼人の拳に舞い降りた。

からくつわは、じっとうずくまっている。

しだいに反応が乏しくなってきたようだ。

今夜、死ぬだろう。

家鷹は、巣の横の枝にすわってじっと見つめていた。

悲しくはない。怒りも、怨みもない。

生きて死ぬ――。それだけのことだ。

幸福な死と不幸な死。

そのふたつに、どんな違いがあるか。

無常――などと達観するつもりはない。生きて死ぬ。その束《つか》の間のあわいに、からくつわは思う存分天空を羽ばたいた。それがすべてだ。それでよいではないか。

中天に上弦の月がかかっていた。夜の林には春の精気が満ちている。見おろす湖水のさざ波が金色に輝いている。

家鷹は、唄を低声で口ずさんだ。

浅井が城はちいさい城や　ああよい茶の子朝茶の子

小谷の城を包囲した織田兵たちが、朝に夕に囃《はや》したてたざれ歌だ。いまでも近江の子供たちが唄っている。浅井の城は、小さいから簡単に落とせるぞ。そうからかっている。織田の足軽たちが囃したてる声が、風に乗って小谷山上に届いた。ずっと耳に残っていた。

浅井が城を茶の子とおしゃる　赤飯茶の子こわい茶の子

信長殿は橋の下の土亀　ひょっと出てひっこみひょっと出てひっこみ

も一度出たら首をとろ

織田兵の挑発に、浅井の兵が返した唄だ。茶の子（簡単な食事）にはちがいないが、俺たちは手ごわいぞと唄ったのだ。信長は、包囲戦を秀吉に任せ、時折、岐阜からやってくるだけだった。それをからかった。

枝に腰かけ、月を見ながら何度もくり返してつぶやくように唄いつづけた。

指の腹で全身の羽をやさしく撫でてやった。すでに力が抜けている。

白々とした夜明けに、からくつわが首を垂れた。まだ生きていた。胸が膨らんでいる。

時折、痙攣のように体が震えた。

家鷹は撫で続けた。ほかにできることはなかった。

朝陽が昇り、あたりがすっかり明るくなったころ、命が消えた。凜々としていた眼から完全に光がなくなった。なにも見ていない。なにも感じない。

からくつわの体が冷えはじめた。もう生き返ることはない。

家鷹は、枝の上に立ち、喉をひろげて天に向かって咆吼《ほうこう》した。

「オオオオオオオオオオオッ――。オオオオオオオオオオオオオッ――」

腹の底からすべての腑《はらわた》を絞り出すように叫んだ。

七

「おぬしは、鷹に産まれたほうがよかったな。人間に産まれたのはなにかのまちがいだ」

鷹匠長屋の板の間の柱にじっともたれている家鷹を見て、メルゲンがあきれ顔で言った。

「ほっとけ。鷹にできることだ。人にできぬはずはあるまい」

からくつわが死んでから、小林家鷹は四つの卵を自分で温めている。

綿入れを着こみ、布に包んだ卵をそっと腹に抱いている。朝から夜まで、柱にもたれて動かない。水も口を湿らせるほどにしか飲まず、飯も食べない。寝るときは、体をくの字に折り曲げて抱いている。

家鷹が卵を温めると言ったとき、元長や清六、メルゲンでさえ「無理だ」と言った。それより鷹か隼の巣を見つけ、郭公《かっこう》の卵のようにそこに托卵《たくらん》して温めさせるのが上策だと。

「おもしろい。みごと孵《かえ》らせてみせよ」

そう言ったのは、信長だ。

言葉は力だ。信長の力を得て、家鷹は卵を温めている。月が欠けて、また満ちた。そのあいだ、肌身離さず温め続けた。

季節は夏に向かっていた。野の草どもはぐんぐん背を伸ばし、木々は猛々しく芽を吹いた。百姓は田に水を引き、稲の苗を植えた。

産卵から三十四日目に、ひとつの卵の内側から殻をこつこつ突く気配を感じた。

藁《わら》で巣をつくり、膝に抱えた。掌で覆って温めていると嘴《くちばし》の感触があった。小さな穴があいた。

鴇《とき》色の嘴が見えた。長い時間をかけて、穴が広がった。家鷹はじっと見つめていた。力があれば、自分で生まれてくる。それでも殻をどけてやった。

殻を半分ばかり自力で割って、雛が出てきた。すぐに破れそうな鴇色の肌。まばらで寒そうな白い綿毛が濡れている。眼が黒々と大きい。

雛《ひな》は、家鷹を見てピーピー啼《な》いた。

鶉の胸肉を口で小さくちぎって、口移しで雛に喰わせた。雛は、口を開いていくつか肉片を呑み込んだ。こころなしか、餌を嚥下《えんか》する力が弱かった。

――もたぬかもしれん。

家鷹は思った。諏訪流は網懸《あが》けの鷹が基本だ。雛の巣鷹から育てることはめったにない。それでも、新しい命を見ていれば、どれだけの力があるかはわかる。力がなければ、生きられるはずがない。木箱に藁《わら》をたっぷりつめて巣をつくり、雛を入れた。綿毛だけでは体温が保てないので、焼き塩を袋に入れて暖めた。元長が餌《えさ》をやっている。家鷹は卵を温めつづけた。

「この雛は、あまり元気がありません」

元長が言った。顔が曇っている。

「生きるものなら生きる。死ぬものなら死ぬ。どちらかしかない。いずれであれ、できることをすべてやれ」

「かしこまった」

元長がうなずいた。泣きそうな顔をしている。

「よけいなことは考えるな。雛だけを見ていろ」

夕方になって、雛は動かなくなった。ぐったりしている。真っ黒な眼が、どこを見ているのかさえさだかではない。

元長がすすり泣いている。

「ここへ来い」

柱にもたれたままの家鷹が言った。

「はっ？」

「わしのそばに来いと言うておる」

元長が膝でにじり寄った。家鷹の右手が風を切って、元長の頬を強く張った。

家鷹が元長に手をあげたのは初めてだった。家鷹はなにも言わなかった。元長もなにも言わなかった。

夜になって、雛は死んだ。元長が鷹部屋の横に穴を掘って埋めた。からくつわの墓の隣だ。丸くて小さな石を載せた。からくつわの石は大きい。

柱にもたれ、三つの卵を懐に入れて温めていると、さらにひとつの卵に命の鼓動が感じられた。殻《から》のなかで命が動いている。

翌朝、卵のひとつが内側からかすかな音をたてはじめた。家鷹は、あぐらの膝に藁の巣を載せ、不動の姿勢で卵を見つめた。

間断なく殻を突く音がする。罅《ひび》がはいった。最初の小さな穴。鴇《とき》色の嘴《くちばし》。

――生まれろ。生まれろ。元気で生まれろ。待っているぞ。すばらしい天地が待っているぞ。

家鷹は念じた。念じつづけた。

念じて待ち続けたが、穴は、それ以上広がらなかった。内側からの音が、しだいに間遠くなった。

「力が尽きたのでしょうか」

元長がたずねた。

家鷹は、殻の小さな穴に小指の爪を立てて罅《ひび》をつくった。殻のなかの濡れた雛は、ぐったりしている。殻を取りのぞいてやった。掌にそっと載せて、熱い息を吹きかけた。

家鷹は、雛を頰で触れてみた。生きている。心臓がすばやく鼓動している。自分の胸をはだけて暖めた。

長いあいだそのままにしていたが、雛はそれ以上動かなかった。

諦めがつくまで二刻《ふたとき》あまり、胸で暖めた。

とっぷりと陽が暮れて、魚油の灯明をともすころになって、ようやく諦めた。元長がからくつわの隣に穴を掘って埋め、石を載せた。

「からくつわの体が弱っていたため、雛も弱いのでござろうか」

清六が言った。

「卵は、あと二つある」

家鷹は柱にもたれて眼を閉じた。腹の卵に手を当ててじっとしていた。

一晩中その姿勢でいた。まんじりとも眠れなかった。

それから二日間、じっと柱によりかかったまま動かなかった。時折、竹筒の水で喉を湿らし、小さな握り飯を一日にひとつ食べた。用便には、一日に一度だけ立った。卵はぴくりとも誕生の気配がない。雛の孵《かえ》らない卵もある。

翌朝、三つめの卵にかすかな気配を感じた。

内側からつついている。響きにこれまでとは違う力があった。

掌に載せた水色の殻に小さな穴が開いた。

「出てこい。この世はすばらしいぞ」

思わずつぶやいた。

穴が広がった。嘴《くちばし》。見えた。出てこい。生まれる。生まれる。光をあびろ。

殻がはずれた。黒く丸い眼。薄い皮膚。まばらな綿毛が濡れている。命があった。

雛。うずくまっている。首をかしげた。黄色い足には爪がある。羽のない翼。ずんぐりとした胴。大きな嘴。弱々しげな雛だ。

啼《な》いた。

嘴を大きく開いて啼いた。

啼く力が強い。

「こいつは、強い鷹だ」

メルゲンが覗きこんで言った。

「まことまことと」

清六と元長がうなずいた。

家鷹が、鶉《うずら》の胸肉を小さく嚙《か》みきって口うつしにあたえた。

喰べた。

また、あたえた。

また、喰べた。

喉の嗉嚢《そのう》が、すぐ鬼灯《ほおずき》ほどに膨らんだ。いっぱいに膨らんでいても、まだ餌をもとめて嘴を大きく開いた。

雛は、よく喰べ、よく啼いた。

最後に残ったもうひとつの卵は孵らなかった。命がなかったのだ。

家鷹は、雛とともに寝起きした。起きているときも寝ているときも雛とともにいた。

起きているあいだは、雛を暖め、餌をやりつづけた。

夜は藁《わら》の巣に雛を入れ、抱くようにして寝た。

自分が本物の鷹の母になった夢を見た。雛は若鷹に育ち、ともに天空を舞った。狩りをした。生涯に見た夢のなかで、いちばん満ち足りた夢だった。

富士

一

「こたびの甲斐《かい》征伐、からくつわを連れていけるか」

信長がたずねた。安土城天主脇の鷹部屋だ。

「お館様の出発はいつでござろうか」

小林家鷹が言った。拳にからくつわを据《す》えている。親の名を受けついだ二代目。雛《ひな》から育てた子も、三塒《みとや》をへて凜とした白鷹となった。これからが盛りだ。

信長の嫡男《ちゃくなん》信忠は二月はじめ軍を率いて甲斐に進発した。母衣《ほろ》武者が馬を駆けさせ赫々《かくかく》たる戦果を伝えてくる。武田家は瓦解寸前。信長はゆらりとした出陣である。勝頼の首実検がいちばん大きな仕事だろう。

「三月はじめから、まずはふた月の遠征となろう」

途中で羽の抜ける季節になる。信長はそれを案じている。

「大事ありますまい。羽は抜けましょうが、初夏までに安土に戻り、塒入《とやいり》させれば、秋には新しい羽がみごとに生えましょう」

子のからくつわも親に負けない純白の羽だ。優美な鷹顔。黒く潤った嘴《くちばし》。大きく反った爪。獲物を見つめる眼が、刺すほどに鋭い。親以上の狩人だ。

調教は調《ととの》っている。しあみの強い狩りをする。

ただ、雛《ひな》から育てた巣鷹《すだか》ゆえに欠点の多いのは否めない。我が強く、ときに無理な狩りをする。おのれの身をそこなってまで獲物を追おうとする。狙った獲物が摑めなければ腹を立てて啼《な》き散らす。つねに粛然としていた親と違い、けっして行儀のよい鷹ではない。

そのがむしゃらさが、信長は気に入った。どこに行くにもからくつわを連れていく。家鷹が供をする。

純白の羽の美しさは親のからくつわ以上だ。陽をあびれば全身の羽が綺羅《きら》のごとく輝く。見た者は必ず溜息をつく。これは鷹ではあるまい。毘沙門天か観音の化身であろう、と。

天正十年(一五八二)。信長の覇業は、雛の成長とともに進捗していた。

京の二条屋敷は、正親町《おおぎまち》帝の皇子誠仁《さねひと》親王に献上した。誠仁親王はそこに移徙《わたまし》した。信長の掌中におさまったも同然だ。内裏への発言力が強まった。信長自身は本能寺《ほんのうじ》に堀と土居を築いて小城郭に改造し、上洛の宿所としている。

本願寺とは講和した。門跡の顕如《けんによ》は、摂津石山から退去した。信長との徹底抗戦をとなえていた新門主教如《きようによ》も退去した。石山は信長のものとなった。

ただ、その直後、不審火があった。石山一帯に築かれていた壮麗な伽藍《がらん》が一宇《いちう》ものこさずことごとく炎上した。蓮如《れんによ》以来、法灯を灯しつづけた伽藍を信長に渡したくなかった門徒が火をつけたのであろう。木材を流用して石山に壮大な港湾都市を建設する信長の夢は、しばらく先送りにするしかなかった。

各地の一向一揆は沈静化した。摂津の荒《あら》木《き》村重《むらしげ》、大和の松永弾正の謀叛も鎮圧した。加賀を平定し、伊賀《いが》もまた信長に臣従した。信長の命を受けた秀吉は、鳥取《とつとり》城を干殺《ほしごろ》しで陥落させた。因幡《いなば》が手にはいった。

昨年、信長は内裏の東門外に馬場を普請し、馬揃えをおこなった。

信長の軍団が華麗な装束で何段にも分かれて行進した。奥州からはむろんのこと、日本各地から集められた無慮一千頭の駿馬、名馬が轡《くつわ》をならべた。

鷹匠組は、からくつわをはじめ、五十据《もと》の名鷹《めいよう》を据えた。

正親町帝、摂家、内裏の百官、女御《によご》らが桟敷から見物した。

天覧の閲兵式にちがいないが、じつは帝へのあからさまな武力威圧であった。かねて申し入れてある正親町帝譲位を迫ってのことだ。

馬揃いの褒賞と称して、正親町帝は信長を左大臣に推任した。頑迷な帝は、譲位などつゆほどのそぶりも見せない。信長は、本願寺との講和に帝の力を借りていた。さすがに無理押しははばかられた。

信長は二度にわたって馬揃えを挙行した。正親町帝はやはり譲位を拒否しつづけている。

安土城は、着工から六年の歳月をかけてすべての内装まで完成した。

天主閣障壁画の絵師は狩野永徳。メルゲンが大徳寺聚光院で感嘆した早熟の天才が、信長に請われて筆をふるった。

覇業の進捗とは裏腹に、このところ信長は不機嫌になることが多い。

長年仕えた側近たちさえ痛烈に面罵する。佐久間信盛親子を追放した。無能のゆえである。信長の留守中、城近くの桑実寺《くわのみでら》に参詣した女房衆と寺の坊主を斬り捨てた。信長の見ている理想と現実に齟齬《そご》があるらしい。だから、しばしば激昂する。血が沸騰してしまう。

機嫌がよいのは、鷹狩りに出ているときくらいだ。

鷹野へはしばしば出かけた。

秋から冬にかけて頻繁に各地で狩りをしている。北条氏政《ほうじょううじまさ》からの十三据《もと》をはじめ諸将からの鷹献上もあいかわらず多い。鶴取、鴻取《こうとり》、乱取などの名鷹が惜しげもなく献上される。それだけ威光が高まっている。

　鷹部屋には、ますます鷹が増えた。部屋をいくつも増設した。鷹匠が足りず、手がまわらないほどだ。筆頭鷹師は小林家鷹。織田家の鷹のことすべては家鷹の差配できる。天下一——信長は折りにふれて賞賛する。

　東の鷹部屋は、あいかわらず吉田家久が見ている。あの男はあのままだ。たまに行き合うと暗い眼で家鷹を睨む。家鷹は淡々と接している。疑念を消したわけではない。警戒を解いたわけではない。いつか必ず——その思いは抱きつづけている。

　甲斐の武田征伐は、信長に残された最後の課題のひとつだった。武田を潰《つい》え去り、中国の毛利と四国の長宗我部《ちょうそかべ》を平定すれば、天下布武はおおむね形がととのう。

　武田は、この春の甲斐討伐で、すべてけりがつくだろう。有力な家臣たちは、すでにいない。木曾義昌《きそよしまさ》と穴山梅雪《あなやまばいせつ》が内応している。絶好の機会だ。信忠の軍勢は諏訪を通過し、まもなく甲府《こうふ》にはいる。勝頼は逃げられない。

　家鷹に複雑な思いがないわけではない。若い修業時代を過ごした土地だ。師の禰津《ねづ》松鷗軒は、武田信玄に仕えていた。家鷹自身も、松鷗軒の見習として信玄の狩りに出たことがある。

「信玄は、どんな人物か」

　信長は、何度か家鷹に問うた。

「それがし、まだ若年にてしかと見さだめたわけではござりませぬが、まずは、油断のならぬお方と存ずる」

「どのようにか」

家鷹は、見聞きした話をいくつか披露した。

「信玄公が十三のときとうけたまわる。春の野にて夕刻、雲雀《ひばり》の巣を取らんと草に伏す男を見かけなさった。聞けば、朝から一日伏して雲雀の舞い降りるのを見さだめているという。信玄公は『蟹《かに》は甲羅《こうら》に似せて穴を掘るわ』とお笑いになり、ご自分は、小高い丘に登って麦畑や草むらに雲雀の降りるのを見さだめ、配下の者に取りに走らせた。たちまちのうちに何十もの巣を取られたという話でござる」

信玄の逸話はいくつも伝わっていた。いずれも将としての才を語る反面、冷徹さを感じさせる。勝って驕《おご》らず、負けて阻喪《そそう》せぬ男。底の知れぬ男。ゆらぎない自信と狷介《けんかい》な深謀を持つ男。

「どんな鷹狩りをしたか」

「まさに兵の調練そのものでござった。信玄公が采配を振れば、たちどころに勢子《せこ》役の兵どもが陣形を変えまする。獲物を捕ってもさほど歓ばれませせなんだ」

「どんな性の人物と観《み》るか」

家鷹は、すこし考えて首をひねった。

「お館様は若いころ、うつけ者と呼ばれておりましたな」

信長がうなずいた。尾張にいた若い頃そう呼ばれたこともあった。

「あれは、地でござったか、それともふりでござったか」

信長が笑った。

「ふりなどと面倒なことはせぬ」

信長には、裏も表もない。どちらから見ても同じ信長がいる。ただがむしゃらに生きていた。

「信玄公もうつけと呼ばれておりましたが、さようなふりをなさっておいでだっただけのこと。そういうお方でござる」

信玄の父信虎《のぶとら》は、次男信繁《のぶしげ》を寵愛して、信玄を廃嫡《はいちゃく》しようとした。信玄は、わざと落馬したり下手な字を書いたりして周囲を油断させた。そんな男だ。

「勝頼の人物はどうだ」

「まだほんの幼子にして人物を云々《うんぬん》できるほどのご成長ぶりは存ぜぬが、ただ、甘えてよく泣きなさるお子であった」

躑躅《つつじ》ケ崎《さき》の館には、いろいろな記憶がしみついている。これからその館を攻め滅ぼしに行く。

松鷗軒は、先年の長篠の戦役で討ち死にしたはずだ。兄弟子たちも多くはすでに討ち死にしているだろう。あまりわだかまりをもたずに出陣できる。

「帰りには富士を見に行く。本巣海《もとすのうみ》にも寄りたい。家鷹は、あのあたりの地勢に明るかろう」

「かつては庭でござったが、昔のことでござる」

「山は動かぬ。森もそのままであろう。覚えておらぬはずがあるまい」

言われてみれば、瞼《まぶた》の裏に、かつて駆けまわった富士山麓の広大な風景が浮かぶ気がした。本巣は、からくつわを初めて見た場所だ。森の光も風の匂いも、くっきり蘇ってくる。

「まこと、山も森もそのままでござろう」

二

信長の甲斐征伐には、総勢十八万八千の将兵が動員された。

織田信忠は伊那《いな》口から。徳川家康が駿河《するが》口。金森長近《かなもりながちか》が飛騨口。北条氏政は関東口。四方向から攻め寄せる。

各部隊はすでに二月に出陣している。

信長自身は、三月五日に安土をたち伊那口に向かった。信忠が先鋒となって掃討した道だ。信長は、ゆらりと鞍にまたがっていればよかった。

信長のそばには近衛前久が同行している。

麾下《きか》わずか五十人だが、元関白前久は、この二月、織田の先鋒が甲斐に向けて進撃した日、太政大臣に補任された。信長の画策だ。目障りな帝を排除する。まず、内裏《だいり》を牛耳る。

信長は、岐阜から西に進んだ。岩村城をへて、木曾山中の浪合《なみあい》という在所に着いた。四日前甲府から東に逃げ、天目山《てんもくざん》で自害した武田四郎勝頼、太郎信勝《のぶかつ》親子の首級が届いていた。信勝は十六歳。

信長は、首級に首を垂れて黙禱《もくとう》した。一言もなにも言わなかった。このとき、信長が勝頼親子の首級を侮蔑したとの風説もあるが、後日の捏造《ねつぞう》であろう。逆に「隠れなき弓取りが武運つたなくかくならせたまうものかな」と嘆いたとも伝えられる。いずれも信じるに足りない。首は岐阜に送られた。長良川のほとりに晒された。

軍列は、天竜川《てんりゅうがわ》沿いに伊那谷を進んだ。春。からくつわは、馬上、家鷹の拳で悠然と風をうけている。行軍中、籐籠《とうかご》には入れなかった。信長がそうさせた。沿道の者たちが見物できる。白の御鷹は、覇者にふさわしい。

上諏訪の法華寺《ほっけじ》に陣をかけた。家康が甲府から来た。明智光秀が来た。主だった武将たちが集まり、本堂で国割りの沙汰があった。

「甲斐は穴山殿の本地をのぞき川尻秀隆《かわじりひでたか》殿に。駿河は徳川家康殿。上野《こうずけ》は滝川左近《たきがわさこん》殿。信濃《しなの》四郡は林勝蔵《はやしかつぞう》殿」

祐筆が読み上げた。戦勝の沙汰だ。景気がよい。酒が出た。座がにぎやかに盛り上がった。勝った男たちだ。わきたっている。誰もが、戦勝を寿《ことほ》いでいる。

「これでようよう長年の苦労がむくわれましたな」

信長のそばにいた明智光秀が言った。なにげない一言だ。

「なにッ」

信長が聞きとがめた。

「なんだと。もう一度言うてみろ。誰が苦労したというのだ」

信長が立ち上がった。帯に差した扇を抜いて光秀の頭を打ちすえた。二度、三度。五度、六度。とたんに座が静まった。

「おまえがなにをした。どの口でそんなことが言える」

光秀が両手をついて平伏した。顔が蒼白だ。失態というより信長の言いがかりだが、責められているのは同じだ。

「信長殿、それぐらいにされてはいかがか」

声をかけたのは近衛前久だ。一座のなかで、信長の家臣でないのはこの太政大臣だけだ。

「明智殿も悪気があって言うたのではなかろう。せっかくのめでたい席ではおじゃらぬか」

信長が、手を止めた。ほっておけば足蹴にしていただろう。つい激昂したのは、胸にわだかまったものがあるからだ。人の世は短い。これからまだ中国の毛利を攻めねばならぬ。四国、九州ものこっている。やがて大坂に壮大な街を築く。伴天連《ばてれん》どもが話していたローマの街よりもさらに壮麗な城塞都市だ。織物を織る。刀や鉄砲をつくる。金座、銀座を設け、商人どもに稼がせる。船を仕立て、阿媽《マカオ》やマラッカ、ゴア、そしてポルトガル、スペインまで交易に行く。それまでにしなければならぬことが山ほどもある。止まってはいられない。

信長は襟《えり》を直した。顎《あご》を撫でた。座に戻った。朱塗りの盃を持ちなおした。小姓が酒をついだ。一息にあおった。苦い。勝利したのに酒が苦かった。

本堂前にひかえていた家鷹は、堂内の気配に体を引き締めた。

――なにを急《せ》いているのか。

鷹でも、気がはやるときがある。獲物にかかりたくて落ち着かないのだ。鷹ならば渋紙でつくった頭巾をかぶせておけばよい。信長に頭巾はかぶせられない。

「信長殿は、どうしたのだ」

メルゲンが言った。この韃靼人は武田征伐の顚末《てんまつ》が気になって仕方がない。武田が討伐できれば、信長の覇業は大きく進展する。信長の明国出兵が一歩近づく。ずっと日本にいるのは、それを見とどけるためだ。いつか日本の軍勢とともに明に攻め込む。

家鷹には、答えることができなかった。首を振った。メルゲンがうなずいた。日本でも、韃靼でも、お館があつかいにくいのは同じだ。

「そういえばアルタン可汗《ハーン》もずいぶんわがままだ」

メルゲンが笑った。いつになく乾いた笑顔だった。なにを思い出したのか家鷹にはわからなかった。

本巣海《もとすのうみ》に着いたのは、四月を十日もすぎたころだった。信長は近くに持参の茶室を組み立てさせた。あたりには将兵が泊まれる大きな農家も寺院もないため、千軒の木屋が建ちならんだ。徳川家康が用意させた。家康は信長が通りやすいよう街道を普請した。不穏な狙撃者があらわれないよう峰々に隙間なく警護の兵を配置した。

富士が美しかった。

家鷹にとっては三十年ぶりの富士だ。山頂に残る純白の冠雪が眼にしみた。

新緑の季節。萌えいでた若葉に猛々しい生命力がみなぎっていた。家鷹にはそれがうとましかった。歳をとったせいかと思った。

早朝、湖畔に出た。家鷹はからくつわを据《す》えている。朝飯に水鶏《くいな》を摑ませた。からくつわの姿は親以上に凜々《りり》しい。狩りも勇猛で見応えがある。ただ、どうにも我が強い。

水鶏《くいな》を喰わせていると、信長がやってきた。小姓を三人連れている。

「親のからくつわはどこにいたのか」

信長がたずねた。

家鷹は湖畔の山を指さした。湖を見おろす小高い山。

「空をまっしぐらに飛んでいるのを見かけ追いましたところ、あの山に降りました。からくつわはあの山を好み、しばしばあそこで夜を明かしました」

「なぜ、あんな山を好むのか。鷹の気持ちはわからぬな」

なんの変哲もない山だ。信長の疑問も無理はない。

「お館様には、わかりませぬか」

「わからぬ。家鷹にはわかるか」

「さよう。あの山はこのあたりでは一番に朝日を浴びます。それゆえであろうと存ずる」

「さもあるか」

「お館様」

「なんだ」

「申しあげたき儀がござる」

「申せ」

「お館様は、なにを急いておられる」

信長が黙った。黙って本巣海の向こうの富士を見ている。どっしりと広がった裾野が朝靄にかすんでいる。

「さように見えるか」

「見えます。気のはやる鷹は、獲物を逃がすものと決まっております」

信長が薄く笑った。自嘲の笑いだ。

「急いてはならぬと思うことがある。だがな、どうしようもないのだ。生きた身というものは不便なもので、わが気持ちひとつ自由にならぬわい」

信長が家鷹を見た。

「おぬしは、鷹をつかっていて気が急いたことがないのか。思いどおりに動かねばなんとしても動かそうとは思わぬのか」

「そんなふうな心では、鷹をそこねてしまいます」

「ではなんと心得て鷹を飼う」

「それがしは、つねに水のごとくあろうと念じております。さもなければ鷹とともには暮らせませぬ」

「であるか」

「鷹とともに生きるための存念なれど、棟梁の心ばせともかならずや一脈通じるはず。無理押ししても獲物は摑めませぬ。これは信玄公の心ばせでもござった」

「信玄か……」

つぶやきながら信長が韘《えがけ》をはめた。拳を突き出した。朝飯を喰い終わったからくつわを据えさせた。湖水にまだ水鶏《くいな》がいる。信長は、拳を後ろに返してからくつわを飛ばした。腰のはいったよい返しだが、獲物との距離を読んでいない。水鶏が飛び立った。一直線に獲物に向かった。追う。追う。逃げる。逃げる。湖上はるかに飛んでいった。

「あやつ、戻ってくるか」

「探してまいります。それよりも、お館様はまず気を鎮めねばなりますまい。鷹相手ならば逸《そ》らすだけですみますが、武家相手では、命取りにもなりかねませぬぞ。釈迦に説法でもござろうが、しかとお聞きとどけくだされ」

三

安土に帰った。五月になってからくつわは尾羽が三本抜けた。ほかの鷹たちも抜けはじめている。五据《いつもと》だけは夏も狩りをさせるために暗い鷹部屋につないでおいた。

西の鷹部屋のすぐ前は湖水である。鮒《ふな》、もろこ、鯉がいる。

鷹の世話をしていると、メルゲンがやってきた。顔をしかめている。

「どうした」

「魚が笑っている。悪魔がささやいている」

「なんだと。なにを言っている」

「この国ではそうは言わぬか」

「初めて聞いた」

「凶兆だ」

「魚が笑うものか」

「いや、笑う。見ていればわかる」

「まさか」

メルゲンの顔は真剣だ。ざれごとを言っている顔つきではない。

「どうなるというのだ」

「悪いことが起きる」

「どんな？」

「それはわからんが、ただごとではすまぬ。逃げる支度をしておけ」

家鷹は首を振った。安土城には徳川家康と穴山梅雪が来ている。饗応《きようおう》の真っ最中だ。応接役は明智光秀。これから幸若舞《こうわかまい》と能が演じられる。小林家鷹とメルゲンも見物に行く。

安土山の西の峰に摠見寺《そうけんじ》がある。仁王門と三重塔、本堂がある。本堂脇に能舞台がある。正面の桟敷《さじき》には、信長、近衛前久、家康、穴山梅雪と祐筆《ゆうひつ》松井友閑ら側近がならんでいる。見物をゆるされた馬廻衆、小姓、年寄衆にくわえ家康と梅雪の家臣たちが周囲にびっしりと詰めかけている。席の具合で、家鷹は桟敷の脇になった。ちょうど信長の下だ。

幸若八郎九郎大夫《たゆう》が、最初に大織冠《たいしょかん》を舞った。

大唐皇帝の妃となった藤原鎌足《ふじわらのかまたり》の娘が、興福寺金堂造営を知って無価宝珠などの財宝を日本に送るが、竜王が宝珠を奪うという話だ。最後は鎌足が取り返して興福寺本尊の眉間に埋める。めでたい話だ。舞の出来がよく、信長は機嫌がよい。

二番は田歌。にぎやかな農耕の舞と歌。

三番に、梅若大夫の能があった。

信長は梅若大夫の能が気にくわなかった。たしかによい能ではなかった。家鷹も感心しなかった。

信長が梅若大夫を桟敷に呼びたてた。

「いまの能はなんだ。素人のわざか」

さんざん面罵したが癇癪《かんしゃく》がおさまらず、扇子で打ちすえた。二度、五度、十度。罵りながらの打擲《ちょうちゃく》はやむどころか、ますます激しくなってくる。

近衛前久が隣にいるのに、今日はとめない。上諏訪法華寺では光秀を打擲していたのを制止した。それがあとで信長の勘気にふれたのだ。信長は前久にまで悪態を付いた。「なぜとめた」と罵った。前久は懲りた。知らぬ顔でそっぽを向いている。

「見苦しゅうござる」

家鷹が立ちあがり、桟敷の脇から声をかけた。低声《こごえ》だが信長の耳に届く強さだ。

ふりかざした信長の扇子が、空中で止まった。振り返った。

信長の眼に、ねばついた光があった。

「家鷹か……」

細く長く息を吐くと、信長は扇を帯にはさんだ。気をとりなおして言った。

「幸若大夫にもう一番所望してこい。能のあとの舞は本式にはあらねど、たっての望みじゃと伝えよ」

小姓森乱丸《もりらんまる》が楽屋に走った。大夫はすぐにやって来た。

和田酒盛《わださかもり》――。心を寄せる遊女がほかの男に酌をするので和田義盛《よしもり》が怒りだす幸若舞だ。信長は苦笑いしながら見ていた。機嫌がなおった。

舞いが終わって、信長は小姓に黄金を取りに行かせた。

「お館様」

家鷹が低声でささやいた。信長が耳を寄せた。

「ご勘気もござろうが、このままでは世間がなんと褒貶《ほうへん》するやもしれませぬ。梅若大夫にも黄金をあたえなされ」

信長が家鷹を睨んだ。家鷹が恬淡《てんたん》な笑いを見せた。

信長が命じて、もう一人小姓が走った。

幸若大夫に黄金十枚をあたえた。折檻《せつかん》した梅若大夫にも同じく十枚あたえた。信長の怒りに一時は空気が白々したが、にぎやかに本丸にもどり酒宴が始まった。

四

五月末、信長は京へ行く。

羽柴秀吉は、五年前から毛利計略の端緒をひらくため播磨《はりま》に陣を布《し》いている。備中高松《たかまつ》城の水攻めがいよいよ切所に入った。後詰めを要請する急使が、安土に駆けつけていた。

信長は、明智光秀に出陣を命じた。細川忠興《ほそかわただおき》、筒井順慶《つついじゆんけい》、池田恒興《いけだつねおき》、高山右近《たかやまうこん》らを光秀の麾下《きか》とし、出陣の準備をさせた。

明智光秀は、いったん丹波亀山《たんばかめやま》の城に戻り、そこから山陽道に出陣する。

信長自身も京に行く。しばらくは、京が対毛利戦の司令部となる。

京で、内裏相手の仕事が片づいたら、信長は、大坂に移る。本願寺が退去した摂津石山に、仮屋敷を造らせ、そちらに移るのだ。

信長は、秘蔵の名物茶器三十八種を京に運ばせた。岐阜から安土に移ってきたときも、信長は家財など運ばず、茶道具だけ持ってきたのだ。身ひとつで新天地に動く。

信長に先立って、徳川家康と穴山梅雪が京に向かった。

二人は、軍勢を率いているわけではない。百人たらずの馬廻だけだ。京、大坂、堺、奈良の遊覧が目的である。案内役として馬廻衆指揮官の長谷川秀一《はせがわひでかず》をつけた。大坂では、甥の織田信澄《のぶずみ》が家康らを接待する手はずだ。

安土の城内は、出発の準備にわきたっている。

夏をむかえ、からくつわは本格的に羽が生えはじめた。小林家鷹は安土にのこり鷹たちの世話をする。山頂の鷹部屋は暑いので、鷹たちを山麓に移そうと考えていたところだ。

「気になることがある」

メルゲンが言った。信長とともに京に行く。京に家がある。利休の娘伽羅《きやら》を娶《めと》った。このごろは京に居ることが多い。

「なんだ」

「内裏から勅使が来たな」

つい先日、たしかに武家伝奏勧修寺晴豊がこの安土城にやってきた。

「お館様の征夷大将軍推任のことだろう。なにが気になるのだ」

「信長殿は、まだ返答していないな。自分から持ちかけた話なのに、なぜ、即答しない」

甲斐遠征のあと、信長は京都所司代村井貞勝をつうじて、太政大臣、関白、征夷大将軍のいずれかに自分を推任するよう内裏に圧力をかけていた。

家鷹は、鷹部屋に来た信長からそう聞いていた。そばにいる人間のなかでもっとも気が許せるのか、信長はなにくれとなく家鷹に話す。

四月に安土を訪れた三人の勅使が信長の意向を再確認した。そのうえで勧修寺晴豊が安土に来た。あらためて征夷大将軍に推任したのだった。

信長は、返答をあたえず保留した。武家伝奏は手ぶらで帰った。

播磨に行く前、信長は京に寄って自ら返答するつもりなのだ。

「将軍になると勅使に言えばそれでよいのに、なぜ答えを延ばした」

内裏にとって、信長の回答保留は無気味であるはずだった。

帝以外の最高職である三職を自分で望んでおきながら回答を保留したのだ。

「信長殿は、三職就任を断わるつもりだろう」

「かもしれんな」

信長は、自分の三職就任を断わり、その代わり嫡男信忠を将軍にすえるつもりなのだ。

数日前鷹部屋に来て、そんな話をしていた。家鷹に話すことで世間の反応を知りたがったのかもしれない。

「信長殿は、名実ともにこの国の可汗《ハーン》となるつもりなのだろう」

嫡男信忠が将軍となれば、信長は将軍以上の武家の実力者となる。それは、公家社会の頂点である帝と五分に対峙《たいじ》することを意味している。

帝にとっては無気味な未来だ。

一度担ぎ上げた足利将軍義昭をあっさり追放した信長だ。帝放逐《ほうちく》を断行する可能性は充分にある。

「清涼殿のこともあるしな」

信長は、安土城本丸に内裏の清涼殿とまったく同じ建物を造った。正親町帝を迎えるつもりだ。いずれ、安土に行幸《みゆき》をもとめるだろう。

帝は、背筋が寒くなるのを感じているはずだ。

正親町帝を安土城内に幽閉できれば、信長は、やすやすと京の誠仁《さねひと》親王を新帝として即位させることができる。

若い誠仁親王なら、傀儡《かいらい》として自由にあやつれる。

いや、即位させないという手もある。幽閉した正親町帝が崩御して、誰にも即位させなければ、この国に帝はいなくなる。すべては信長の意のままだ。

正親町帝は、どんな手段をつかっても阻止したいはずである。メルゲンは、馬廻にいるのでそんな背景を熟知している。

「ここで三職推任を断わるとなれば、話はこじれにこじれる。そうではないか」

馬揃えのあと信長が左大臣任官を拒んだときも、じつは信長の側から推任の話を持ちかけ、そのうえで断わった。

内裏は信長に愚弄されていた。

家鷹は黙ったままからくつわの羽を点検した。尾羽も風切羽も、新しい羽の芽が生えはじめている。しっかりしたよい羽が生えるだろう。

「近衛前久が太政大臣を辞めたな。あれが怪しい」

前久は信長から暦制改定という大きな課題をあたえられて、今年の二月太政大臣に就任した。

暦は、陰陽頭《おんみようのかみ》土御門《つちみかど》家が代々世襲で作製していた。宣明暦《せんみようれき》だ。

ところが、地方では宣明暦とはべつに各種の暦がつかわれていた。関東では伊豆三島《いずみしま》神社作製の暦がつかわれ、宣明暦とは大きな相違があった。伊勢神宮の神宮暦もある。尾張には熱田神宮の暦があった。

この年、天正十年のことでいえば、三島暦は十二月のあとに閏《うるう》月をおいていた。宣明暦は翌十一年に閏月をもってきていた。新年がひと月ずれる。

信長は、朝廷が監修する宣明暦を廃し、新しい暦の統一を近衛前久にさせようとしていた。

この年のはじめから勧修寺晴豊らの公卿と暦を製作する勘暦者を招集し、連日協議をかされねた。議論をかさねたが、内裏は紛糾するばかりで、宣明暦を廃する空気はまるでない。

正親町帝が、なんとしても認めないのだ。

暦の作製は、時間の支配である。

空間的に日本を統一しつつある信長は、時間をも統一しようとしていた。

正親町帝が許すはずがなかった。

近衛前久の太政大臣罷免にはそんな背景がある。

――暦ばかりではない。あの男を野放しにすれば、いつか朕《ちん》を殺すであろう。

正親町帝は、太政大臣近衛前久に、そうつぶやいた。

――そのほう、信長にとりたてられておるなどと安心しておっては、いずればっさりやられよう。

帝のつぶやきは、前久の背筋を凍らせた。信長にとって不要な道具は捨てるだけのこと。

――たれぞ信長を怨みに思うている者はおらぬか。そやつに信長を討たせよ。されば、その男を将軍にしよう。前久、信長を討つ者を見つけよ。内裏こそ秋津島六十六州の中心であることをしかと明らかにせよ。

前久の鼓膜に、帝のつぶやきがこびりついている。

むろん、近衛前久と正親町帝のやりとりなど家鷹とメルゲンは知らない。前久が、帝と信長のはざまで葛藤していることも知らない。

それでも、五感の鋭い男たちはなにかを感じる。感じてしまう。人の見えないものを見てしまう。

「近衛殿は、気さくな人物と思ったが、このごろはなにかをふくんでいるようだな。腹に綿でも呑んでいるようだ」

メルゲンが言った。家鷹も同感だったがうなずかなかった。

「諏訪では、明智殿となにやら密談しておった」

「近衛公がお館様のご勘気から救ったからだろう」

「いや、その前だ。あの二人が真剣な顔つきで向かい合っているのを山の上から見かけたわ。わしは鷹より眼がきくでな、見えてしもうた」

「さて……」

不穏ななにかを感じはする。ばらばらな糸を織りあげてみれば、無気味な絵柄が浮かびそうではある。糸が足りない。よく見えてこない。見えているが確信がない。

「魚が笑ったのは、そのあたりのことと関係がありそうな気がしてならぬ。黒い雲がたれこめている」

「なにがあったのか、これからなにがあるのか、俺にはわからん。ただ、お館様が急《せ》いているのはたしかだ。そういうときは、事故が起こりやすい」

家鷹は、メルゲンの話をうち切るように小屋の掃除を始めた。弟子が大勢いても、自分でやらなければ気がすまない。

メルゲンがうなずいた。それ以上なにも言わなかった。

翌日、信長が鷹部屋に姿を見せた。

メルゲンが白鷹《キャホウ》、佐原清六が鶴取を据えて京に行く。

「からくつわに美しい羽を生えさせよ。鳥屋《とや》があけたら大坂に連れてこい。向こうにも鷹部屋をつくっておく」

「かしこまって候」

家鷹は大声で返事をした。なぜか声がうつろにひびいた気がした。

五

六月二日。梅雨の晴れ間。家鷹は山頂本丸の鷹たちを山麓の鷹部屋に移した。羽の抜けたからくつわは、どこか間が抜けて愛嬌があった。部屋に落ちている羽は、毎日拾って保存してある。信長が南蛮の帽子に白い羽を飾ると言っていた。矢羽根につかえば、みごとな白尾に仕上がるだろう。

すっかり片づけと掃除を終え、安土山西側の石段を山麓におりようとしたときだ。安土の町の向こうの街道を、四、五人が駆けてくるのが見えた。ただごとでない走り方だ。

「なんでございましょう」

元長も見つけた。家鷹に負けず眼がよい。

京からの急使ならば、武者が馬で駆けてくるはずだ。人が走っている。遠くで判別しがたいが、武者ではなさそうだ。下人たちか。胸がざわめいた。

「おりてみよう」

そのまま石段をくだった。山麓をまわって街道に出た。向こうから人が走ってくる。帯がほどけ半袴の脱げている者、小袖を腰に巻いて半裸の者。ひどいありさまだ。

家鷹が走った。元長が走った。

「どうした。なにがあった」

駆けてきた男をつかまえた。荷駄を運ぶ人足だ。汗。荒い息。泥まみれ。草鞋《わらじ》が脱げて裸足だ。足は血まみれ。眼がうつろだ。

「お館様が……、お館様が……」

息が切れてまともにしゃべれない。

「お館様がどうした」

「襲われなさった」

「どこでだ？」

「京……」

「京のどこだ？」

「本能寺にて……」

「敵は？」

「わかりませぬ。夜明け前に襲われた。大勢の武者たちが寺を囲んでいた」

三好の残党か。まさか。——メルゲンの予言が的中した。

「旗印は見なんだのか」

下人は首を振った。逃げるだけが精いっぱいでそれどころではなかったらしい。そのまま地面に転がって喘《あえ》いでいる。京から走りつづけだったのだ。

「どういたしましょう。合戦の支度をいたしますか」

元長がたずねた。

「待て。ようすをたしかめよう」

しばらくすると、つぎつぎと人足たちが走ってきた。

「お館様はどうなさった。ご無事なのだろうな？」

答えられる者はいなかった。

「敵の旗印は？」

「桔梗《ききょう》……」

若い男がそう答えた。さらに詳しく聞こうとしたが、腕を振りほどいて逃げられた。

桔梗紋なら明智光秀だ。謀叛。明智は一万五千の軍がある。

信長はわずか百騎の馬廻衆を連れただけだ。同行の信忠とて同じ。戦力はないにひとしい。

「ここにも明智の軍が来ましょうか？」

「来る。必ず来るであろう」

「なんとなさりますか」

家鷹が瞑目した。考えている。信長直属の三千騎は、京都市中、郊外の宿舎に分散している。変事に気づいていない者も多いだろう。ほかの軍勢は各戦線に出払っている。柴田勝家は越前。滝川一益は上野。丹羽長秀《にわながひで》は徳川家康とともに堺にいる。安土城留守居役蒲生賢秀《がもうかたひで》はわずか百騎のみ。

街道を人が走ってくるたびに、安土の町と城が騒がしくなってきた。

家々から人が出てきた。数人がかたまって話している。

荷車に家財を積みはじめた商人がいる。子供の手を引いて走る女。大きな荷物を背負い南に走り去る男。杖を突きながらどこかに向かう老女。

動くには、まだ情報が足りない。信長はどうなったのか。それが知りたい。

街道を疾駆してくる馬。五騎の甲冑武者。背に桔梗紋の旗印。明智の使番だ。城に向かって駆けていく。

「行こう」

家鷹は駆けだした。広い大手筋の石段を駆け上がった。両側に秀吉の屋敷と家康の屋敷がある。留守居の武者たちが門前でわめき合っている。合戦の支度か。逃げる段取りか。誰もが殺気だち、眼をつり上げている。本丸への入口は、いつも数人の若武者が警備をしている。門は開け放たれ、誰もいない。

本丸清涼殿前の白洲《しらす》に人だかりがしている。

中心に五騎の武者。昂る馬の手綱を引きながら馬上、大声を張り上げている。

「織田信長殿、帝に異心あるをもって明智惟任日向守《これとうひゅうがのかみ》が弑《しい》したてまつった。おのおの方は逆心なく日向守の麾下《きか》となりたまうべし」

そう三度くり返した。

「一両日中に惟任日向守が入城なさる。それまでしかとこの城守りたまえ」

言い放つと、馬に鞭をくれた。人垣がくずれた。五騎の武者が駆けだした。大手道の石段をくだった。

一瞬の静寂ののち、どよめきが起きた。信長の死――。

「退去すべし」

「戦うべし」

二つの声が錯綜した。

「わしは明智殿に同心いたす」

叫んだのは犬上《いぬかみ》郡の地侍山崎源太左衛門《やまざきげんたざえもん》だ。もと近江六角氏の家臣で、信長の近江入国に際して帰順した男。この男は、あとですぐに秀吉方に転じている。

「裏切る気か」

「いまのは敵方の調略にすぎんわ」

武者たちが紛糾した。

「戦うべし」の声は少ない。安土城の兵力はたかだか千人に満たない。この巨大な城郭に籠《こ》もって戦える戦力ではない。

べつの騎馬武者が駆け込んできた。信長の馬廻だ。転がるように馬から落ちた。黒い当世具足に返り血を浴びている。

武者たちがむらがった。詳報を問いただした。

「お館様、ご自害……」

馬廻武者の言葉が波になってひろがった。

「ご自害だと」

「ご生害なさった」

信長殿が死んだ――。

死はいつも身近にたくさんあって、なんの感慨もないものだが、信長が本当に死んだとなると、胸を衝いてくるものがある。信長に鷹のことで仕えて、すでに十年がたっていた。十年の歳月にはいろいろな出来事があった。信長との狩りは、獲物まですべて鮮明に記憶している。

信長という男がいたからこそ、この十年、おもしろく生きてこれた。ほかの大将では、こうはいくまい。

信長は、奔放でいながらじつに丹念で慎重な男だった。要点はけっしておろそかにせず、全力で一点突破をはかる。読み筋は、天才的に冷徹である。理詰めで隙がないくせに、しなやかに変転する。生き方に芸術的な才能を持った人物であることは、まちがいなかった。つき合っていて、心満たされる人物でもあった。偏屈な家鷹と同じくらいに、信長もまた偏狭なところがあった。ともに鷹狩りに行くのに、もっともたのしい男であったこともまちがいなかった。もし立場が同じなら、よい友になれただろう。

水を打ったように静まりかえっていた人間たちが、いっせいに口を開いた。

生きている人間のことを考えねばならぬ。

声のどよめきに杭を打つような太い声がひびいた。

「鎮《しず》まれ。かくなるうえは、上臈《じょうろう》衆、お子たちこそ大事じゃ。日野《ひの》にお逃げいただく。城は明智にひき渡す。おのおの方は城中を、ちりひとつなきように掃き清められよ」

蒲生賢秀が大声で言った。日野城は安土から南東へ五里。鈴鹿《すずか》山麓にある蒲生の本城だ。

——それが賢明だ。

家鷹はうなずいた。

「では、われらは、鷹を連れて……」

元長が言った。

「いや、残る」

「明智に同心なさるおつもりか」

「謀叛者に同心はせぬ」

「ならば、なぜ」

「鷹を連れて逃げれば、なんと嘲弄《ちょうろう》されるか。落城の際の乱取りよと笑われるのだぞ。残るのは鷹どもに餌をくれてやるためじゃ。明智勢が見えれば退散する。それまで鷹部屋を清めて番をする」

「長年手塩にかけた鷹をむざむざ明智にくれてしまうのか。惜しゅうござるな」

「元長ッ」

家鷹が睨んだ。

「さような心ばせは愚か者のもの。執《しゅう》してわれを見失うまい」

元長の眼はしばらくためらっていたが、やがて深くうなずいた。

西の鷹部屋に戻った。鷹匠たちを集めた。

「ここの鷹は、誰であれこの城の主のものだ。ただ、わしは明智殿には同心しかねるによって、かの軍勢があらわれたら退散する。ついてきたいものはわしの旧領小林在に来い。このまま明智につきたいものは残ってよし。いずれなりとも心を決しておけ」

元長に馬を支度させた。飛び乗ると、安土山をぐるりとまわって東の鷹部屋をめざした。山麓の町では、おびただしい群集が西へ、東へと逃げまどうている。

略奪が始まっている。抜き身の刀を手に走っている者がいる。なにやら箱を抱えて具足の男がわめいている。なぜか眉間から血をながしている男。ここはもう戦場だ。

「吉田殿ッ」

東の鷹部屋で声をかけた。織田家の筆頭鷹匠は家鷹だが、かつての兄弟子にはどうしても物言いが丁寧になる。部屋の鷹たちに落ち着きがない。弟子が取り次いだ。

「家鷹か。よいところへ来た。ただいまから、わしの指図にしたがえ。わしが奉行となり、東西両部屋の鷹は、すべて明智殿に献上する。こういうことはな、わしのほうが得意よ」

「お断わりいたす」

「まさか明智と戦うつもりではあるまいな」

「否。鷹は誰であれ、新しい城主に引き渡そう。しかし、献上するわけではない。ただ引き渡すのみ。しかと渡したのち、わしは退散する。そのことを伝えに来た」

「同じことであろう」

「断じて献上にはあらず」

「意固地な奴よ。あのからくつわを献上すれば明智殿のおぼえはめでたかろうに。わしが誉れを横取りしたと怒るなよ」

「それがしは鷹の目録をつくり明智に差しだす。あとのことは勝手になされよ」

「そうさせてもらおう」

家鷹は吉田を睨んだ。薄汚い人間に見えた。

「こんなことなら、親も生かしておけばよかった。惜しいことをしたもの」

吉田家久が下を向いてつぶやいた。

「なんだとッ」

聞き捨てならない言葉だ。

心の底に澱《おり》となってわだかまっていた疑念が、いま、氷解した。からくつわに毒を盛ったのはこの男だ。

「やはり貴様か」

「おぬしもとっくに承知であろう。この期《ご》におよんでしらを切るつもりもない」

小林家鷹が地を蹴って吉田家久につかみかかった。そのまま押し倒して馬乗りになった。家鷹の形相に、吉田は本気で怯《おび》えた。

兄弟子の顔が青ざめてゆがんだ。

殴った。殴った。歯が折れた。かまわずに殴った。顔が紫色に膨れて無惨に変形するまで殴りつづけた。あまりの家鷹の気迫に、弟子たちはとめるのも忘れて見つめている。

六

夜。具足を着こみ、槍を握った。西の鷹部屋で番をした。鷹部屋の全員に具足をつけさせた。略奪。放火。なにがあるかわからない。不寝番をするつもりだ。鷹八十六据《もと》の目録を書き上げた。これを渡すまで退去しない。

日が暮れて、山崎源太左衛門の屋敷に火の手があがった。明智に同心すると宣言した男だ。自分で焼いたらしい。犬上郡の本領に帰ったという。城下の騒ぎは一段と増した。つねにどこかで叫びや悲鳴が聞こえる。退去に際して金銀名物を持ち去り、城を焼きはらうべしとの意見も多かった。蒲生賢秀は城を焼かないと宣言した。賢者の道を選んだ。

「小林家鷹殿はおいでか」

松明《たいまつ》を手にした数人の甲冑武者だ。

「誰かッ」

　部下が槍をかまえた。

「留守居役蒲生賢秀の手の者でござる。蒲生が火急の件でご面談したいとのことゆえ、二の丸までご足労ねがいたい」

　あとを鹿島平助と元長に任せ、武者とともに石段を登った。山上の曲輪《くるわ》は空気が粛然と張り詰めていた。あちこちに篝火《かがりび》が焚かれ、槍を手にした武者たちが不審者を寄せつけない。

　二の丸屋敷前に、荷駄が用意されている。

　萌黄《もえぎ》の甲冑をつけた武者が差配していた。蒲生賢秀だ。家鷹の顔を見るなり切りだした。

「日野から人足と馬を呼んだゆえ、明朝には来るであろう。上臈衆《じょうろうしゅう》やお子たちを日野にお連れいたす。この荷はすべて上臈衆のものでな、お館様がたくわえた金銀名物はそっくり天主に残しておく。鷹は？」

「明智が来れば引き渡すつもり。目録をつくりました。それまでは餌をやり、番をしております」

　蒲生がうなずいた。

「じつは、鷹のことではない。お市の方様のことでおいで願った」

「どうなさったか」

「気丈な方でござるが、やはりおなごじゃ。臆せられたとみえて、この城を一歩も動かぬと仰せじゃ。首に縄をつけてお連れするわけにもいかず、困じはてておる。付き人に聞けば、小谷落城のときは貴殿がお方様を逃がしたとか。このたびも力を貸してもらいたい」

「お目にかかれようか」

「むろんのこと」

蒲生が先に立って屋敷のなかに案内した。長い廊下をとおって奥に行くと、廊下に顔見知りの女がいた。すでに旅装束を調え、ひかえている。家鷹をみとめて頭を下げた。

「お方様。小林家鷹殿がおみえになりました」

なんの返答もない。女が障子を開いた。

「よしなに頼む」

蒲生賢秀が言いのこして去った。

灯明がひとつ。板敷きの間に紅《くれない》の袿《うちかけ》がふせっている。長い黒髪が扇のようにひろがっている。

「お方様。家鷹でござる。まずはお顔をお見せくださいませ」

お市が緩慢に起きあがった。泣きはらした顔がやつれている。どこか諦めた顔だ。

「どうしてこんな目にあわなければならないの」

家鷹は答えられない。小さく首を振った。

「この世のことは、自分では決められますまい」

そう言うのがやっとだった。

「このまま、ここにいます」

「明智の軍勢がまいります」

「合戦になりますか」

「もはや合戦でござる」

「ならば、ここで死にます」

「お方様」

「はい」

「お方様が亡くなれば泣く者が大勢おります」

「子たちならばもう大きゅうなりました。女たちに荷造りを指図しておりましょう。わたくしがいなくとも生きていかれます」

茶々はもう嫁にもいける歳だ。初、江もしっかり気丈に育っている。

「いいえ、お子たちのことではござらぬ」

「誰？」

「その者はずっと以前からお方様をお慕いいたしておりまする。その者を泣かさぬために、お逃げいただくわけにはまいりませぬか」

家鷹がお市の眼をじっと見つめた。

お市が大きな瞳で見つめ返した。

「その者は、お方様のためなら命も捨てる覚悟でござる。あわれとおぼし召してお逃げくだされ」

頬に一筋の涙がながれた。

「これほどうれしいと思ったことはありませぬ」

「お逃げください」

お市がうなずいた。

「連れて逃げてください。小谷のときのように」

「それはできません。それがしは御鷹の番をして残らねばなりませぬ。蒲生殿にすべてをお任せなされよ」

お市が首を振った。

「では、わたくしもここに残ります」

「いかんッ。逃げよ。鷹を明智に渡せば、わしも逃げる。それまで守りたいが、蒲生殿の兵がいなくなれば、なにが起こるかわからぬ。逃げてもらわねばならんのだ」

お市がくすりと笑った。

「あなたは昔のまま。どんなときでも鷹がいちばん大事なのね」

家鷹は言葉がない。うなだれた。

「わかりました。蒲生に逃がしてもらいます。その代わり……」

「なんでござろうか？」

「……力をください」

「どうすればよろしかろう」

お市が家鷹の手をとった。

家鷹の手を、お市は自分の頬にあてた。初めて触れた女の肌。いままで触れたなにものよりあたたかく柔らかい。家鷹の血潮が熱く沸騰した。

「わたくしは鷹に生まれればよかった。来世は鷹に生まれましょう」

いたずらっぽく笑ったお市の顔が、家鷹には天女より美しく見えた。

翌日、お市と三人の娘たちは、上臈衆とともども日野城に向かった。蒲生賢秀の兵が警護した。

城には木村次郎左衛門《じろうざえもん》が残った。天主閣普請奉行だった男だ。安土城はもはや城塞ではなく、ただの巨大な建物になった。

二日後、明智光秀が安土に入城した。信長が長年にわたって備蓄したすべての金銀財宝と物資を接収した。惜しげもなく家臣たちに分配したと聞いた。

東西両部屋の鷹八十六据《もと》もそのなかにふくまれている。

白の御鷹からくつわは、明智光秀のものとなった。

鷹《たか》柱《ばしら》

一

近江犬上郡小林在は、小さな谷だが居心地がよかった。水量豊かな川のそばに田がある。在の者たちは、小林家鷹が子供時分から顔を見知っている。低い山に囲まれた隠れ里のような谷。乱世を避けるにはうってつけだ。

家鷹は、先祖伝来の屋敷に戻った。

三十人の鷹匠と見習たちがついてきた。

屋敷は荒れていた。土と藁《わら》をこねて壁を塗り直した。床板を貼りなおした。全部自分たちでやった。世が治まるまでここにいるつもりだ。いずれ屋根の萱《かや》を葺《ふ》きかえる。

若い鷹匠を数人、安土と京に放っておいた。天下がどう転がるのか、無関心でいるわけにはいかない。明智光秀がこのまま天下を掌握できるとは思えない。しばらく戦乱がつづくだろう。

小林在に来て十日目の午後。探索に出かけていた鷹匠が帰ってきた。

「京の南の山崎天王山《てんのうざん》にて、明智殿、羽柴殿の軍に敗北を喫しました」

そう告げた。光秀は東に逃げた。つきしたがう者わずか数名だという。いずれ秀吉の手にかかるだろう。

「武家伝奏の勧修寺晴豊がなにかたくらんだようでござるが、詳細は不明にて候」

「安土城はどうだ？」

「明智秀満《ひでみつ》殿がおいでなれど、本日にも坂本に退去なさるごようす」

秀満は光秀の子だ。知的で礼節のある若者だ。無茶はするまい。

「織田信雄《のぶかつ》殿が近江土山《つちやま》に陣をかけ、安土を狙っております。今日明日にも安土に入城なさると思われます」

信雄は、伊勢にいた信長の次男だ。鈴鹿を越えてきたのだ。土山なら安土まで五里。たしかに今日明日にも安土入城をはたすだろう。

「どうなさいますか」

元長がたずねた。

家鷹は首を振った。動くべきときではなかった。

その夜更け。元長に呼ばれて外に出た。

「あれを……」

空が赤い。梅雨どきの厚い雲が、地上の巨大な火炎を映して禍々《まがまが》しい紅《くれない》に染まっている。

「安土城でしょうか」

家鷹はうなずいた。

「馬を支度せい」

革袴をはくと、家鷹は具足もつけず、一筋の槍を脇にかかえて馬に飛び乗った。馬は一頭しかいない。駄馬だ。もどかしい。家鷹は馬の尻が裂けるほど鞭をくれた。安土城まで四里。馬は口から白い泡を吹いた。

燃えているのは山頂の天主だ。

山麓にいてさえ頬に熱を感じるほど紅蓮《ぐれん》の炎が天高く上がっている。

西の鷹部屋に行った。

人は誰もいない。

鷹もいない。

残しておいた鷹道具一式が持ち去られている。鷹匠長屋に土足の跡。すべてが略奪されていた。水甕《みずがめ》、障子、戸板までない。

からくつわの部屋に、真っ白い尾羽が三本落ちていた。それがすべてだった。

東の鷹部屋に行った。

人も鷹もいない。やはり、ことごとくが持ち去られている。

――あさましい。

人の本性の底を見た気がした。どんな局面でも、自分はそうなるまいと誓った。

安土の町に人の気配はなかった。すでに逃げたのだ。足軽が一人駆けてきた。背の旗印は織田信雄。家鷹が睨むと、遠巻きに警戒しながら走り去った。

大手道の石段を馬で登った。

焼けているのは山頂の天主だ。中腹の家臣屋敷には人の気配がない。ここも略奪は終わっている。時折、山麓で鉄砲の音が響く。二十人ばかりの男たちが駆けおりてきた。抜き身の白刃や槍を手にしている。胴丸を着ているが武者や足軽ではない。略奪の一揆衆だ。

家鷹を見つけて叫んだ。

「馬を奪えッ」

取り囲まれた。

「身ぐるみ置いていくなら命は取るまい」

眼が血走っている。

家鷹は答えず、槍の鞘を払った。馬上大きく振りまわすと、叫んだ男の喉笛をあやまたず切り裂いた。血がふきあげた。二人が同時に槍を突いてきた。身をかわしつつ、槍先で男の眼を切った。残りの男たちは仰天して逃げた。無性に腹立たしかった。

そのとき、大きな音を立てて、七層の天主が崩れ落ちた。断末魔。すさまじい熱風。顔が熱い。火の粉の海。燃えた木切れが飛んでくる。天主の鷹部屋には近づけそうもない。諦めて引き返した。

しばらく炎上を眺めてから、いったん小林在に帰った。

翌日、元長と鹿島平助ら七人を連れて、また安土に戻った。

からくつわを探した。

あたりには一据《もと》の鷹もいなかった。小鳥たちもみんな逃げ出したらしい。

十日間探索したが、ちらりとも鷹の姿を見かけない。持参の食料がなくなったのを潮に屋敷に帰った。

空虚を腹に呑んだようで、なにをしても寂寥《せきりょう》としてむなしい。日がなごろごろして過ごした。飽きると、弟子たちを相手に相撲をとった。家鷹がいちばん強かった。腹の底に力はあった。力をなににつかってよいかわからなかった。谷間《たにあい》の在所から出ていく気にはならなかった。

二

秋。鈴鹿山に分け入って隼《はやぶさ》の罠《わな》をつくった。

隼を三据《みもと》捕まえた。

いずれもこの夏生まれた若だ。

隼は黒目が大きく丸い。鷹よりやや小さいがいっそう精悍である。武者にたとえるなら駿馬を駆る剽悍《ひょうかん》な馬廻の若者。鋭く繊細で自持《じじ》が強い。

一冬かけて調教した。

隼は鷹よりはるかに速く飛ぶ。

狩りの仕方は鷹とまるで違う。

隼は空中でしか狩りをしない。上空を旋回していて獲物を見つけると、翼をひるがえして急転直下。獲物に激突して落下させる。それを空中で摑む。勇壮なことこのうえない。

人が狩りをさせるときも、あらかじめ上空を旋回させておく。

地上から上昇気流にのって、五十間から百間の高さまで隼は上がる。鷹匠は呼子《よびこ》を吹き、上空の隼を獲物のいる場所に誘導する。

勢子が藪から獲物を追い出す。隼が上空から急降下して獲物を撃墜——。

上げ鷹と呼ぶ隼の狩りだ。

隼はすさまじいばかりの狩りを見せてくれるが、人間が餌を与えていると、狩りに興味を失う。鷹匠をなめて狩りをしなくなる。そのため、狩りの間際まで頭巾をかぶせ、目隠しをしておく。獲物への興味をひきだすのだ。

ひさしぶりに隼を調教して家鷹は気が紛れた。鳥を相手にしていると、いやなことは忘れてしまう。

羽柴秀吉が京の紫野大徳寺で信長の葬儀をおこなったと聞いたのは十月のことだ。僧侶数千人、警護の兵数万人を揃える壮大な葬礼だったらしい。家鷹は京であれこれ調べてきた鹿島平助の報告にうなずいただけだった。

「そういえば、お市の方様が……」

「市様がどうした」

「お輿《こし》入れあそばしたらしい」

「どこへだ？」

「信長公の葬式よりよほど関心がおありですな」

鹿島平助が笑っている。

「うるさい。どこに輿入れなさったのだ」

「柴田勝家様。すでに越前北 荘《きたのしょう》においでになったとのこと」

それならば仕方ない。政治的決着だ。信長急死のあと、織田家の軍団長たちは尾張清洲《きよす》に会した。織田家の跡目は信長嫡孫の三法師《さんぼうし》秀信がつぐことになった。秀吉がそうさせた。柴田勝家はお市と三人の娘を手に入れた。信長の血をうけつぐ者たちには政治的価値がある。

「権六殿か……」

年が明けた二月。

よく晴れた朝、隼を連れて近くの原で上げ鷹をした。

上空にあがった三据《みもと》の隼を呼子で誘導した。

勢子が小川にいた鴨を追い立てた。鴨が羽ばたいて飛び上がった。水面から飛び上がるときの鴨は、翼を必死に羽ばたかせる。急に高くは上がれない。低い角度で必死に羽ばたき、風を得る。

ようやく高く舞い上がったとき、隼が急降下してきた。激突。墜落する鴨を、隼の爪が空中で摑んだ。

「みごとッ」

背後で声がひびいた。聞き覚えのある声だ。

振り返った。栗毛の馬に武者がまたがっている。青貝螺鈿《らでん》のあざやかな鞍を置き、鎖で綴《つづ》った朱塗り鉄板の当世具足。つややかな烏帽子兜をかぶり、五騎の供まわりを連れている。

　家鷹は武者を眺めた。

「俺がわからぬか」

　面頬《めんぽお》をとった。笑っている。

「メルゲンッ。生きておったか」

「死んでたまるか」

　馬からおりると、エルヒー・メルゲンが駆けよってきた。小林家鷹に抱きついた。昔のままのこの男の癖だ。韃靼《だったん》の流儀だ。

「よく無事だった」

「おぬしこそ」

「清六はやはり……」

「いかんかった。なにしろものすごい数の敵であった。わしも切り防ぐのがやっとだった」

「お館様の最期は……」

　メルゲンが具足の胴から布包みを取りだした。なかは見なくてもわかる。黄金の鷹だ。可汗《ハーン》の徴《しるし》だ。

「これを、わしに渡してから、一人で書院に籠もられた。すぐに炎がまわった」

「おぬしの白鷹《キヤホウ》は？」

メルゲンが首を振った。台架《だいぼこ》につないでいたが、混乱のなかで踏みつけにされたという。清六の鶴取《つるとり》も同じだった。

「それにしても立派ななりだ」

家鷹はあらためて目の前の韃靼人を見つめなおした。

「秀吉からの褒美だ。いろいろ助けてやった」

「金の鷹を献じるのか」

「まだだ。覇権が確実になったらそうする。ところで……」

メルゲンは、このところの情勢を語った。

秀吉は、岐阜の信孝《のぶたか》を降伏させた。伊勢の滝川一益に大きな打撃をあたえた。つぎは越前の柴田勝家を攻める。

「家鷹もそろそろ、出てこなければなるまい」

「俺はいい。この谷で鷹といるのが安穏だ」

「そういうわけにもいかん」

「出頭などは望んでおらぬ。天下の帰趨《きすう》も興味がない。ここにいて鷹と暮らしているさ。天下が落ち着いたらからくつわを探しに出る。望みはそれだけだ」

「そうはいかんのだ」

「なぜ？」

「お市殿よ」

家鷹の全身が硬直した。動けなかった。

「秀吉が柴田を攻める。秀吉はまちがいなく勝つさ。お市殿はどうなる」

鼓動が速くなった。息が苦しい。

「おぬし以外に救出できる者はおらんだろう」

「秀吉はどこにいる」

「佐和山城に結集している。越前では、前田利家《まえだとしいえ》、佐久間盛政らが、すでに雪のなかを進発した。柴田は、備後鞆津《びんごともつ》の足利義昭や毛利、長宗我部、雑賀《さいか》、根来《ねごろ》、高野山《こうやさん》まで人を飛ばして出陣を要請している。この戦いが正念場だから、柴田も必死だ」

三

のちに石田三成《いしだみつなり》の居城となる佐和山城は、湖東《ことう》平野を睥睨《へいげい》する要害だ。安定感のあるどっしりと大きな山。山頂の曲輪《くるわ》は広々している。

ひさびさに対面した羽柴秀吉は、真っ黒に日焼けしていた。髪が薄くなり容貌はいっそう鼠に似てきた。人をたらし込む笑顔にさらに磨きがかかっている。

天下は、いま、彼の目の前の皿に盛られている。手を伸ばせば、すぐにでもつかめる。ただし、その前に倒さねばならぬ敵が何人かいる。

「家鷹殿、よう来てくれた」

小林家鷹の手をとると目尻に涙を潤ませた。いつわりの涙ではない。感情が露出しやすいたちなのだ。

「なんといっても江北の地は、小谷城に暮らした小林殿が詳しい。ぜひとも力になってもらいたい」

家鷹はうなずいた。手を離そうとしたが、秀吉が離さない。

三万の軍勢を率いた柴田勝家は、すでに湖北の山地に布陣しているという。

「あのあたりの地勢は、熟知されているであろう」

「問うまでもないこと」

越前から栃《とち》ノ木《き》峠を越えてくる北国《ほっこく》街道は、柳《やな》ヶ瀬《せ》の隘路《あいろ》を通過して、木之本《きのもと》で湖北平野に出る。そのあたりなら庭と同じだ。

秀吉の軍勢は七万を越えているが、まともに谷に突入しては勝ち目がない。いくら谷間に大軍を投入しても、山上の陣地から襲撃されれば防げない。

秀吉が大きな地図をひろげさせた。

小姓が、武将の名を記した木札を持って控えている。斥候が探索してきたとおりに、その木札を配置した。

いずれも、北国街道西側の要害だ。

「柴田勢が布陣している内中尾山《うちなかおやま》から、別所山《べつしょやま》などの一帯は天嶮《てんけん》の地。土居をかき上げ、柵を築いているとすれば、なまなかなことでは戦えぬ」

「地の不利を利に転じる策はないものか」

家鷹は、じっと地図を眺めた。

鷹を据えて、何十回、何百回と踏査した場所だ。山の高低や形ばかりでなく、茂っている樹木や、あたりに吹く風の向きさえ浮かんでくる。

「囮《おとり》となる軍勢をここまで進ませるがよろしかろう」

と、谷の中ほどの山を指した。

「そこは……」

「左禰山《さねやま》と堂木山《どうもくやま》にござる」

「敵陣に深く入っておるな」

「囮でござれば、決死の覚悟で深入りせねば効果はござらぬ。それとこの大岩山《おおいわやま》、岩崎山《いわさきやま》」

余呉《よご》湖の東の小さな峰をさした。賤《しず》ヶ岳《たけ》の北の尾根つづきだ。

「ここにも囮をおくがよい。柴田が攻撃を仕掛けてくれば、適当に反撃しつつ後退し、追撃をさそうのだ。柴田本隊が山をおりて北国街道を進撃してきたところで、こちらの本隊を木之本から突進させる。しかし、いずれにせよ、柴田はすぐには動くまい。秀吉殿は、とりあえず隊を半分に分け、大垣《おおがき》まで進撃。岐阜の神戸《かんべ》信孝攻撃をよそおってはいかがか。本当に岐阜を攻める必要はない。これもまた策略」

「さすれば、どうなる」

「柴田は秀吉殿の背後を衝きに出てくるであろう。すかさず大垣から戻られよ。大垣から木之本まで十三里。信長殿なら、半日で全軍を移動させられた。機を逃さぬのがこの策の要諦じゃ」

秀吉は唸った。完璧な作戦に思える。

柴田勝家をおびきだすには、それが最善策だと確信した。

「家鷹殿は、たいした軍師だ」

「敵を大きな獲物と考えれば、策などはいくらでも立つ。そんな世辞より……」

「なんだ?」

「戦勝ののちのこと。北荘《きたのしよう》におわすお市の方様、ぜひとも助命していただきたい」

「もとよりそのつもりだ」

秀吉が深くうなずいた。

秀吉の軍は、余呉の谷にはいる手前の木之本まで進むことになった。いったんそこまで行ってから美濃に向かう。陽動作戦だ。家鷹は、秀吉の馬廻にくわわり、ゆらりと馬を進めた。

佐和山から長浜、虎姫《とらひめ》をすぎると北に小谷山が見えた。

「なつかしいな。俺にもなつかしいぞ」

メルゲンが言った。

あの城が落ちたのは十年も前のことだ。なつかしくないわけはない。しかし、感慨はない。なつかしめば、嘆きが生まれる。そんな気持ちになりたくなかった。

落城は忘れない。

伊吹山を越えて、からくつわが飛んできた——。

空を見上げた。

霞たつ春の青空がひろがっている。朝の光がまばゆい。ただ、それだけだ。

「あれは……」

元長がつぶやいた。

家鷹は、また見上げた。

茫漠たる蒼穹《そうきゅう》。雲。やはりそれだけ。

「父上は、お眼が悪うなられたか。ほれ、あそこじゃ」

元長が、小谷山の上空を指さした。

点。青空を小さな点が飛翔している。まっすぐに飛んでいる。鷹の飛び方だ。小谷山の金吾丸あたりに舞い降りた。

「鷹だな。白かったぞ」

メルゲンがつぶやいた。半里先の鷹。見えるだけでも千里眼だ。色までわかるものか。

「わたしも白鷹と見ました。からくつわかもしれませぬ」

「まさか」

家鷹が首を振った。

「いや、そう見えた。わしは見てくる。あとで追いつく」

メルゲンが馬に鞭をくれて駆けだした。

「わたしも行きます」

元長が馬を駆けさせた。

「待てッ。わしも行く。秀吉殿、よしなにッ」

大声で叫ぶと、家鷹は馬に鞭をくれた。胸が沸きたっていた。

三騎が駆けだすと、供の者たちも競うように小谷山麓まで駆けた。

小谷山の大手道は草が茂って荒れていた。本丸下、かつての番屋のところで、供まわりの者たちを待たせた。三人は馬をおりた。

草を分けつつ金吾丸に登ると、一本杉の梢に白鷹がとまっている。純白だ。眼をしかと開いた。

春の陽ざしに羽が輝いている。首が太い。胸が盛り上がっている。眼が赤い。秀麗な鷹顔。

――まちがいない。

「おいっ」

メルゲンが家鷹の背中を叩いた。満面の笑顔。元長が鳩の片翼に忍縄《おきなわ》を結んで差しだした。家鷹は左手に鞢《えがけ》をはめた。

「ホッホッホッ」

家鷹が杉に近づきながら声をかけた。鳩を振った。

からくつわが鳩を見つけた。

羽を割った。すいっと風をつかんで滑空した。向かってくる。家鷹の頭上を飛びすぎた。本丸のほうに飛び去った。

――駄目か。

安土城でからくつわと別れてから夏と冬を越えた。人と暮らしたことなど忘れてしまったのか。

「あいつは巣鷹だな」

メルゲンが言った。

「そうだ。生きていてほっとした」

雛《ひな》から育てた鷹は、やはり自然のなかでは生きにくい。無理な狩りのあげく翼をそこねて死んでいてもおかしくないのだ。

「巣鷹なら、人を忘れるはずがない」

そのとおりだ。あれは鷹の子ではない。家鷹の子だ。家鷹が腹で温めて卵から孵《かえ》した。生まれたときから、家鷹が餌をあたえた。家鷹がなにをするかは知っている。

「あっちに飛んだ。本丸に行ってみよう」

三人で本丸への道をたどった。石段が崩れて歩きにくい。足元を気にしながら最後の坂を上がった。眼にとびこんできた光景に家鷹は胸を衝かれた——。

「なんだ、ここは……」

荒涼とした墓場だった。

十年前、からくつわを網懸《あが》けしようとしていたとき、本丸跡に卒塔婆《そとば》を立てた。落城のときに命を落とした千二百十七柱。家鷹と鷹匠組の生き残りで木を削り、名を書いた。

十年の歳月をへて卒塔婆は朽《く》ちた。それでも寄り添うように立ちならんでいる。

そのまわりに、髑髏《しゃれこうべ》や骨が山となって積んである。

落城のあと、死体を見つければ土を掘って埋めた。できるかぎりそうした。

小谷山周辺の藪や谷には、見つけられなかった屍《しかばね》がたくさんあっただろう。草むした白骨を誰かがここに集めたのだ。

「墓場か？」

「誰かが供養したのだ」

だが、誰が――。

「あそこにおります」

元長が指さした梢に、からくつわがとまっている。

「あいつが？」

「まさか……」

家鷹が掛け声をかけた。鳩を振った。

からくつわは、甘えるように一声啼くとすなおに拳《こぶし》に舞い降りた。

羽は雪白のままだが、あちこち傷んでいる。翼の風切羽《かざきりばね》が五本、途中から折れている。尾羽の内側にべっとり血と臓物の滓《かす》がこびりついている。足革《あしかわ》は一本だけだ。一本は嘴《くちばし》ではずしたのだろう。夏と冬を自然のなかで過ごし、からくつわは野性に近づいた。野《の》伏《ぶせり》の匂いがする。以前より逞しく見える。野性のなかで自分を知ったらしい。

鳩の心臓を喰わせた。喉を鳴らして呑み込んだ。

家鷹は本隊に遣いを出した。供養の米と酒を持ってこさせた。

穴を掘って、髑髏と骨をおさめた。骨を動かすとき、時折、白い羽が落ちていた。からくつわの雪白の羽だった。

酒と米を白骨にまいて土で埋めた。野の花と椀の水を供えた。手を合わせると、深々と頭を垂れた。

四

木之本の陣で、七万の秀吉軍が三万の柴田軍と睨み合った。

どちらも動かない。動いたほうが不利になる。

柴田勝家は、伊勢の滝川一益、美濃の神戸信孝と連携をとって秀吉を挟撃しようとしている。各戦線で小競り合いがつづいている。じりじりといらつく時間が過ぎていく。戦況は五分。人数は秀吉が倍だが、柴田は地の利を得ている。しかも秀吉の背後に味方がいる。

四月なかば、秀吉は木之本の陣を弟の秀長《ひでなが》にあずけた。

自分は三万の軍を率いて、美濃の大垣に向かった。岐阜城攻撃——。わざと敵に背を見せただけではない。岐阜城の神戸信孝もまた掃討せねばならぬ敵である。信孝は信長の三男だ。秀吉に容赦はない。

秀吉が木之本を離れてまもなく、柴田勢が動きだした。最前線の小部隊が斥候に出た。そのまま攻撃を開始した。待っている兵はつらい。攻撃をかけたほうが楽になる。囮としてつくった大岩山の砦が、柴田軍先鋒佐久間盛政の部隊に占領された。

大垣でその報を得た秀吉は立ち上がって叫んだ。

「勝ったぞッ」

ただちに木之本に向かって駆けだした。

秀吉が大垣を飛びだしたのが、未《ひつじ》の刻（午後二時）。

十三里離れた木之本に、全軍の最後尾が到着したのが、戌《いぬ》の下刻（午後九時）。

あらかじめ村々の宿老たちに命じ、街道脇に酒、料理、餅、赤飯、馬のかいばを用意させた。日没後は沿道で篝火《かがりび》を焚かせた。太鼓を持ち出して叩いた百姓がいた。祭り騒ぎの進軍。疾風のごとき突進。信長のやった以上に秀吉はやった。

柴田勝家は、軽率に動かぬよう前線に指令していた。最前線の佐久間盛政が、行動を突出させたのだった。

撤退をうながしても、大岩山での勝利に酔った佐久間盛政は引き返さない。

翌未明、秀吉は、賤ヶ岳に主力を投入。占拠された大岩山の砦からわずか十五町。二万の軍勢が攻め寄せたからたまらない。柵も満足にない間に合わせの野陣だ。もちこたえられるはずがない。

秀吉は別働隊を北国街道に突進させた。

昼過ぎには、勝敗が決していた。

柴田軍は崩れた。前線の兵が逃げてくれれば後衛も駆けて逃げる。脱走があいつぎ、潮がひくように越前に逃げ帰った。

翌日、秀吉軍は越前にはいった。

柴田勝家の本拠北荘城は、越前制圧の拠点であった。

平地のため城の要害がわるい。土居をかき上げ、堀と柵がめぐらしてある。平城《ひらじろ》の欠点をおぎない、周囲への俯瞰《ふかん》を得るため九層というとてつもない櫓《やぐら》が屹立《きつりつ》している。

城中に、お市と三人の娘たちが留守居をしていた。

賤ヶ岳の戦場から柴田三万の兵はちりぢりに逃げた。

城に戻ったのは勝家と近習わずか百騎。留守居の将兵とあわせて、城方は三千に満たない。

その城を、十万を越える秀吉の大軍が包囲した。

包囲陣には、柴田軍から秀吉にくだったばかりの前田利家がくわわっている。秀吉の軍は、降将たちが参陣し、さらに膨らんでいた。

秀吉は、城を見おろす足羽山《あすわやま》に陣所をさだめた。

寡兵を盛り上げるため、城内では攻め太鼓がとどろいた。

城兵は、ときおり門を開いて討って出てくる。

雨のごとく鉄砲をあびせられ、たちまち地に倒れる。

戦場を見おろしながら、秀吉が家鷹にたずねた。

「市殿は、いくつになられたか」

秀吉は、信長から拝領した陣羽織を着ている。鮮烈な緋羅紗《ひらしゃ》。織田家の木瓜《もっこう》紋と秀吉の桐紋が金糸で縫いとってある。

「三十七になられたと存ずる」

秀吉は北荘城と十万の包囲陣を見つめている。合戦の日でも春の陽ざしは暖かい。風がここちよい。銃弾に倒れる兵の脇にも野の花が咲いている。越前平野は春霞にけぶっている。

「使者に立ってくれ。お助けしたい」

そのつもりでここまで来た。

しかし、大軍に包囲された城を見ていると、お市の心中が察せられた。

――出てくるまい。

そう思わざるを得ない。

小谷の浅井家に嫁ぎ、兄に夫を殺された。兄が殺され、兄の安土城から逃げた。いま、また――。お市の胸中に、惑乱と煩悶、懊悩《おうのう》のほか、なにがあるというのか。

春の越前平野は、十万を越す兵馬のどよめきで、天地がざわめいている。

青空を、鳶《とび》が舞っている。

春靄にかすむ天空に、七彩の大きな日輪がかかっている。誰のための瑞兆《ずいちょう》か。

この天地は、家鷹の思い通りには動かせまい。動くはずもない。

卑屈になることはない。天地のはざまにしかと立っているのが自分だ。眼が見える。手がある。足がある。走り出せる。できることを懸命にやればよい。

「まいりましょう。権六殿ひとりが腹を切れば、城兵すべて助命すると申してよろしいな」

秀吉がうなずいた。

北荘城大手門に向かって、ただ一騎進んだ。白綵《しろいと》で縅《おど》した当世具足。「鷹」と一字隷書《れいしょ》で大書した旗を背負った。

銃撃された。三発、四発。五発、六発。矢が飛んでくる。威嚇だ。当てるつもりはないらしい。板壁や井楼《せいろう》にならんだ城兵たちが、銃口と矢先を家鷹に向けてかまえている。

門前に進み、大音声で呼ばわった。

「軍使小林家鷹である。御大将柴田権六殿に、お目にかかりたい。開城なされば、権六殿の腹よりほかはなにも望まぬ。さようお伝えあれ」

門脇の櫓がざわめきたった。

「詐術であろう。われらが門を開けば、一気に攻め寄せるつもりか」

腹が立った。馬から飛びおりた。その場で、兜と具足を脱いだ。さらに襯衣《したぎ》も小袴も脚絆《きゃはん》も草鞋《わらじ》も、褌《ふんどし》までくるくる脱ぎ捨てた。

丸裸で仁王立ちになった。

「こちらの軍勢を見よ。その気なら、たちまち押しつぶせる。それをせぬのは、天地玄黄《げんこう》の摂理が、無益な殺生を好まぬからぞ」

叫んだ。股間の陽物に痛いほどに血がみなぎっている。天に向かって屹立している。火の山より熱い血潮が体内を駆けめぐっている。

――殺されても通ってやる。

気合いをこめて立っていた。

「お方様や姫御子、女たちの命だけでも助けたい。そう伝えよ」

立っていた。裸なのに汗がながれた。時間がひりひり流れた。重い木の扉が開いた。

家鷹が進んだ。

門内に数百の鉄砲、弓、槍。すべてが家鷹に向けられている。

かまわず進むと、波のごとく兵がしりぞいた。道がひらけた。

正面に髭の濃い武将がいた。柴田権六勝家。萌黄の陣羽織。鍾馗《しょうき》のごとくいかめしい男。やつれている。敗者の顔だ。

「鷹匠の小林家鷹であったな。たしか、浅井の旧臣」

「さよう。秀吉の名代《みょうだい》としてまいった」

勝家は薄く笑っている。なにがおかしいのか。

「いや、ご立派なこと。もののふたる者、それぐらいの気概が欲しいもの」

勝家の視線をたどって眼を落とした。陽物がさらに猛々しく天に向かって突き立っていた。

気をきかせた武者が白い帷子《かたびら》を一枚差しだした。まとった。ありがたかった。

「開城のこと、勘考《かんこう》なされよ」

「せっかくのご好意ゆえ、女たちを助けたい。茶々、初、江の三人をよしなに頼みたい」

「しかとうけたまわった。されば、姫御子《ひめみこ》だけでなく、秀吉は、城兵みなを助けたいとの意向。腹をめされるのは、権六殿おひとりでよろしかろうと存ずる」

「そうもいくまい。残った者たちにあるのは、おのれの意地を守る気概ばかり。おめおめと頭を下げるくらいなら、この城に帰ってくるはずもない」

そうであるはずだった。小谷城落城のときの自分を思い起こせば、それ以上、開城をすすめる言葉はない。

「お市の方様をば、お連れいたしたい」

「わしもそれを願うておるが、お市がどうしても、ここで死ぬと言いはって肯《がえ》んぜぬ。旧臣のおぬしから、生きるべしと、さとしてくれ」

本丸御殿にとおされた。

お市は、三人の娘たちと貝合わせをしていた。広間に可憐な絵柄の貝がならんでいる。合戦のさなかの貝合わせは、白々とした狂気を感じさせた。お市は、家鷹を見るとおだやかに微笑んだ。美しさに言葉にならない凄みがあった。

「家鷹、よく来てくれましたね」

貝を手にしているのはお市だけだ。三人の娘は、眼を真っ赤に腫らしている。貝遊びの風情ではない。

茶々がこらえきれず、すすり泣いた。

「ご安心めされよ。お助けいたす」

お市の顔は気丈にはりつめている。

「お方様。ぜひにも退去なされませ。お願いにござります。ぜひにも。ぜひにも」

平伏した。額を地にすりつけた。

お市が静かに首を振った。

「もうたくさん。もうたくさんです」

家鷹は言葉がない。

「わたくしはここからお浄土にまいります。娘たちだけ連れていってください」

三人の娘たちが泣きさざめいた。女たちの愁嘆場《しゅうたんば》はかぎりがない。

「家鷹。秀吉に慈悲があるなら、今宵一夜、弓箭《きゅうせん》を止めるよう願うてもらいたい。別離の宴を所望したい」

「それでは、なんとしてもご退去なさりませぬか」

「娘たちをお願いいたします。宴がはてたのち、人をつけて送りだします」

お市を見た。強い意志が感じられた。これ以上、口にする言葉はない。

「かしこまって候」

頭を下げてさがろうとした。お市が呼びとめた。

振り返ると、お市が微笑んでいる。

「あなたが鷹をつかうのを見るのが好きでした」

家鷹は、立ち止まった。

「お方様は、幸福なご生涯でしたな」

「えっ……」

お市は、聞き違えたのかと耳を疑った。この鷹匠は、わたしの人生を幸福だと言った。

「なぜ……?」

「お方様ほど生死の波に苦しめられた女人は、さすがにそう大勢はおりますまい。肉親を合戦で失うのは世の常なれど、お方様ほどつらい苦しみを味わった女人は、少のうございましょう」

「だから……」

「お幸せだと申し上げました」

「なぜ……」

「この世で辛酸をなめた人ほど、浄土では阿弥陀如来《あみだにょらい》に近づけると申しますからな」

——ほんとかしら。

お市は、疑っている。そんな話は初耳だ。

「家鷹は、作り話がじょうずでしたね」

「とんでもない。それがしつねに赤心《せきしん》にて生きておりますゆえ、作り話などはいたしませぬ」

「嘘ばかり……」

お市が微笑した。

「わたくしは、好きでしたよ、鷹もあなたも」

「ありがとう存じます」

「あなたは、幸せな人ですね」

家鷹は黙した。

「ありがとう」

お市が頭を下げた。

「お役に立ちませず……」

家鷹が頭を下げた。

そのまま引きさがり、城を出た。

その夜、城内から笛の音がながれた。手拍子と歌声が聞こえた。

三人の娘たちは、富永新六郎《とみながしんろくろう》という武者が連れて秀吉の陣にやってきた。上臈衆たちは、お市とともに残った。

翌朝。払暁とともに、十万の軍勢が粛々と城に攻めかかった。

一刻ばかりで落ちるというおおかたの予想ははずれた。城方は奮戦して、手ごわかった。

夕刻。海に近い越前平野は、真っ赤な夕焼けに染まった。天と地のすべてが濃い橙色《だいだい》の世界に沈んだ。天守櫓で爆音が轟き、黒煙と火炎があがった。

お市と一族の妻女八十人は勝家が自分の手で刺殺した。

勝家はそれから自分で腹を切った。

介錯した側近中村文荷斎《ぶんがさい》が、用意の火薬に火を点じた。

櫓から立ち昇る黒煙と炎を眺め、小林家鷹はじっと拳を握りしめた。

五

秀吉は、着々と覇権を確立していた。

本願寺が退去した摂津石山に壮麗な大坂城を築いて入城。

小牧《こまき》・長久手《ながくて》の合戦で徳川家康に破れたにもかかわらず、京に家康を呼びつけた。

勝っていた家康は激怒した。

「この鷹一据《ひともと》で蹴散らして見せよう」

そう言ってのけた。

ただし秀吉は外交手腕によって、家康を臣従させることに成功した。

近衛前久に一千石の領地を贈り、近衛家の養子となって関白に就任。

紀州の雑賀党、越中の佐々成政《さっさなりまさ》、四国の長宗我部元親、九州の島津義久《しまづよしひさ》ら反対勢力を傘下に組み入れた。

京に聚楽第《じゅらくだい》を造営し、後陽成《ごようぜい》帝の行幸《みゆき》を仰いだ。信長と対立し続けた正親町帝は退位し上皇となった。

国内最後の強敵小田原《おだわら》の北条一族を二十万の軍勢で三ヵ月にわたって包囲した。

秀吉軍にとっては、合戦というより祭りだった。幸若舞の大夫《たゆう》や碁打ちの名人を呼んだ。茶頭に茶を点てさせた。将兵のために大勢の遊び女たちを連れてきた。大名たちは妻女を呼んだ。

自分は側室の淀君《よどぎみ》を呼んだ。お市と長政の娘茶々だ。柴田滅亡ののち、しばらくは織田有楽斎《うらくさい》にあずけていたが、昨年になって側室に召した。

家鷹は苦いものを呑まされた。すでに秀吉は雲上の人間だ。家鷹は士分ではあっても鷹を飼うだけの男だ。

小田原城を陥落させた秀吉は、そのまま奥州を平定に乗りだした。

秀吉自身会津《あいづ》まで進軍した。

合戦ではない。奥州惣仕置《そうしお》きのためだ。奥州諸大名の大半は小田原の陣に参戦していた。帰属するものは所領を安堵した。帰属しないものは所領を没収した。はむかう者はいない。各地にある無用の城塞を破却した。検地をして兵と農を明確に分けた。

秀吉は奥州平定の最初から、大名たちに鷹献上を求めた。秀吉にとって、鷹は天下そのものだった。鷹献上を要請して服属の意志を確認した。

まず津軽為信《つがるためのぶ》が津軽の名鷹と駿馬を献上した。

伊達政宗がやはり鷹と馬を献上した。

最上《もがみ》、秋田からも鷹が献上された。

名鷹の産地である松前《まつまえ》、津軽、日向には、鷹の他国への売買を禁じた。松前の蠣崎慶《かきざきよし》広《ひろ》、津軽為信、島津義弘を鷹巣奉行に任命し、領国内の鷹の保護を命じた。さらに、松前、津軽から献上される鷹の輸送を円滑にするため、沿道の諸大名が鷹輸送に従事するよう命じた。鷹を手に入れることは、天下を手に入れることと同義だった。

奥州遠征の途路、秀吉は放鷹をくり返した。大名たちが動員された。これもまた秀吉への臣従のあかしである。

獲物三万羽――と称した。

家鷹は獲物の数など数えなかった。うんざりするほど狩りをしたのはたしかだった。悦《たの》しみのための狩りではない。天下人のための狩りだ。それもまた鷹狩りだった。

大坂城鷹部屋には鷹が増えた。増えてもすぐまたいなくなる。秀吉は褒美として大名や家臣たちにくれてやる。名物茶器よりありがたがる大名が多かった。後陽成帝にも献上した。公家どもにもくれてやる。鷹ならば名物茶器より安上がりだ。それでいて珍重される。秀吉は頭がよい男だと、家鷹は感心した。

大坂にはからくつわも連れてきた。弟子たちも連れてきた。秀吉の天下だ。仕えなければ近江の知行は安堵されない。

雛から育てたからくつわの子は、もう十一回の塒《とや》をかさねた。まだ元気で狩りをする。巣鷹らしい面化《めんけ》の強さはさすがに薄れた。それでも巣鷹だ。我が強い。

家鷹は毎日据え回した。からくつわを据えるたびに、今日を生きている喜びと死んだ者たちの痛みを感じた。

大坂の鷹部屋には人が多い。

鷹匠奉行小林家鷹の配下に組頭が三人。それぞれの組に二十人の鷹匠がいる。鷹匠見習、犬索《けんさく》、犬索見習、鳥見衆、鳥見見習、餌差《えさし》、餌差見習、ほかに無役の侍、足軽、人足までふくめれば三百人からの人間がいる。

以前、浜松で家康の鷹匠をしていた小栗久次が組頭として来ている。鷹匠を抱えていなかった秀吉が、家康に要請したのだ。

かつての兄弟子吉田家久は家康に仕えたと聞いた。家康なら人をつかうのがうまい。吉田をうまくあつかうだろう。こののち、吉田流は、実践重視の流派として江戸期を通じてたいへん盛んになった。どこの家中でも鷹のことなら吉田流というほどの隆盛ぶりであった。

天正十八年（一五九〇）秋、家鷹は秀吉に呼ばれた。

大坂城本丸御殿。まばゆいばかりの殿舎に鎮座した秀吉は金襴《きんらん》の小袖と羽織を着ている。かつての秀吉ではない。まぎれもなく天下人だ。

「信長公の先例にならい三河吉良で放鷹する。ことにこのたびの鷹野は、古式にのっとってにぎにぎしくやりたい。獲物はぜひとも鶴が欲しい。内裏に献上するのじゃ」

秀吉は、信長や家康ほど鷹に興味がない。信長は、自分の家臣が鷹狩りにふけるのを許さなかった。つねに戦場にあった秀吉には、そんな暇もなかった。

それでも、このときばかりは鷹狩りをせねばならなかった。

天下に敵はいない。天下人はまぎれもなく秀吉だ。

信長のすべてを正当に継承した男であることを満天下に誇示せねばならない。

なんにつけても派手な秀吉だ。吉良での放鷹は盛大にせよとの意向だ。

放鷹に先立って、秀吉は全国に発令した。

陸奥と日向から鳥を追って鉄砲を射かける。日本の両端から、本州中央の三河吉良へ獲物を追い立てるのだ。陸奥の翌日は陸中と羽後《うご》、その翌日は陸前と羽前、さらに、磐城《いわき》、岩代《いわしろ》、下野《しもつけ》、武蔵《むさし》、甲斐、相模《さがみ》、駿河、遠江と、順を追って鳥のいそうな林や藪に鉄砲を射かける。南からは、日向、肥後《ひご》、豊後《ぶんご》、さらに豊前、筑前《ちくぜん》、周防《すおう》、安芸《あき》、備後、備中、備前、播磨、摂津、山城、近江、尾張。こちらも順次、鳥に当たらぬよう鉄砲を撃つ。

信長が吉良の周辺でやったことを全国に拡大したのだ。ただし、信長ほどうまくはいかなかった。規模が壮大すぎたのだ。鳥たちは藪でじっとしていたにちがいない。

秀吉は金襴の狩り装束で吉良の鷹野にあらわれた。

家鷹と供の鷹匠たちは錦の水干《すいかん》を着た。

馬廻、小姓、足軽どもまで総勢二万人が天から舞いおりた兵士のごとき装束で狩りをした。参加した家康ら大名たちも明るく艶やかな狩り装束を競っていた。韓紅花《からくれない》、蘇芳《すおう》、山梔子《くちなし》、緑、縹《はなだ》。絢爛たる衣装が枯野に咲いた。信長のときよりさらにきらびやかな装いだった。家鷹は居ごこちがわるかった。

「からくつわを据《す》えるぞ」

秀吉はからくつわを据えた。

沼の鴨を狙って秀吉が羽合《あわ》せた。前もって家鷹が羽合せの呼吸を教えた。下手ではない。勘のよい男だ。

鴨が遠くまで逃げた。からくつわが追った。速い。速い。狩りは見事だ。空中で摑み、木立の向こうに降りた。

鷹匠たちが走った。競うように小姓衆が走った。

鹿島平助が、からくつわを据え上げ、獲物を手に帰ってきた。顔が怒っている。

「小姓の馬鹿者が、からくつわの爪から無理に獲物をひきはなそうとしおったのです」

そんなことをすれば爪がもげてしまう。許せることではない。

「どの小姓だ」

家鷹がたずねた。これからのこともある。叱責しておくべきだ。

秀吉がやりとりを耳にしていた。家鷹を呼んで耳打ちした。

「名をあかすな。名を耳にすれば、その小姓を処罰せねばならない」

家鷹はなにも言わなかった。

秀吉は、鷹より小姓を大切にしたのだ。それはそれで将としての判断だ。鷹を知らずにしたことだ。小姓一同の前で鷹の爪についての注意を説明した。

家鷹は、もはやなにごとにも腹が立たない男になっていた。諦めているのではない。気力が萎《な》えたのではない。力は腹にある。血はいつでも熱く滾《たぎ》っている。鷹とともに暮らすうちに心胆が練りに練れてきた。相手をじっと見る。観察する。おもしろい。鷹も人もいろいろだ。無理に動かさなくていい。許せるものは許す。それでいい。

眼の前にあるものが虚心に受けとめられるようになった。一歩しりぞいて他人を眺めている。腹は立たない。どんな相手にでもいつくしみすら湧いてくる。

鷹とつき合っているうちにそんな達観にたどりついた。よいことか、わるいことかわからない。自分はそういう人間だ。それでよい。

同行した家康は、秀吉の裁定に憤慨していた。

家康ならばそうだろうと、家鷹は思った。人も大事だが、鷹も大事だ。そういう将もいる。人も鷹もそれぞれだ。自分のままに生きるしかない。人は人のままに。鷹は鷹のままに。

吉良での秀吉は、各地の名鷹をそろえ、きらびやかな勢子《せこ》を自在に采配しただけではない。人を驚かせるいたずらを用意していた。

ずらりと台架《だいぼこ》をならべ、百据《もと》以上の名鷹をそろえた。

随行した大名たちが鷹のすばらしさに眼を見張った。

秀吉は一据の鷹に歩み寄り、首をつかむと気合いをこめた。首をもいだ。

見ていた者みなが度肝を抜かれた。

秀吉は、鷹の胴から餅をとりだして食べた。その鷹は、精巧に細工された作り物だった。一同が哄笑《こうしょう》した。家鷹も笑った。一瞬は肝を抜かれた。罪のないざれごとだ。おもしろかった。そういう秀吉は好きだった。

盛大な鷹野の帰途は、さらに盛大だった。

随行した二万人の武者たちは、きらびやかな衣装に金拵《ごしら》えの太刀をつるしている。

みなが竿《さお》に大小の獲物をくりつけて担いでいる。鶴、白鳥、雁、鴨、雉、百舌《もず》。吉良で捕った獲物だけではない。別働隊を各地の狩場に派遣して、獲物をそろえさせておいた。それを担いでいる。動員されたのは大名たちだ。

秀吉は獲物を捕まえるのが好きなのではない。そんな豪勢な放鷹ができる天下人の自分が好きなのだ。長蛇の行軍。二列だが、先頭が京にはいっても、最後尾はまだ大津を出たばかりだった。

内裏《だいり》に参内してから聚楽第まで行進した。後陽成帝をはじめ、都中の人士が肩を押し合って見物した。

家鷹は、鷹匠奉行としてすべてを淡々と差配した。鷹で獲物を捕るだけが鷹狩りではなかった。鷹は鷹のままであっても、人事のなにごとかに利用される。

それもまた人間の営みであると、家鷹はうなずくのだ。

六

「俺も肥前に連れていってくれ。たのむ」

韃靼人エルヒー・メルゲンが病の床で懇願した。肩の古傷が悪化したらしい。微熱がつづき、頬がこけた。もっと悪い病かもしれない。医者に診《み》せると物陰で首を振った。薬湯を置いていった。

「できれば先鋒となって渡海したいくらいだ。俺はなんとしてもこの眼で倭軍の明国乱入を見届けねばならんのだ」

天正十九年（一五九一）八月、秀吉は明国乱入を宣言した。肥前名護屋《なごや》に出撃基地の築城が始まっている。五万人の人夫を動員した突貫工事で、城はほぼ完成しているらしい。

遠征軍二十万人。予備軍十万人。空前絶後の大遠征だ。

「わかった。輿《こし》を用意してやる。それなら行けぬこともない」

家鷹が言った。かたわらの伽羅《きゃら》を見た。伽羅は、韃靼人の好きにさせてやるつもりだ。

メルゲンは、秀吉から大坂城内に屋敷をあたえられていた。利休の娘伽羅とともに暮らしている。

利休は一年前、秀吉に腹を切らされた。

賜死の理由は、伽羅にもよくわからない。

京都紫野大徳寺山門金毛閣《きんもうかく》に寺僧たちが大檀越である利休の木像を安置したため、下をくぐった秀吉が腹を立てたという者がいた。利休が茶道具であまりにも暴利をむさぼっていたためという者がいた。秀吉が利休の娘を側室に欲しがったのを拒んだためという者がいた。堺衆の間で商売の競争が激しく讒訴《ざんそ》する者がいたのだという者がいた。なにがほんとうなのか手がかりさえない。

メルゲンは、秀吉に賜死の理由を問うた。答えはなかった。命請いをした。娘伽羅との生活がそのまま許されただけだった。

葉桜の季節。嵐の日。利休は京屋敷で腹を切った。忿怒《ふんぬ》をぶちまけた激しい辞世を残した。

千家は離散し、伽羅の母は、蛇責めの刑で殺されたとの噂がたった。伽羅にもたしかめようがなかった。

伽羅は、何度もメルゲンの肥前行きを止めた。病が重くてとても無理だと泣いた。

家鷹も何度も無理だとさとした。それを聞くメルゲンではなかった。連れていかなければ、這《は》ってでも名護屋に行くだろう。

「よいのです。もう好きにさせてあげてください」

伽羅は力なくうなだれた。残されるのはいつも女だ。諦めていた。韃靼の男と結ばれたときから、別離の運命はさだまっていたのだと嘆いた。

たとえ相手が誰であれ、生きていればかならず別離がくるのだと、大徳寺聚光院の宗訴和尚に教えられた。それからすこし気持ちが楽になった。

秀吉が発した朝鮮出兵の軍令は、侍たちの頭を沸騰させていた。

加藤清正《かとうきよまさ》ら秀吉子飼いの武将たちは、功名をもとめてはやった。朝鮮八道一千百九十一万六千百六十六石の誘惑は大きい。

その向こうにさらに広大な明国がある。秀吉は、琉球《りゆうきゆう》、高山国《こうざんこく》（台湾）、呂宋にも朝貢を要求している。いずれ天竺まで攻め入るつもりだ。それが本気である証拠に、ポルトガル領ゴアにまで朝貢をうながしている。頭が沸騰していなければ、そんな大作戦は敢行できない。

子飼いでない大名たちの頭も沸騰していた。どうやってこの苦役から逃れるか。どうやってこの苦難を好機に転じるか。誰もが必死に考えていた。

秀吉は、関白に就任し、明国出兵を広言しはじめたころから、「自分は太陽の子だ」と口にしていた。

朝鮮国王宛の国書にこうある。

「予、托胎の時に当り、慈母、日輪《にちりん》の懐中に入るを夢む、相士（占い師）曰《いわ》く、日光に及ぶ所、照臨せざるは無し……」

だからこそ、明国四百余州を統一するので、朝鮮はその先鋒となれというのだ。

秀吉は、メルゲンの話から、「日輪の子」を思いついた。

「わが一族の母アラン・ゴアは、穹廬《ゲル》で眠っていたとき、天窓から白光がはいり、金色の神人となるのを夢見て子を孕《はら》んだのだ」

いつだったか、メルゲンがそう語ったことがあった。

——覇者は日輪の子であるべきだ。

各国に朝貢を求める国書にも、秀吉はその通りに記させた。

出兵の時期を睨んでいた秀吉が、その時期を決断したのは、千利休の情報網を通じて吉報が届いたからだ。

——女真族ヌルハチ挙兵。

ヌルハチの名を聞いたメルゲンは飛び上がるほど驚いた。牛の腹を裂き、熱い血につけ、瀕死のメルゲンを助けてくれたのは、そのヌルハチなのだ。

ヌルハチは、がっちりした体つきに大きな鼻を持つ異形の男だった。眼に強い光があり、熱情と冷酷さが同時に宿っていた。

「ついにやったな」

「ヌルハチとは、どんな人物かな」

「いまに大陸の可汗《ハーン》となる男だ」

女真族のアイシンギョロ・ヌルハチは、祖父と父を明軍に殺害されたことを奇貨《きか》として、わずか百名の兵を率いて遼寧《りようねい》の撫順《ぶじゆん》付近で挙兵したという。

ヌルハチは各地で戦果を挙げた。兵が膨張するにしたがい、その名は明商人の口を通じて堺に届いた。

明の商人は、韃靼の王アルタン可汗が亡くなったとも伝えた。アルタン可汗は、七十五歳になる。老衰であろう。

「アルタン可汗亡きあと、北の大地を統一し、明国に攻め入るのは、ヌルハチでござる。殿下もまた、ぜひとも明に進撃なされよ」

秀吉は大きくうなずいた。

七

春になって、秀吉は肥前名護屋に向けて進発した。

家鷹はからくつわを連れて出陣する。

「からくつわとは、またとない絶妙の名。唐に轡《くつわ》を進める軍勢にこれほどふさわしい鷹もおらぬわい。なんとしても軍列の真ん中に据えていくぞ」

大坂から西へ。電撃的行軍ではない。道中は毛利の領国を通過する。各地で宿営し、秀吉の武威を振りまく。

「わしは、このまま大明国の都北京まで動座し、帝をお招きするつもりよ。ヌルハチにも、そこで会えるであろう」

秀吉は本気だった。本気で北京まで行き、後陽成帝を行幸させるつもりだった。

日本にはもう恩賞として分け与える土地がない。合戦になじんだ男たちの血は新しい獲物を欲していた。人は鷹と違い、食べる以上に蓄財をしたがる。

——鷹のほうが理にかなった生き方をしている。

家鷹はそう思った。

ゆったりした行軍は、メルゲンにはありがたかった。特製の輿《こし》をつくらせた。メルゲンはもたれていればよい。四人の男が交代で担いだ。

家鷹が馬で脇についた。

ゆるりと山陽道を進んだ。船で九州に渡った。博多《はかた》を抜け、唐津《からつ》を過ぎた。

玄界灘《げんかいなだ》に突き出した肥前名護屋の巨大な城郭が見えた。半島のすべてを城に改造した広大な出撃基地だ。

海がひろがっている。

エルヒー・メルゲンは、涙がとまらなくなった。ようやくここまで来たのだ。長い長い道のりだった。大坂からではない。韃靼を出てからの道のりだ。倭人に明を攻めさせるためにここまで来た。それがようやく果たせる。

名護屋城は、松浦《まつら》半島の突端部を普請し、石垣を組み上げてつくった巨大な城郭であった。

周囲に十万人の暮らす街ができている。なだらかな丘陵となった半島全体に、大名たちの屋敷が配置されている。

兵営が建ちならび、市が立ち、女たちが春をひさぐ家がある。合戦のための街だ。

城の中央に五層六階白亜の天守閣。朝鮮を睨んで聳え立っている。半島は見えない。壱《い》岐《き》、対馬《つしま》が見える。それをたどれば半島にとりつける。

本丸にはいった。

群青の海には、二千艘の軍船が停泊している。これから出撃する。すでに一番隊小西行《こにしゆき》長《なが》ら、二番隊加藤清正ら、三番隊黒田長政《くろだながまさ》らが渡海している。

壮麗な天守閣を見上げた。軒の大きな鬼瓦に鷹の羽が浮き彫りになっている。

「気に入ったか？」

秀吉が言った。

「唐に轡を向ける城じゃ。鷹羽の紋がふさわしかろう」

秀吉は、馬藺《ばりん》(アヤメの一種)の葉を模した大胆な後立《うしろだて》がついた兜をかぶっている。長く鋭い菖蒲《しょうぶ》の葉が二十九本も突き立った派手な意匠だ。じつは小柄なことをよほど気にやんでいるのだろう。

「殿下。感謝いたします。よくぞ出兵してくださった」

「そのほうのためにすることではない。わしはわしのためにしておる」

「むろんでござる。それでもありがたい」

「そこまで明が憎いか」

「明人に女を殺されました」

「美しい女か」

「それはもう美しゅうござった」

「惜しいことをしたな」

「これで約束が果たせもうす」

「女との約束か」

「いいえ、ヌルハチと約束しました。必ず倭人に明を討たせると。さればヌルハチの明討伐が容易になりもうす」

「北京の奪い合いとなればおぬしの盟友とて容赦はせんぞ。ヌルハチがわしに臣従するなら先鋒としてつかってやってもよい」

　秀吉が笑いとばした。

「殿下、天守閣に上がらせていただきたい」

「担ぎ上げてやるがよい」

　天守最上階の望楼に上がった。四方の扉を開くと、南からの春風がどっと吹き込んできた。船団はこの風に吹かれて半島をめざす。

「陸が見えるか」

「春霞だ。見えない。対馬がかろうじて見えるだけだ」

　家鷹は眼を凝らしたが、それ以上は見えそうもなかった。

　メルゲンの顔が青ざめていた。眼もかすんでいるのだろう。長旅が病身によいはずがなかった。椅子にもたれて半眼のまま海を眺めている。

「ヌルハチはどんな男だ」

　家鷹がたずねた。

「命の恩人だ。あいつなら、きっとやるだろう。俺に何度も話した。どんな軍隊をつくるかだ。野心の強い男だ。性根のすわった男だ」

「どんな軍隊をつくるのだ」

「八旗の軍だ。黄、白、紅、藍《あい》、鑲《じょう》黄、鑲白、鑲紅、鑲藍。鑲《じょう》は、まわりに縁取りのついた旗だ。すぐに見分けがつき、仲間がわかる。兵はみんなこの旗を背中に立てる。巻狩りのときと同じようにな」

家鷹には、その旗が見える気がした。ヌルハチの軍は、いまもどこかで戦っているだろう。南をめざして進軍しているであろう。

「三百の兵が矢《ニル》だ。五つのニルがジャランだ。五つのジャランが旗《グサ》となる。七千五百人の兵が、同じ色の旗を背中に立てている。同じ色の旗が仲間だ。仲間がすぐにわかれば安心だろう」

「そうだ、安心だな」

「ヌルハチは、白鷹《キャホウ》を飼っていた。今も飼っているだろうか」

メルゲンは朦朧としている。詮無《せんな》い同意をもとめている。

「ああ、飼っているだろう。飼っているさ」

「それなら先頭は白鷹《キャホウ》だ。白鷹《キャホウ》を先頭にして明に進軍するのだ。ヌルハチは、その夢を何度も俺に語った。いまに実現するだろう」

「すこし休め、疲れただろう」

「だいじょうぶだ。話していたいのだ」

家鷹は、望楼の廻縁《まわりえん》に出た。海はおだやかだ。

鷹が飛んでいた。

「チゴハヤブサだ」

つぶやいた。チゴハヤブサもまた鷹の仲間である。

「どうした？」

「鷹が飛んでいる。旋回しはじめた。見えないか」

「見えるとも」

鷹は、暖かい丘陵地の上昇気流をつかんで、旋回しつつゆっくり天空高く舞いあがっていく。はるかな高みに舞いあがったところで、一気に遠くまで滑空した。そうすれば、疲れずに楽に飛行距離がかせげることを知っている。猛禽たちの飛行の智恵だ。半島の地面は春の陽ざしをうけて、ころあいの上昇気流ができている。

「鷹たちが北に帰る」

「俺も一緒に行きたいくらいだ」

今度は三羽、気流にのってゆらゆら舞いあがっていく。見えなくなるほどの高さに上がって、北に滑空していく。

今日は、鷹が北に帰る渡りの日らしい。さまざまな種類の鷹たちが渡る日は、不思議と一日に集中しやすい。どの鷹も気象条件が調った日をえらぶのだ。

見ているあいだにも、数十羽の猛禽が集まり気流にのって螺旋にまわりながら上昇している。

鷹柱だ——。

「からくつわを飛ばしたいな」

メルゲンが言った。

雛から育てたからくつわも、もう老いている。子はできなかった。番《つが》わせる白鷹にめぐり合わなかった。

「太閤殿下が許さぬか」

「いや、そんなことは……」

なんとでもなる。家鷹もからくつわを飛ばしてみたくなった。

家鷹は望楼をおりた。秀吉は、家康や近衛前久らと歓談していた。ちょうどよい。

「鷹柱が立っております。瑞兆《ずいちょう》と存ずる。さらに勝利をゆるぎないものとするため白鷹の故事にならってはいかがでござろう」

「白鷹の故事とは？」

「古来、白鷹に導かれて軍勢を進め、戦勝した例は数多くござる。信玄公初陣の折りも、退却の途中、白鷹に導かれてひきもどり、海之口《うんのくち》城を攻めて戦勝したと伝え聞きます。はるか古代におきましては、欽明帝の吉例もござる。白鷹に導かれた軍勢は勝利まちがいござらぬ」

「それはよい思いつきだ」

「からくつわを天に放ち、みごと海を渡りましたら、このたびの討伐もまた戦勝まちがいございませぬ」

「おもしろい。飛ばしてみせよ」

「天守望楼より飛ばしまする」

家鷹がからくつわを据えた。

策棒《ぶちぼう》で全身の羽を撫でて調えた。鶉《うずら》の胸肉をたっぷり喰べさせた。

からくつわは、めずらしく何度も啼《な》いて、家鷹にあまえた。

天守望楼に、秀吉、家康、近衛前久、側近らがそろった。

廻縁《まわりえん》に出た。

「あれはなんだ。あんなものは初めて見たぞ」

鷹の数が増えていた。無慮数千羽あるいは数万羽もの鷹たちが一筋の上昇気流にのってゆらゆら旋回しつつ舞いあがっていく。一羽一羽は点にしか見えないが、膨大な数なので黒い柱に見える。家鷹も、こんなに数が多い鷹柱は初めて見る。

家鷹は、からくつわを据えた拳を大きく後ろにひいた。

——おまえとおまえの母親のおかげで、俺は楽しかった。

心でつぶやいた。

勢いをつけて拳を投げだし、からくつわを空中に放った。

からくつわは、春霞の空と海のあわいに飛んだ。

滑空したまま、芥子粒《けし》ほどの黒点となって鷹柱に飛びこんだ。

上昇気流にのった。もうどの点がからくつわかわからない。

「あいつは、朝鮮も明も越え、韃靼まで飛んでいくかもしれんぞ」

メルゲンがつぶやいた。

「好きなところまで飛んでいけばいい」

からくつわは、それきり戻ってこなかった。家鷹は惜しいとは思わなかった。それが一番よいのだと信じられた。

八

夜。家鷹はメルゲンと同じ部屋で夜着にくるまった。メルゲンは容態がわるい。声もとぎれとぎれになっている。それでも話したがる。急変するかもしれない。灯明を小さくともしたままにしておいた。

「ずっと聞きたかったことがある」

「なんでも聞け」

「元長は近頃ますますおぬしに似てきた。ほんとうは実の子だろう」

しばらくためらったが、家鷹が答えた。

「ああそうだ。白拍子《しらびょうし》に生ませた」

「やっぱりそうか。おぬしは女の肌に触れぬと誓いを立てておきながら、それを破ったな」

「破ってはおらぬ」

「破らねば、子は生まれぬ」

「胤《たね》をつければ子はできる」

「胤をつけるには、女の肌に触れねばならんだろう」

「指一本触れてない」

「まさか。どうやって？」

「魔羅《まら》を握りしめてほとばしった胤を口にふくみ、葭《よし》の茎で子壺《こつぼ》に流し込んだのよ」

メルゲンが笑った。力がない。

「そんなことで女が孕《はら》むものか。おなごの子壺は、気がいかねば胤を吸い込まぬものだ」

「だから、気をいかせたとも」

「ほれ、やはり禁を破ったではないか」

「女には触れておらん」

「では、どうやって気をいかせた」

「鷹の風切羽でな、おなごの陰門を撫でた」

「それはまた……」

「あのときほどおなごをおそろしいと思うたことはなかったわ。おなごがああまで豹変するとはついぞ知らなんだ」

一生涯女の肌に触れないとの禁戒は一度だけ破った。お市の頬。それは黙っていた。

メルゲンは眼を閉じた。

「俺はなんだかいい気持ちだ。瞼《まぶた》の裏に海を渡る船が浮かぶ」

「ゆっくり休め」

「韃靼はな、滅びればよいのだ」

メルゲンがつぶやいた。

「なぜ、そんなことを言う」

「俺は、漢人に女を殺された。漢人が憎い。だがな……」

メルゲンが眼を見開いた。血走っている。

「もっと憎いのはアルタン可汗《ハーン》だ」

「韃靼王ではないか」

「そうだ。最低の王だ。アルタンは老いているくせに、俺の女チャスン・ゴアに惚れやがった」

「惚れたのは仕方がない。日本でもよくある話だ」

「聞け。こんな王が日本にいるか。最初にゴアにおか惚れしたのは孫のバハーン・ナギだ。おれが留守のあいだに無理に奪った。ゴアは誰より美しい。ゴアを見て老いたアルタンが惚れた。のぼせあがったアルタンはゴアをバハーン・ナギから力ずくで奪った。ナギはゴアを奪い返し、漢人の砦に逃げ込んだのだ。そこで凌辱されて殺された」

息が荒くなった。過去のつらい記憶が鮮烈に蘇ったらしい。頬が紅潮している。複雑な愛憎劇。葛藤。孫から女を奪う老王。韃靼はやはり遠い国だ。

「わかった。もうしゃべるな」

「いちばん非道なのはアルタン可汗だ。そんな可汗がいる国など滅んだほうがいい。俺は黄金の鷹を盗んで反アルタン派の仲間たちと出奔した」

額に汗が流れていた。手拭いで拭いてやった。

「秀吉が、明を討伐し、韃靼まで攻めてくれるといいな……」

それから譫言《うわごと》になった。しばらくすると譫言も言わなくなった。呼んでも返事をしなくなった。口を開き、呼吸だけが音を立ててつづいていた。

その夜が明けるころ、エルヒー・メルゲンは息をひきとった。死に顔は、思いのほかやすらかだった。

九

慶長三年（一五九八）、秀吉が死んだ。

伏見城にいた淀君と秀頼《ひでより》は、翌年、秀吉の遺言にしたがって大坂城に移った。

淀君は、浅井長政とお市の方の娘茶々にほかならない。

二番目の初《はつ》は大津六万石京極高次《きょうごくたかつぐ》に嫁いだ。

三番目の江《ごう》はのちに徳川秀忠《ひでただ》に嫁いだ。三代将軍家光《いえみつ》を産むことになる。

鷹匠奉行小林家鷹は、そのまま豊臣秀頼の家臣団にくみこまれた。

秀頼は城から出ない。鷹野に行かない。大坂に来てから茶々の姿を見たことはない。広大な城内のどこに茶々が住んでいるのかさえ、家鷹は知らない。

鷹野に出ない鷹を飼うのはつらかった。

徳川家康から江戸に来ないかと誘いがあった。家康が秀吉の奉行として大坂城西の丸にいたときからそう言われていた。行くことにした。

元長と弟子たちを連れていった。淀君も秀頼も、鷹匠を引き留めはしなかった。

江戸に着いた。本郷御弓町《ほんごうおゆみちょう》に鷹部屋があった。

浜松で一緒に鷹の世話をした小栗久次がいた。小栗は一時期家鷹とともに秀吉に仕えていたが、家鷹より早く家康に帰参していた。

徳川家の鷹部屋は、二百人以上の人間がいた。

小栗久次が御鷹匠支配。すでに高禄の大身である。

浜松城時代、帰り新参として鷹部屋で冷や飯を食っていた本多正信は、家康の側近中の側近にとりたてられ、ゆるぎない地位を確立していた。

――俺の一生は、鷹と遊ぶだけさ。

そのことに後悔はなかった。それ以外のことを望んだことはなかった。

江戸はまだほとんどが荒蕪地だった。茫漠たる武蔵野がひろがっていた。

馬をあちこち駆けさせ、御狩場をさだめるのが、家鷹の大切な仕事であった。

家康はしばしば鷹狩りに出た。家鷹が同行した。川越《かわごえ》、浦和《うらわ》、古河《こが》、相模などによく出かけた。家鷹のつくった鷹は、あいかわらずよく狩りをしたので、家康はいつも機嫌がよかった。

関東平野にはたくさんの鶴がいた。三カ月のあいだに、六十羽捕ったことがあった。

「家鷹がつくる鷹は、きびきびとよく飛び獲物を捕るばかりではない。なにより丸く欠点のないのが神韻縹渺《しんいんひょうびょう》のわざじゃ。鷹を飼う者は家鷹を手本とせよ」

家康は、そんなふうに家鷹をほめた。

小林家鷹が入寂《にゅうじゃく》したのは、慶長十七年（一六一二）八月十四日。

八十二歳の長寿であった。

アイシンギョロ・ヌルハチが遼東《りょうとう》を統一して「金《きん》」を建国したのはそれから二年後。ヌルハチの第十四子ドルゴンが、万里の長城最東端山海関《さんかいかん》を突破して北京入城をはたし、明を討ち滅ぼしたのは、それからさらに三十年のちのことである。国名は「清《しん》」に変わっていた。

家鷹の子小林元長はその後も徳川家に仕えた。

元長の末裔は直参幕臣として明治維新をくぐりぬけた。

十四代小林宇太郎《うたろう》が明治十二年、宮内《くない》省式部職《しきぶしき》鷹師となった。

宇太郎は「鷹から生まれた名人」と評判をとるほどの技量で、鷹狩りに招いた内外の賓客たちを驚嘆させた。鷹匠としての彼の名声はひろく海外まで知られていたという。

あとがき

本物の鷹狩りをこの眼で初めて見たのは、モンゴルの西端バヤンウルギーでのことだ。ウランバートルからよく揺れるプロペラ機で四時間。さらに道ともいえない道をジープで半日。それから馬にまたがって石ころと雪だけの山を登った。私が行った十月で零下五度。真冬ならば零下四十度。ロシアと中国にまたがるアルタイ山脈の麓では、いまでもカザフ人が鷹狩りをしている。

便宜的《べんぎてき》に〝鷹狩り〟と呼んだが、カザフ人がつかうのは犬鷲《ブルギット》だ。犬鷲は人間の幼児ほどにも大きく、鋭い鉤爪《かぎづめ》で狼さえ倒す。獲物の狐も日本とちがってはるかに大きい。カザフの男たちは大きな犬鷲を右腕に据《す》え、左手だけで悠然と馬をあやつって山を登る。馬に乗った勢子《せこ》が谷の下から狐を追い立てると、山上から犬鷲を放つ。犬鷲が滑空して、なんなく狐を摑《つか》む……はずなのだが、狐だって必死で逃げるから、そう簡単には捕まらない。一木一草とてない厳寒の高原でくり広げられるバトルに、生きることの原点を見た。

中央アジアの高原地帯で、四、五千年前に始まった鷹狩りは、四世紀に日本に伝わった。あまたの武将たちがどれほど鷹を愛好したかは、よく知られているとおりである。

日本の鷹狩りについて調べているうちに出会ったのが、第十七代諏訪《すわ》流鷹師田籠《たごもり》善次郎《ぜんじろう》氏だ。〝鷹師〟は鷹匠たちの頭《かしら》である。

田籠氏の師匠は、宮内庁最後の鷹匠で第十六代諏訪流鷹師花《はな》見《み》薫《かおる》氏。その花見氏の若き日の師匠が第十四代小林宇太郎《こばやしうたろう》で、この物語の主人公小林家鷹の子孫だ。なんだか茫漠として霞の彼方のような話ではあるが、ここにはまぎれもなく鷹狩りの技術と人の系譜が存在している。

初代小林家鷹は「鷹」の字を信長にもらって改名したくらいだから、天才的な鷹匠だったことは想像にかたくない。先代花見氏が拳《こぶし》に据えると、どんな荒い鷹もピタリと落ち着いたという。初代のわざはすでに神話の領域である。

犬鷲を飼うカザフの男と日本の鷹師田籠氏には、不思議な共通点を感じた。

どちらもものごとに恬淡《てんたん》として背筋が伸びている。そんな印象だ。長年猛禽《もうきん》を相手にしているうちに、心胆が練れてくるのだろう。

――と、ここまでは、単行本のときの「あとがき」である。

文庫化にあたり、改めて読み直してみて、五年という時間の長さを感じないわけにはいかない。

書き直したいところはいろいろあったが、最低限の訂正にとどめることにした。これがわたしの長編デビュー作である。読み返してみて、なんとも気恥ずかしく甘酸っぱい思いにとらわれたことを告白しておく。

自ら筆をとって鷹狩りの図を描いてくださったばかりでなく、原稿を丹念に読んで誤りを指摘してくださった田籠さん、そして、鷹のことをいろいろ教えてくださった大勢のみなさま、ありがとうございました。

山本兼一

解説——骨太の人間ドラマに加え、考証の確かさも保証つきの完成度

縄田一男《なわたかずお》（文芸評論家）

山本兼一の作品といって誰もが思い浮かべるのは、第十一回松本清張賞を受賞した『火天の城』（文藝春秋）であろう。

この作品の中頃に、織田信長から安土《あづち》城築城をまかされた織田家御大工頭《がしら》・岡部《おかべ》又《また》右衛《え》門以言《もんもちとき》が、柱、梁《はり》、さらには内部造作のための敷居等、大工が組み上げねばならない部材、およそ四万、必要な釘十一万本、焼かねばならぬ瓦《かわら》の総数十一万四千枚、そして一坪当たり三百人の番匠《ばんしょう》がかかっても足りないかもしれず、この城の天主は化物かもしれぬ、と嘆息する場面がある。

西から攻めれば東に、東から攻めれば西に逃れることのできる変幻自在の天地にして、湖上の水運のことごとくを掌握、さらには信長の抱く天下布武《ふぶ》の構想をそのまま形にした安土城——この作品は、前代未聞の安土城築城の全貌を活写した壮大極《きわ》まりない物語ということができよう。

山本兼一の将来の大器ぶりをうかがわせたこの作品は、時代小説版プロジェクトXとして喧伝《けんでん》されたが、物語は決してそうした有卦《うけ》に入ることなく、綿密な時代考証の下《もと》、職人たちの挑戦を描きつつも、その一方で、天下一の棟梁《とうりよう》父子《おやこ》、岡部又右衛門以言と、その息子・又兵衛《またべえ》以俊《もちとし》の葛藤《かつとう》が全篇を貫くテーマとなり、以俊の成長物語としての側面が一つの読みどころとなっている。

さらに、築城を妨害する乱波《らつぱ》の跳梁《ちようりよう》等、エンターテインメント性にも事欠かないが、その根底にあるのは、おれがこの城を築くのだ、という番匠たち一人一人の心意気に他《ほか》ならない。確かに悠久《ゆうきゆう》の時の流れから見れば、安土城の生命は一瞬といっていいほど短かい——しかしながら、作者の「人間の弱さ、救いがたさを書くのは純文学にまかせて、時代小説、歴史小説は人間の強さを書くのが本道ではないか」という言葉通り、その一瞬の奇跡を地上に顕現《けんげん》させた男たちがいるのだと、作者の筆は力強く語っているかに見える。

この頼もしい力作によって山本兼一作品と出会った読者は多いだろうが、実は作者には、これ以前にも作歴がある。そのことを作者の経歴と絡めて記せば、山本兼一は、昭和三十一年、京都府生まれ。同志社大学卒業後、出版社勤務を経て、フリーライターとして活躍。そして、平成十一年、故笹沢左保が一人で選考委員をつとめた、小説NON創刊百五十号記念短篇小説賞を『弾正の鷲』で受賞。ここから創作活動がスタートするのである。

受賞作は、織田信長によって梟首《きょうしゅ》の憂《う》き目にあった堺《さかい》の商人《あきんど》・茜屋宗佐《あかねやそうさ》を父に持ち、その信長を倒すことのできる唯一の男と目される、松永弾正《まつながだんじょう》の側女《そばめ》になった桔梗《ききょう》が主人公である。彼女は、韃靼人《だったんじん》の鷹匠《たかじょう》ハトロアンスから秘術、すなわち、鷹を用いて信長を暗殺する方法を伝授され、これを実行に移そうとする、という物語で、皮肉の利《き》いたラストが何とも秀逸、切れ味鋭い短篇に仕上っていた。

笹沢左保は、新鮮な派手さ、奇抜な信長暗殺というアイデア、読者を引き込む迫力の三点を挙《あ》げ、この作品を推している。さすがは笹沢左保、この一作で山本兼一の卓抜した才能を見抜いていた、という他はない。

そしてこの受賞作の発想をふくらまして、長篇化を試みたのが、平成十四年四月、祥伝社から書き下ろし刊行された本書『白鷹伝』だったのである。

私はこの作品を読んだ後、本書が歴史・時代小説でめったに描かれたことのない鷹匠を主人公にした力作であるとした上で、次のように書評したことをおぼえている。

すなわち、鷹匠が主人公というのは、これまで短篇には作例があるが、恐らく長篇では本書がはじめてであろう。それも浅井長政《あさいながまさ》から、信長、さらには秀吉、家康と名だたる武将に仕《つか》えた鷹匠・小林家次《こばやしいえつぐ》を描いて、一種、清涼の気がみなぎる作品となっている。

作者は冒頭から、伝説の白鷹、瑞鳥《ずいちょう》「からくつわ」を鮮烈なイメージとともに活写。本書は、この神の化身のごとき白鷹に照らし出された男たち——「天下一の鷹匠として生き、天下一の鷹匠として死にたい」と念じる家次、「どんな奇鷹であろうと、神仏魔物ではない」と持ち前の合理主義から「からくつわ」の神秘性を試さんとするかに見える信長、秘めたる過去を背負って海を渡ってきた韃靼人メルゲンらが繰り広げる骨太のドラマである。

天の摂理の象徴でもある白鷹は、そのまま、弱肉強食の戦国、すなわち、深い諦観《ていかん》の中にあって、あたかも世を照らす一閃《いっせん》の光芒《こうぼう》の如《ごと》きものであり、男たちは「からくつわ」の存在を通して自らの生の充実を感得していくことになる。

加えて作中には、諏訪流《すわりゅう》第十七代鷹師・田籠善次郎《たごもりぜんじろう》による図版が多く取り入れられ、専門用語の分かりにくさを一目で補っている。作者にとっては、これが第一長篇だが、生命の厳粛さを伝説の白鷹を通して照射する手腕といい、韃靼人メルゲンを介して戦国武将の動向を大陸と二重写しにする視点、さらには、登場場面はわずかながら、家次が秘《ひそ》かに思いを寄せるお市《いち》の方《かた》の描き方など、男ばかりか女を描いても遜色《そんしょく》がなく、心憎いばかりである。

——と、私としては有力新人の登場をこれからの期待をこめて書いたつもりだったが、あいにくと、この書評の掲載されたのが、郵政弘済会の機関誌「郵政」だったこともあり、これほどの力作でありながら、あまり一般の目に触れず、作者には申し訳ないような気持ちでいる。構想としては、『白鷹伝』よりも『火天の城』の方が古く、もし、前者を松本清張賞に投じていても、受賞は叶《かな》ったのではないか、という気がする。

ところで、本書は、歴史小説であると同時に動物小説でもあり、完成までにはかなりの腐心が必要だったと思われるが、作者はモンゴルまで出かけて狩りの取材をしたり、鷹狩りの会に入会したりと、作品にリアリティを付与すべく相当の苦心を払っている。しかしながら、前述の田籠善次郎氏に第一稿を読んでもらった際に「この鷹匠は素人《しろうと》だね」と一《いっ》蹴《しゅう》されたという。技術的に間違ったことは書いていないが、鷹匠が、鷹が獲物を捕る、捕らないで一喜一憂していてはとてもプロの鷹匠はつとまらない、というのである。考えてみればその通りで、この「職人は一喜一憂はしないものだ」という考え方は『火天の城』にも受け継がれていった、という。その作者が田籠氏から遂には「鷹狩りのルーツから鷹匠の細かい技まで見事に描き切った!」というお墨付《すみつ》きをもらったのだから、本書の完成度は保証つきといっていいのではあるまいか。

さて、山本兼一は、昨平成十八年末、松本清張賞受賞第一作となる書き下ろし長篇『雷神の筒』(集英社)を刊行した。

　この作品の主人公・橋本一巴《はしもといっぱ》は、織田信長の鉄炮隊を率《ひき》いた人物。彼は鉄炮という最先端の武器を手にしたのをよろこび、「人差し指一本で、敵が斃《たお》せる。こんなありがたい武具に夢中にならぬ奴の気がしれない」と、有頂天で登場する。その一巴に転機が訪れるのは、塩硝《えんしよう》を求めて種《たね》ケ島《しま》に行った際のこと。国を追われた男たちのために、新しい理想郷をつくろうとしている海賊・王直《おうちよく》が残していった孫子《そんし》の言葉、「戦わずして人の兵を屈するは、善の善なる者なり」に心打たれてしまう。

　ここから、利のためではなく、天下万民安寧《あんねい》のための戦いなど夢物語である、とする信長と一巴のあいだに、埋めることのできぬ溝がつくられてしまう。鉄炮は鬼の道具だ――そう思い至ってしまった一巴は、自分が、人差し指一本で人を殺せる武器を手にしてしまったが故《ゆえ》に、神の領域にまで踏み込んでしまったのではないか、と恐れおののく。

　作者の考証の確かさはいつもながら。そして、荒涼たる一巴の心象風景の中に、新しい武器をつくることによって、創造と破壊を繰返す人間の歴史までもが凝縮されているかのように見える。

　さて、山本兼一は、この『雷神の筒』によって、『白鷹伝』からはじまって『火天の城』と続いた「信長テクノクラート三部作」は完結したといっている。ではこれからどんな時代、そしてどんな題材に切り込んでいくのか。いずれにしてもこれほどの実力派、次にものする作品も読みごたえたっぷりの力作になることは間違いあるまい。今からその時が待ち遠しい限りである。

【主な参考文献】

●放鷹関係
『放鷹』宮内省式部職編纂　吉川弘文館
『御鷹場』本間清利著　埼玉新聞社
『鷹狩りへの招待』波多野鷹著　筑摩書房
『将軍の鷹狩り』根崎光男著　同成社
『本邦の鷹匠制に関する史的研究』小池豊一著　私家版

●日本史・東洋史関係
『信長権力と朝廷』立花京子著　岩田書院
『元朝秘史』（上・下）小澤重男訳　岩波書店
『清代史の研究』安倍健夫著　創文社
『韃靼漂流記』園田一亀著　平凡社
『モンゴル医学史』ソロングト・バ・ジグムド著　ジュルンガ、竹中良二共訳　農文協
『マカオの歴史』東光博英著　大修館書店

※その他多数の資料・史料を参照させていただきました。

（この作品は、平成十四年四月、
小社から四六判で刊行されたものです）

白鷹伝

一〇〇字書評

切り取り線

購買動機（新聞、雑誌名を記入するか、あるいは○をつけてください）

- □（　　　　　　　　　　　　　　）の広告を見て
- □（　　　　　　　　　　　　　　）の書評を見て
- □ 知人のすすめで
- □ タイトルに惹かれて
- □ カバーが良かったから
- □ 内容が面白そうだから
- □ 好きな作家だから
- □ 好きな分野の本だから

・最近、最も感銘を受けた作品名をお書き下さい

・あなたのお好きな作家名をお書き下さい

・その他、ご要望がありましたらお書き下さい

住所	〒				
氏名		職業		年齢	
Eメール	※携帯には配信できません	新刊情報等のメール配信を 希望する・しない			

この本の感想を、編集部までお寄せいただけたらありがたく存じます。今後の企画の参考にさせていただきます。Eメールでも結構です。

いただいた「一〇〇字書評」は、新聞・雑誌等に紹介させていただくことがあります。その場合はお礼として特製図書カードを差し上げます。

前ページの原稿用紙に書評をお書きの上、切り取り、左記までお送り下さい。宛先の住所は不要です。

なお、ご記入いただいたお名前、ご住所等は、書評紹介の事前了解、謝礼のお届けのためだけに利用し、そのほかの目的のために利用することはありません。

〒一〇一―八七〇一
祥伝社文庫編集長　坂口芳和
電話　〇三（三二六五）二〇八〇

祥伝社ホームページの「ブックレビュー」からも、書き込めます。

http://www.shodensha.co.jp/bookreview/

祥伝社文庫

白鷹伝《はくようでん》　戦国秘録《せんごくひろく》

平成19年4月20日　初版第1刷発行
平成27年5月10日　第5刷発行

著　者　山本兼一《やまもとけんいち》
発行者　竹内和芳
発行所　祥伝社《しょうでんしゃ》
東京都千代田区神田神保町3-3
〒101-8701
電話　03（3265）2081（販売部）
電話　03（3265）2080（編集部）
電話　03（3265）3622（業務部）
http://www.shodensha.co.jp/

印刷所　堀内印刷
製本所　ナショナル製本

 ISBN978-4-396-33349-2 C0193

祥伝社文庫の好評既刊

山本兼一
弾正の鷹
信長の首を獲る。それが父を殺された桔梗の悲願。鷹を使った暗殺法を体得して…。傑作時代小説集！

火坂雅志
覇商の門（上）戦国立志編
千利休と並ぶ、戦国の茶人にして豪商・今井宗久の、覇商への道。歴史とロマンの大河傑作！

火坂雅志
虎の城（上）乱世疾風編
文芸評論家・菊池仁氏絶賛！　戦国動乱の最中、青年・藤堂高虎は、立身出世の夢を抱いていた…。

火坂雅志
臥竜の天（上）
下克上《げこくじょう》の世に現れた隻眼《せきがん》の伊達政宗。幾多の困難、悲しみを乗り越え、怒濤《どとう》の勢いで奥州制覇に動き出す！

宮本昌孝
陣借り平助
将軍義輝をして「百万石に値する」と言わしめた平助の戦《いくさ》ぶりを清冽に描く、一大戦国ロマン。

宮本昌孝
紅蓮《ぐれん》の狼
風雅で堅牢な水城、武州忍城を守るは絶世の美姫。秀吉と強く美しき女たちの戦を描く表題作他。